漫時光

他定有過人之處

中卷

天如玉 著

高寶書版集團

目錄
CONTENTS

第十六章　邊關漫野

望薊山的山脈連綿，呈東西走勢，一頭直至東角河岸，一頭拖拽往西北角邊境，靜默地伏於幽州大地。兩匹快馬穿山過林，先後到了地方，停了下來。

山宗從馬上下來：「下來吧，前面只能步行。」

神容跟著他下了馬。

他們的後方，遙遙停著胡十一帶領的一隊軍所兵馬，那是山宗的吩咐，讓他們負責在後方聽令，若有突發情形好及時接應。

神容往前看，前面一片坦途，茅草剛開始春發，一叢一叢的在風裡輕搖，明明可以直接馳馬過去，不知道他為何說只能步行。她猜大概是有布防上的安排，便依言丟開馬韁，徒步走過去。

她要去的山腳要越過這裡，還在那一頭。腳剛要踩上那片茅草，身後腳步聲急至，腰上一緊，山宗一把攬住她往後一拽。

她腳下剛踏過的地方陷下去一塊，露出下方森森的尖矛，原來是陷阱。她愕然地看山宗一眼。

山宗鬆開她的腰，又扣住她的手腕：「妳跟著我走。」

神容緩口氣，跟著他從右側穿過去，他踩一步，她跟著踩一步。那裡看起來明明與其他地方沒什麼不同，但他十分清楚該落腳的地方，每一步踩下去都安然無恙，再也沒有出現過陷阱。只是十分曲折，神容被他扣著手腕，跟得很緊，留心之後發現，腳下走過的其實只是一條極細的小道。

她抬頭說：「難怪你說只帶我一個。」

山宗腳下踏出那片範圍，回身拉她一把：「別分心。」

歷來山林是最容易潛入的地方，崇山峻嶺也不例外。邊境附近的山裡幾乎遍地都是軍所設置的布防陷阱，這不過是其中一個。帶的人越多越麻煩，光一個個過去就得費多大勁。

神容一腳跟著踏了出去，舒口氣。

他有些好笑地看她一眼，又拉一下她的手腕：「前面還有一段。」

再往前出現了神容之前見過的泥潭，幾丈寬，前後都見不到頭，也不知多長，這次連誘敵深入的石塊也沒有，根本看不到有路徑可以過去。

山宗此時才鬆開她的手腕，往前一指：「再往外就是邊境線了。」

神容朝那頭看了一眼：「那又如何，都到這裡了，豈能退步。」

山宗看了看她，忽然開始解腰帶：「等著。」

神容奇怪地看著他，就見他解下腰帶，護臂護腰都卸了，又除了胡服，只穿著中衣胡褲，到了泥潭數丈之外。

他在潭邊蹲下，將衣袖往上拉，伸著那隻斑駁的右臂探入泥潭。越探越深，到後來整個人傾低，單膝著地，一手撐在岸邊，右臂完全伸入潭中，衣袖都浸了泥，他似是拉住了什麼，一下扯了上來。

一片泥漿飛濺，泥潭中冒出塊木板，上面還覆蓋層泥水在流。山宗起了身，甩一下泥漿遍布的胳膊：「過去吧。」

神容看了看他，提起衣擺，一隻腳先踩上去，沒覺得太滑才往前走。

山宗走過來，就在後方跟著，見她腳下忽然打了個滑，手立即伸了出去，但她馬上又站穩了，直直往前走過那塊木板。

他扯扯嘴角，手收了回來。

神容終於看清望薊山的另一角。高聳的山嶺如同穿入了雲中，蔥蘢茂密的連綿不絕，在她眼前鋪陳往西北，那裡是如龍蛇盤踞的一段關城。關城依山而建，似在那一片山嶺處被攔腰斬斷，說明還有一段山嶺在關外，出乎她的意料。

「這座山是跨境的？」她回頭問。

「嗯。」山宗應了一聲，提醒她：「這裡方圓百步都是安全的，妳可以隨意走動看。」說完走去另一頭。

神容轉頭去看那段關城，對著手裡早已展開的書卷，靜靜沉思。按照推算，變化就在這裡，但沒想到看不到全貌，居然還有山嶺在關外。她緩步走動，一寸一寸觀察著周圍的地風，思索著礦脈的走向，又一遍遍看向那段關城。

等在原地探完一圈地風，神容才發現山宗方才走了還沒回來。她還記得他先前走去的那一頭，順著方向找了過去。

還在他說的方圓百步內，不用擔心陷阱。神容踏著半枯半綠的茅草往前，漸漸聽到了水聲，繞過兩棵矮樹，看見一條流淌的淺溪。

山宗背對她坐在水邊，胡衣革帶堆在腳邊，清洗掉右臂上的泥漿，那件中衣的衣袖也搓洗了，沾了水，浸濕了一大片，被他脫了下來，在手裡擰著水。

神容到時一眼看到他赤裸的背，寬闊的肩，肌理舒張，往下是他緊窄的腰身，束在胡褲裡，腰側線條半露……

她不禁怔了怔，朗朗白日下猝不及防看見男人的身軀，只這肩背，如同勾描的一個身形，便叫她又勾起了心底那個隱祕的夢境。

山宗已有察覺，忽然回頭。

神容猛然與他視線相接，眼神不禁一閃，轉身就走。

山宗看著她的背影，手裡半乾的中衣甩了甩，穿上身，起身。

神容剛繞過一棵樹，被男人大步而來的身影攔住了。

山宗擋在她身前：「妳跑什麼？」

神容自然不能說是想起了那個夢，每一次皆是因他勾出來，她分明不相信那男人是他。絕不可能是他！

再想下去，心裡都生出了不忿，她淡淡移開眼：「誰說我跑了。」

「我說的。」山宗笑，看自己身上一眼：「生赧了？我以為妳花招那麼多，膽子一直很大的。」

神容頓時掃去一眼，盯著他帶笑的眼，這人果然壞到了家，竟還得意起來了。

「你說誰花招多？」她輕哼一聲，往他身前走近一步：「你又哪隻眼看到我跑了？」

山宗垂眼看了她一瞬，忽然伸手摟住她的腰一收。

神容一下撞入他結實的胸膛，碰到他半濕微敞的中衣衣襟，聽見他的聲音在耳邊問：「那現在呢？」

她微怔，不自覺慌了一下，又穩住，手上抓住他的衣襟：「現在如何？」

陡然腰上一緊，是他的手扣緊了，接著耳邊一熱，他的唇猛然貼了上來。

神容的呼吸頓時急促，抓緊他的衣襟，臉被迫偏著，看到他扣在她腰上的胳膊。那隻衣袖半濕地捲著，斑駁的刺青露了一半，掛著點滴水珠，他摟得用力，小臂上線條如刻顯現。

她輕輕喘口氣說：「你這才是花招……」話音驟失，她咬住了唇。

山宗啄著她的耳垂笑一聲，浪蕩無匹，像回應她一樣，頭更低，重重貼著耳際親去臉側。

神容半張臉頰熱起來，男人的嘴怎會這麼燙，從她的耳垂到側臉，如同磨過，熱辣辣的一片。

她甚至覺出一絲疼，差點要躲開時，下巴被捉住。

山宗一手撥過她的臉。

耳裡忽而聽見了馬蹄聲。他停了，眼睛還盯著神容的唇。

神容臉頰飛紅，斜睨著他，身軀軟軟相貼，胸口陣陣起伏。

「我們耽擱久了，他們找來了。」山宗摟著她腰的手臂鬆開，聲還低沉。

胡十一帶隊按命令等在後方，一直看著日頭，覺得實在是有點久了，金嬌嬌也就是要看個山，可別是出了什麼事，便領了人打馬過來看情形。

還老遠，看見那兩人從邊境那裡過來了，各自牽著馬，金嬌嬌走在前面，後面跟著他們的頭兒，胡服穿得不太周整，護腰、護臂都塞馬鞍下，衣襟稍敞。

胡十一知道這一帶情形，料想他是親自動過陷阱，這回倒沒多想，下了馬，先叫人去將他們經過的地方恢復原樣，等他們走近了，忙問：「沒事吧，頭兒？」

山宗掃他一眼：「我既然沒傳訊，你說有沒有事？」

胡十一懵了懵，這話聽著不對，好像他不該來，他讓開兩步，訕笑：「那應該是沒事。」

山宗去看神容，她已踩鐙上了馬背，一手拉著胡衣的疊領豎了起來，半遮半擋了那臉側。

她自馬背上往後看：「我哥哥還在等我的結果，我要先走了。」並不等人答話，說完她就拍了拍馬，沿著原路返回。

山宗示意兩個兵先跟上去護送，才扯韁上馬。

神容回到礦眼處，長孫信的確在等她，老早就朝這頭望著。

等她勒了馬，他走上前，本想問結果，見到她的模樣，對著她的臉看了看：「領子怎麼豎著，可是被風吹久了？」

神容不自然地抬手撫一下耳邊鬢髮，順著他的話點頭：「是，有些冷。」

長孫信立即吩咐紫瑞取披風給她。

神容也沒下馬，繫上披風，兜帽戴上，臉側耳垂遮得更嚴實，怕他再問，搶話說：「入山夠久了，還是先回去再說。」

「也好。」長孫信去牽馬，才想起回頭看一眼。

剛好山宗帶著人過來，身在馬上，胡服落拓，眉梢眼角掛著不羈。

神容打馬要走時又看他一眼，朝他動了動唇：壞種。

別人可能看不見，山宗卻看得分明，毫不意外，眼看著她打馬出山走了。

長孫信也看了他一眼，對他這不雅的模樣皺了皺眉頭，施施然上馬，跟上神容。

神容出了山，直至快到幽州城下時，悄悄摸了摸耳邊，居然還火辣辣地燒著，尤其是耳垂。

東來和紫瑞一左一右跟著。

她放下手，當做無事發生，便可不用去想那男人先前肆意作祟的嘴了。

前方有一隊騎馬的人正在入城。右側的東來輕喚一聲：「少主，是他們。」

神容澈底回了神，看向那隊人，是一隊兵馬。檀州兵馬，為首的露了個側臉就進了城，是鎮將周均。

她不禁多看了一眼，他跑來幽州做什麼？

廣源近來心情頗佳，皆因貴人又返回了幽州。

只可惜一直沒能與貴人說上話，直到有封請帖送到官舍，他才終於有了機會。

他手捧著請帖去往主屋，屋外正守著紫瑞和東來，只聽見長孫信的聲音隱隱約約從屋中傳出來。他這才想起來，貴人自再來後就一直忙著山裡的事。

忽聽屋內長孫信聲音高了一些：「這便是妳探的結果？」

「嗯。」神容應了一聲。

而後沒了聲音，再一會兒，長孫信從屋裡出來了。

廣源立即上前，將請帖雙手呈上：「刺史府來帖，請侍郎與貴人今晚同去府上赴宴。」

長孫信看了一眼，又看門內一眼：「我哪有心情赴什麼宴，不去了。」

神容從門內走了出來，接了帖子：「哥哥不去，那我可去了。」語氣好像是在逗他。

也不知剛才兄妹二人談到什麼，長孫信難得的板著臉：「不去。」說完就走了。

一旁的紫瑞和東來很詫異，郎君何嘗這樣過，平常什麼事都是順著少主的。

神容翻看了下那張請帖，無奈地說：「那就我去好了。」

廣源趁機搭手向她見禮，小心翼翼道：「此番貴人來幽州，一定會待久一些吧？」

神容看他一眼：「那可不一定，全看我事何時了。」說罷吩咐紫瑞、東來去準備赴宴事宜。

廣源洋溢的心情被澆涼了一半，只希望她的事慢些了，在幽州好待久點，越久越好。

刺史府的那張請帖上，寫著邀請長孫侍郎，又特地添了句得知長孫女郎已再臨幽州，還請務必一起賞光出席。

神容在前往的車上，都還在想著與哥哥討論的事。她自邊境探完地風回來，便與他討論了結果，之後又連著議論了好幾次。直到方才她提了個想法，卻惹了他不快，叫他連刺史府的邀約也不理了。

馬車停下，刺史府到了。

神容暫時放下礦山的事，下車入府。

天剛剛黑下，府內燈火通明。

神容往前廳走去，忽感院角有目光看來，不禁轉頭，一眼看見山宗。

他站在一棵花樹旁，一截花枝伸出來，風裡輕佻地搭在他的肩頭，他正看著她，眸映燈火。

神容瞬間想起邊境山裡他做的事，手撫一下鬢髮，捋過了耳側，一字未說，逕自往前走了。

山宗也是受了邀請剛到的，解了刀走到這兒，正好看到她進來就站住了。她卻什麼都沒說就從他跟前走過去了，他心裡有數，盯著她的背影看了幾眼，緩步跟上。

趙進鐮已出來迎接，笑著問候了神容，聽聞長孫信沒來，有些遺憾：「今日有樁喜事，本想一起熱鬧熱鬧。」

神容問：「刺史有何喜事？」帖子上沒說，否則她至少會叫紫瑞備份禮。

趙進鐮請她進廳，「入內說。」一面朝外看，看到了慢步跟來的山宗：「崇君，快來，就等你了。」

神容看身後的男人一眼，他已走到身側，馬靴對著她站著。

趙進鐮忽又對她笑道：「今日有別州軍首來，自然是要請崇君的，沒想到孫侍郎未能前來，女郎還請隨意，不要拘束。」聽著像是怕她尷尬而作的解釋，何氏也在旁微笑。

神容沒說什麼，提衣入了廳內。

廳中左右分列了兩排小案。

左列首座坐著個男子，見人進來起了身，一身胡服泛藍，臉白而眼細，赫然是檀州鎮將周均。

神容意外地看他一眼，記起從山裡回城時撞見他入城，原來是來了刺史府。她不禁往後看，山宗提刀閒立，臉色如常，似是早就知道他來了。

是了，他若不知道，周均也進不了城。

趙進鐮以為神容不認識，向她介紹，「這是檀州周鎮將。」說著又向周均道：「這位是長安趙國公府的長孫女郎。」

周均自神容進門就看了過來，見這位貴女烏髮高挽，身著輕綢襦裙，臂彎裡挽著雪白的輕紗，燈火下一張臉雪膚花貌，出於驚豔，多看了兩眼，隨即卻覺得有些眼熟，似在哪裡見過，尤其是側臉，忽往山宗身上看去：「趙國公府……原來如此，當日車中的貴人原來就是長孫女郎。」

山宗掃了他一眼。

神容聽他話裡提到趙國公府時有絲恍然了悟的意味，倒好像是知道她跟山宗的過往。

趙進鐮有些訝異：「難道二位見過？」

她立即說：「不曾。」

趙進鐮在三人身上看了看，會意地不再多問，抬手做請：「那請入席吧。」

廳外接連走入多人，皆是幽州官署的官員，貴賓入了席，他們才陸續進來，挨個見禮落座。

山宗入座，按身分排座，他身旁小案本是長孫信的，此時自然只坐了神容。

她只往他身上瞄了一眼，而後就不看他了。

山宗看了看她，轉回目光，對面周均正在盯著自己，細長的眼裡一片了然。

開了宴，趙進鐮在上方道：「今日請諸位前來一聚，是為我府上一樁喜事，這喜事是舍妹扶眉和周鎮將的，也算是幽檀二州的。」說著舉起酒盞對著周均微笑，「不用多久，我便可稱周鎮將一聲妹夫了。」

身旁何氏跟著笑：「是，扶眉呢？快進來吧。」

神容聞言詫異抬頭。

趙扶眉走入，還如以前一樣穿著素淡的襦裙，一路微垂著頭，走去上方，挨著何氏身側跪坐下來。

周均細長的雙眼早已看在她身上。

趙進鐮笑道：「周鎮將，雖扶眉為我義妹，那也是刺史府上的人，你可不能虧待了她。」

周均看著趙扶眉，點了點頭：「趙刺史放心。」

趙扶眉這才抬了下頭，迅速看了他一眼，又看了看另一邊的山宗和神容，快得就像未曾動過。

神容悄悄看一旁，山宗一手握著酒盞，斜斜坐著，垂眉斂目，根本不像在聽。她又朝上方看一眼，燈火照著趙扶眉光潔的額頭，叫她整個人愈發顯得和順溫婉。

沒料到一冬沒見，再見就是她結親之時了。

算是一場家宴，廳中只有官員們爭相道賀敬酒之聲，偶爾趙進鐮會和周均聊幾句。

趙扶眉幾乎全程垂著頭，連口酒水都沒動。

好在很快結束，何氏請神容去別處小坐，轉頭與她低低說了幾句，喚了一個婢女來，讓她先出去了。

神容起身，經過山宗身邊，他一手搭在膝頭，掀眼看她，嘴角一抹笑一露即隱。

她看了看左右，發現沒人在看這裡，才自他身邊過去了。

趙進鐮見女眷們都走了，才看向山宗和周均。他早聽說過這二人不對付，卻沒想到這麼嚴重，席間竟然一句話也沒有。於是只好堆起笑，提議大家去偏廳稍坐飲茶。

山宗一開始坐著沒動，他習慣了獨來獨往，不太與官員們走動，平日也從不參與這類聚會，今日是例外。但旁邊已有官員請他先行，他才起了身。

到了沒有燈火的園中，眾人或前或後，離了一大截，身旁忽而多了道人影。山宗瞥了一眼，腳步沒停。

多出來的是周均，低聲道：「原來那車中的貴人就是你的前夫人，想不到她如此『顧念舊情』，還幫你阻攔我抓那幾個綠林賊匪。」

山宗笑一聲，心想這得怪他自己，誰叫他得罪了長孫神容。懶得與他說，根本不搭話。

周均忽笑了聲：「是我瞧錯了？看你那日的舉動，對你這位前夫人未免不太一般。」

山宗停步：「怎麼，你已閒到可以管我的私事了？」

周均也停下，冷笑：「那就不說私事，說那幾個綠林賊匪。他們一直受你庇護，定是私下替你辦了事回來，我的人探得他們曾經出過關，去過故城薊州。」

山宗在晦暗中站了一瞬，繼續往前，只留下一句：「與你無關。」

周均看著他頭也不回的背影，陰沉著臉，轉頭見趙進鐮已領著挑燈的隨從過來，只好裝作什麼都沒說過一樣去往偏廳。走時有意無意朝周圍看了一眼，沒再看見趙扶眉，也沒再見到山宗那位前夫人。

神容沒有去別處坐，而是與何氏告了辭，準備走了。到了廊下，卻見趙扶眉在那兒站著，好似在等她一樣。

「叫貴人見笑了。」她福了福身。

神容說：「見笑什麼，我只是沒想到。」

趙扶眉垂著眼：「其實我也沒想到。」

這樁婚事是幽州冬祭之後說起的。趙扶眉年紀不小了，幽州難以選到合意的，趙進鐮便想到去他州選。

檀州鎮將周均年紀合適，早年有過一妻，因病亡故，膝下空虛，正是需要續弦的時候。他沒什麼高門背景，武夫出身，正好趙扶眉是軍戶出身，掛著趙刺史義妹的身分，也算與他如今鎮將的身分相匹。

「能嫁一州鎮將，我沒什麼可挑的。」趙扶眉看看她，有些訕訕地笑了笑：「只不過聽聞他與山使有仇怨，我曾聽義兄提及過一些。」

趙進鐮本因山宗之故想要算了，但實在沒有其他合適的人選，為義妹的終身著想，還是遣了人去拉線，後來就敲定了。

「嗯。」神容也沒什麼好說的，人家都要成一對了，她總不能說看不慣周均。

趙扶眉忽問：「貴人可知道他們是為何結仇？」

神容不禁看她：「不知道。」

趙扶眉輕聲道：「有人說是因為如今九州分治，一盤散沙，他們為爭幽州節度使的位子，才結了仇。」

神容想了想，卻覺得不像。山宗連一個團練使都做了三年，要真在意那個位子，他就不會離開山家了。至於周均在不在乎，那就不知道了。

一旁紫瑞來請，說車馬備好，可以回了。

趙扶眉福了個身，不再多言。

神容覺得她特地提起這個，未免太在乎了，但也沒說什麼。今日席間見她還看了山宗好幾眼，其實早就留意到了。

紫瑞先出去擺車墩子，神容走向府門，又看見那男人。

山宗沒去偏廳，也剛走到府門口，正從一個隨從手上取回自己的刀，看到她，嘴角半勾。她走過去，就聽見他低低地說：「在躲我？」

「誰躲你了？」神容斜睨過去，輕聲說：「倒是你，愛慕你三載的人就要嫁給別人了，你還笑得出來？」

山宗的笑瞬間沒了，沉了眉，眼底一片沉幽：「難道我該在意？」

神容覺得他那眼神頗為不善，蹙著眉，低語一句：「誰管你。」說完出門，直直走去車邊，轉頭卻見山宗牽了馬就在身後。她忍不住問：「你還不走？」

「妳不是不管我？」山宗翻身上馬，臉上有笑，眼還沉著：「我今日回官舍。」

回官舍是臨時決定。山宗本就覺得出城回軍所要為他特地開城很麻煩，被神容一問，乾脆順水推舟就說要回官舍。

幽靜的大街上，一車一馬穿過，一路無話地停在官舍大門前。因為神容出去赴宴，官舍門口還懸著燈。

廣源抄手等著，看到東來護著馬車過來，上前來迎，忽然看到車後馬上一身英朗的男人，頓時驚喜：「郎君？」

山宗從馬上下來，韁繩拋給他，刀也遞給他：「嗯。」

神容下車，看了他一眼，先入了府門。

廣源沒在意，仍難掩歡喜：「郎君是特地送貴人回來的？」

山宗掃他一眼。

他噤了聲，覺出他這一眼不大痛快，可能是自己多嘴了。

那頭神容回了主屋，發現裡面亮著燈。臨窗榻上，長孫信正襟危坐，顯然是在等她。

神容打發紫瑞退出去，對他道：「如何，我都赴完宴回來了，我先前那想法，你也該考慮好了。」

長孫信攏唇輕咳，臉還如先前那般板著：「虧妳敢提。」

神容挑眉：「我又有什麼法子，那山是跨境的，也只能這樣了。」

長孫信一下站起身，斯斯文文的一張臉，眉心卻擰在一起：「就沒別的法子了？」

神容搖頭：「沒有。」

他似是無奈，來回走了幾步，看著她道：「要我同意也行，妳須保證自己安全，怕是姓山的那邊妳就打不通。」

神容眼睛不自覺往外望：「那我只好讓他答應了。」

長孫信皺一皺眉，也沒留意到她的眼神，搖了搖頭，出門走了。

客房裡，山宗打發了廣源，解了護臂、護腰隨手拋在桌上，走到門口。主屋那間院落的燈火還亮著，他看了兩眼不禁好笑，有什麼好看的，她倒是會拿別的女子來堵他。他退一步，動手關門，視線裡多出女人的身影。

神容從暗暗的廊下走到客房門前，看了看左右：「我有事找你。」

山宗有些沒想到，手撐在門上，低頭看了她一瞬，才問：「怎麼？」

神容藉著門內的燈火看了看他的臉，沒見他像之前那樣沉著眼了，低聲說：「我想借你的力，外出一趟。」

山宗撐著隻手在她身前，好似攔出了門前一小片天地，只有他們二人能聽見彼此的聲音：「外出去哪兒？」

神容聲更低：「關外。」

山宗差點以為自己聽錯了，笑出了聲：「什麼？妳要去哪裡？」

神容發現他的眼神更沉了，心一橫道：「去關外，我要去看望薊山在境外的那一段。」

這就是她與長孫信提出的想法。長孫信自然反對，這麼多年頭一次在她跟前不高興，就是不想她去冒險。但神容探完地風後的結果就是這樣，她需要出關一趟，非去不可。

山宗臉上沉笑：「那找我的用意呢？」

神容說：「問你借人，保我無恙。」她既然要出關，就要保證安全，只有軍所有能力保證她安全。

山宗作勢關門：「看來我不該回官舍。」

神容側身，堵在門口，不讓他關：「不要忘了那幾個綠林人是如何逃過周均手上的，他們一定帶回什麼有用的消息給你了是不是？你看，我也幫過你，你怎能不幫我？」

山宗又被她氣笑了：「妳還真夠固執。」

「你不也一樣？」

他手臂忽而一伸，勾著她的腰推到門後：「妳可別激我。」

神容一怔，看著他臉上意味不明的笑，有點分不清他是在說出關的事，還是說別的。

「方才是誰進官舍來了？」外面不知何處隱約傳出問話，是長孫信的聲音。

山宗記著呢，這官舍裡還有個長孫信在。他看身前的神容一眼，壓著聲沉沉的：「妳真要去？」

神容瞄他擱在自己腰上的手：「嗯。」

山宗收回手站直，頓了頓說：「明日早些醒，隨時聽我動靜。」

她眼中一亮：「你答應了？」

他拉開門：「趁我還沒反悔。」

神容邁腳出了門，走出去幾步，又回頭看他。他倚門站著，面朝著她，幾眼之後，動手在她眼裡關上了門。

她算是看明白了，其實他還是不太願意她走這趟。

官舍裡這點動靜，長孫信絲毫不覺，他只擔心神容要做的這事，大半宿沒睡。

直到次日一早，天還沒亮，紫瑞到門外來報：「郎君，少主請你留守山中地風。」

長孫信驚醒，人自床上坐起：「她還是決定去了？」

紫瑞在門外稱是。

主屋裡，神容穿上了石綠的疊領胡衣，收束衣袖，綁髮束辮，這樣便於行走於山林間，乍一眼不會太顯眼。

她自鏡前整理好衣裳，朝透著青灰天光的窗戶走去，伸手推開，垂眼看到一雙男人穿著馬靴的小腿，抬起頭，小聲說：「怎麼才來，一直在等你。」

山宗手裡的刀鞘伸著，剛想在窗上敲兩聲，不妨她突然推開，對著她那張明豔得過分的臉，看入她身後房內。這房內擺設與在山家時一樣，她伸手推窗對著他的一幕映在眼裡，忽而有些不太真實。他抿住唇，又扯開嘴角，當做什麼都沒看到，轉身說：「走吧。」

等長孫信趕來時，主屋已經沒人了。

神容只帶了東來，身騎快馬，跟隨山宗，一路趕去望薊山中。再次抵達那片邊境的山裡，天才泛出一絲魚肚白。

山宗下了馬，神容也下了馬，示意後面的東來也下來，怕再遇上之前的陷阱。

這次走的是一條新路，山宗抓住神容的手腕，看東來一眼：「跟緊我腳步。」

東來垂首，只當沒看見他拉著少主先往前走了。

照舊避過了幾個陷阱，山宗終於鬆開神容，往前走到一道覆蓋了厚厚塵灰和枯葉的石階入口：「上去。」

神容跟著他往上，一直走到上方關城之上，正是那段攔截瞭望薊山最後一段山脈的關城。

天際青白未明，大風呼嘯颳過，城頭上早有十幾個兵卒等著，領頭的是胡十一和張威。一見山宗，他們走了過來。

胡十一道：「頭兒，按你吩咐，都準備好了。」

在半夜時，廣源就拿了山宗的團練使手令奔往軍所傳了命令，叫他們挑十幾個精銳到這裡等著，弄得他們一頭霧水，連夜起來挑人手。

神容往山宗跟前走近兩步，此時才算明白：「原來你早就安排好了。」

山宗朝關外歪下頭：「妳現在改主意還來得及。」

神容朝那莽莽昏沉的關外大地看了一眼，捏了捏手心，還是搖頭，輕聲說：「別人不知道，你總知道，我要親眼看過才能斷定整條礦脈。過往那本書卷沒有記述，或許是時候由人去添上新的一筆了。」

山宗看著她的眉眼，確實，他知道，她的本事不就是這個嗎？

「綁繩。」他忽然下令。

那頭胡十一和張威本還在猜他倆在低低地說什麼，聽到山宗這不高不低的一句，立即招手左右動作。

胡十一在城頭牆口卡上一個順滑的圓環，拿了根結實的長繩穿過圓環，一頭遞過來。

山宗接了，一邊在自己腰上綁，一邊說：「繩子穩好，全都背過去。」

胡十一和張威面面相覷，二人合力，緊緊拉住那繩子的一頭穩住，一面背過身去，也示意那十幾個正在綁繩的兵都背過身去。

山宗綁了繩，看天色一眼，往神容身上貼去，迅速將繩索在她腰上纏了一道。

神容剛低頭看了一眼，腰上一沉，山宗兩手在她腰側一撐，竟直接將她托了起來。

她愕然一驚，扶住他的雙肩，回神時，人已被他托著踩到城頭牆口上，高出了一大截。

山宗一腳跨上來，收緊繩索，將她和自己綁在一起，低頭說：「只有這一條路是最快最出其不意的。」

神容緊貼著他緊實的腰身，額角挨著他的下巴，感覺他說話的呼吸一聲聲掠過頭頂，或許是被這無遮無攔的大風吹得身子輕晃，不自覺懸住了心。她忍不住朝關城下瞄去，尚未看清多高，臉被男人的手掌撥回來。

「我挑了十幾個頂尖好手保護妳，都是生面孔，不易被察覺。」山宗摟緊她，忽就下令：「下！」

胡十一和張威背對著他一踏步，將繩索互相纏繞拉緊，回一句：「下。」

山宗一手拉著繩，一手抱著神容，自城上而下。

繩索自圓環內穿過，一頓，繼而由胡十一和張威送力，一點點往下放。神容這才意識到這關城有多高，耳側只餘下了風聲。

山宗抱著她，他們纏在一處，如同一體。周身都是冷的，只有貼著他的胸膛和腰身是熱的，神容覺得他渾身都是繃著的。

頭頂忽而傳出一聲笑，山宗竟還笑得出來：「我就沒見過妳這樣膽大的女人。」

神容不禁抬頭，髮絲掃過他下巴，微微的癢。

他低頭：「我要是妳就不會亂動。」

「還不是你先開頭……」

上方繩子一頓，繩索陡然晃動，神容下意識貼緊他，手臂摟住他的腰。

山宗嘴角微咧，摟她的手立即移到她頸後，用力一按，低頭護住她，拉繩的手一鬆，迅速滑下。

直到腳上踩到山石，頸後的手鬆了，神容才從他的肩窩抬起頭來，心口還在緊張地急跳。腳下是一片險峻往下的山坡，往前野林遍布。身邊又拉下一道繩索，東來滑了下來。緊接著那十幾個精兵陸續滑下，在側待命。

山宗手上解著繩索，眼睛看著她：「我不出幽州，就在這裡等妳，妳只有幾個時辰，天黑前必須回來。」

神容想了起來，這回沒有工部的冊子能指使他出去了，點了點頭，穩住腳下。

山宗手上最後一截繩索抽離她腰上：「去吧。」

東來走過來，神容帶著他往那片山嶺走去。

山宗看著她的背影，低低開口：「護好。」

那十幾個兵抱拳領命，迅速跟過去，隨著神容很快消失在山林間。

第十七章　入胡

望薊山在關外那一段山嶺雖視野可見，但走過去還是費了些時間。

終於到了地方，頭頂的天早已亮透。

神容站在那段山嶺之下，細細打量，主峰皆在關內，這一截只是收尾，一眼就可以看到頭。但與關內的山勢不同，這一段陡峭非常，山壁參差嶙峋，山腳下繞著條細細的河。

打量完，她沿著嶺下緩步走動，探了周圍地風。這一帶人跡罕至，草木茂密，但並沒有什麼能引她留意的「風」可撿。她停下，朝後面的東來點頭。

東來接到示意，抽出刀，到她所站的腳下破土，往下掘了一個碗圓的小口。一直往下，直至一臂深，都挖掘得很快很順利，沒有遇到任何阻力。

神容看了一眼，說：「停吧。」

東來收刀直身：「少主，看來沒有礦石。」

「沒有才好，若是還有一段礦脈在關外，那才是麻煩。」神容說著抬頭朝眼前山嶺看了看，一手按在懷間，慢慢推算著礦脈走向。書卷還在她懷裡收著，但上面沒有記述，已不能給她指引，她只能靠自己。

東來讓開一步，知道這時候關鍵，不敢有半分打擾。

神容的目光幾乎是一寸寸從關城方嚮往山嶺這頭看過，漸漸摸出了大概，接著目光停住：「那裡不太對。」

山嶺最尾端靠著河水，沒有樹也沒有草，光禿禿的山壁陡峭，山石愈發嶙峋甚至尖銳，像是被刀斧劈出來的，山腳處更是坑坑窪窪。神容又看了一遍說：「好似人為動過。」

東來立即道：「屬下去看看。」

一直在旁護著的那十幾個兵此時齊齊接近，其中一個向神容抱拳：「貴人小心，那裡應當是關外敵賊弄出來的。」

她問：「也是陷阱？」

那兵回：「不只，關外一心想摸混入關，除去陷阱，還會鑿山借道，想從山裡進入關內也是有的。」

神容便明白了，這片山嶺還真被劈鑿過，而且次數很多，才變成了這麼一副嶙峋模樣。然而關外敵方不知道望薊山的特殊，這山變化多端，前所未見，根本不能亂鑿。這段山嶺雖無礦脈，地風卻牽扯著關內主峰，這裡地風不穩了，便導致關內的礦脈產生了一絲偏差。

她想了想，既然如此，不如乾脆再動一下這山嶺，讓這裡不穩的地風泄去。不破不立，這樣既能讓關內山勢澈底平穩，才好放心開採礦石；又能壞了關外潛入的路。

「能否破壞那些？」她低聲問。

那兵道：「這不是難事，關外的布防遠不及關內嚴密。咱頭兒那些兵術，就是給他們照著抄都未必學得來。」聽語氣他對山宗分外自豪，說完一抱拳，撥出五六人，迅速往前去了。

神容吩咐東來：「去幫他們，這裡地風已經不穩，留意動靜。」

東來領命跟了過去，一邊抽出刀幫忙。

剩下的幾個兵記著山宗的命令，圍在神容身側好好護著。

神容凝神留意著地風。

前方那幾個兵手腳麻利，在那坑坑窪窪的山腳如入無人之境，抽刀彎腰，不知刺到了哪裡，轟然一聲悶響傳出。

一大片地塌了下去，露出一個陷阱的大坑，緊接著又接連塌了好幾處。很快，牽扯出更大的動靜，那陣沉悶的聲響一直沒停，如從地底傳出。

神容早有防備，立即喚：「東來！」

東來馬上叫那幾個兵離開。

神容喚完卻覺得自己腳下在震顫，如同之前經歷過的一樣，熟悉的山搖來了。她看向山嶺，碎石飛濺，有一片山石竟滑了下來，直往下砸落。

「往前！」她指揮東來帶人去那裡躲避，一面往那裡避讓。

身邊緊跟著保護的兵卒卻阻攔了她：「貴人不能再往前，那裡易遇上關外敵賊。」

那頭東來也同樣被那幾個兵攔住了。

不能往前，神容就只能去看山腳那條河了，蹙了下眉：「那就去河裡，若有吸力，儘量穩住，等這一陣過去再說。」

山搖竟還在繼續，滑下的山石沒頭沒腦的飛落。河水咕咕冒泡，說明神容的判斷沒錯，河裡的確有吸力。她早料定這裡地風不穩時也會有關內那樣的水流吸捲。

一塊山石飛來，多虧一個兵推了一下神容才避開。

神容被推著順勢踩入了水裡，水流沒過小腿，一陣冰涼，尚未來得及說話，巨大的吸力已襲來，且不只一股，方向也不一樣。她反應極快，深吸口氣閉住，果不其然被水中吸力一捲，人傾倒，渾身浸了水。

所有人都在往她這裡趕，但水流是阻力，有個兵卒托了她一下，把她往岸上推，自己就被捲開了。

另一頭東來勉力趟河而來，山搖中河水倒吸，他好不容易近前，只來得及扯了一下她的衣袖，又被吸捲回去。

神容被這一扯穩住了身形，但阻止不了水流吸力，人迅速隨流漂出去。偏偏那片滑下來的山石砸入河面，她不知又被哪個兵推了一下，這一下太用力，她順力被捲往另一頭，砸下的山石和濺起的水花已將她和他們隔開。

一陣急速的吸捲，漫無目的，直到挨到岸邊，神容兩手緊緊抓著茅草才停了。她鬆口，急急呼吸兩口氣，差點就要脫力，好一會兒才緩過來一些，費力地上了岸，虛軟地挨著棵樹坐下。

渾身濕冷，但她第一件事是拿出懷裡裝書卷的錦袋看了看，還好錦袋可防水火，只要沒丟就好。

她又放心收回懷裡，這才擰了擰濕透的衣裳，一口一口緩著呼吸，一面沒好氣地想：幽州的山脾氣真不小，跟幽州的人一樣，難馴得很。但她還會鎮不住不成，現在還不是安分了。

河水的確已經平靜，再無動靜。她轉頭往被捲來的方向看，一怔，那片山嶺竟已不在視線裡了。

水的吸力太快了，片刻功夫，居然漂出來這麼遠。不見東來也不見那群兵，他們可能還在那一頭。

神容看了天一眼，快過午時，幾個時辰一晃而過，她得趕緊去與他們碰面。那片山嶺地風已泄，就如一個人的壞脾氣被捋順了，她出來的目的已達成，這就夠了。

身上的胡衣又擰了擰，這胡衣厚實不貼身，倒是好事，此時沒起風，不至於更冷。神容提起力氣起身離岸，穿過一片山林，才看到那片山嶺的一個嶺尖。

原來是被河流帶著繞了個向，難怪看不見了。她推算了距離，循著方向過去，忽然聽見一陣急促的馬蹄聲，連忙止步，避去樹後。遠處一隊披頭散髮的男人騎馬而來，手提大刀，是關外的兵馬。

神容轉頭就走，一面想起那幾個兵的話，果然一路往前會遇上關外敵賊，她現在已經被水捲來前方了。

只能在林中快走，身後一直能聽見馬蹄聲。神容快用光僅剩的那點力氣，終於走出林子，到了一條土路上。

路上正有一行五六人的隊伍緩緩經過，有馬有車，馬背上還有貨，看起來像是一支走商的。馬車裡探出一個皮膚黑黑的婦人，穿著一襲繡彩的胡衣，朝她招手，好像在喚她過去一樣。

神容聽見身後馬蹄聲似又近了，咬了咬牙，只好快步過去。

馬車竟停下來等她，那婦人伸出手來拉她，一面笑著對後面說了句胡語。

關外主要是奚人和契丹人，容貌與漢人相似，只是語言不通，這個婦人說的不是契丹話，是鮮卑話，應該是奚族人。

長孫家祖上有鮮卑血統，神容能聽懂一些鮮卑話，她聽懂了這婦人對她身後說：「這是我們的人，一直等著她回來呢。」

神容一下被拉上車，迅速往後看一眼，後方那隊披頭散髮的兵馬已經追到了跟前，聽了婦人的話才停了。

婦人又說句胡語，隊伍裡一個行腳的奚族男子過去遞了點碎銀給他們，那群兵馬收了錢，這才調頭走了。

馬車瞬間動了起來，走商的隊伍上了路。神容去看那婦人，微微欠身致謝。

婦人似乎是隊伍領頭的，笑咪咪地看著她，指指她身上的濕衣裳，用胡語問她怎麼了。

神容為了不暴露是關內來的，故意指指自己的唇，搖頭，裝作不能說話的樣子。

那婦人露出恍然大悟的神情，繼而笑得更深了，從身側拿了一塊胡毯遞給她。

神容接了，披在身上，兩手拉在胸前，雖然她今日特地穿了胡衣，綁著髮辮也像個胡女，但剛躲開那幾個兵馬，不代表可以鬆懈。

婦人又很熱心地遞來水囊，拔開塞子，還有熱氣。

神容身上正冷，但擺了擺手，裝作不渴的樣子。

婦人便將水囊放下，遞來一塊胡餅，笑著請她吃。

神容看了一眼，還是擺手，雖然她確實早就餓了。

婦人便不再遞東西給她了，只是笑著打量她，彷彿十分滿意的模樣。

神容趁機朝車外看一眼，沒再看到那片嶺尖，不知道走出了多遠，看眼下情形，也不好隨便停下，怕再遇上那些關外兵馬，只希望他們不會去那片山嶺處。

她一邊看車外，一邊看天色，思索著在哪裡下車合適。

忽聞車外多出了人聲，像是到了什麼城鎮，馬車不再顛簸。但那些聲音只是一晃而過，馬車好像一下子變快了，神容甚至一隻手扶住了車門，才不至於搖晃。

對面的婦人笑著用胡語說了句：「沒事，放心。」

車許久才停下，像是直接拐入了什麼地方。婦人先下了車，朝神容招手，臉上還是那般滿意的笑。

神容朝外看了一眼，是一間院子，院外是一條不寬的街道，街上胡人酒肆林立，應是到了附近的一個小城裡。她揭開胡毯下了車，到了這種地方也好，也許更方便東來他們找來。

那婦人指一下院內的屋子，用胡語道：「進去坐吧，這裡面可是個好地方。」

神容看她一眼，見她臉上又露出了那般滿意的笑來，心中動了動，點頭，往那屋子走。走到一半，又立即折身往院門跑去。

婦人忽然尖利地叫起來，神容身後一下追來兩道身影，一左一右架住她往回拖。

那是兩個高壯的胡女，簡直像男人一般有力氣。

神容被拖回去時，身上已經澈底沒有力氣，疲憊饑餓幾乎耗空了她，實在無法掙脫，直接被拖回那間屋內，接著眼前一黑，她臉上被遮上了一塊黑布。

滴答滴答的聲音在響，好似是漏刻聲。

神容迷迷糊糊醒來，眼前有朦朧的燭光。

耳邊一個女子的聲音在說話：「唉，這是遇上牙婆子了，這關外的牙婆子可非我朝那樣的，都是直接偷啊搶的，才不管是不是傷天害理呢。」

神容一下子清醒了，撐著床坐起，依然是一手立即去摸懷間。

一個女子挨過來：「找妳那書麼？不用擔心，他們叫我搜妳身，我一看就一本《女則》，有什麼好搜的，又塞回去了。」

神容已摸到了，看向對方，那是個眉眼細細很有風情的女子，穿一身染彩襦裙，梳著樂人髮髻。

她開口問：「妳是漢人？」聲音有些嘶啞。

對方盯著她看了看，大喜：「說了這麼久沒回音，差點以為妳是胡人，還好我猜對了，妳與我是同個地方來的。」

神容打量四周，這只是一間簡易的住房，有一個妝奩，能看出是住女子的。她的身下是一張低矮的床席，鋪著一層豔麗的胡毯。她瞬間就釐清了前因後果，那個婦人竟敢賣了她！

那女子看她臉色不悅，輕笑道：「說來真是奇特，妳是唯一一個被牙婆子賣來還好端端的，我見過之前被騙來的，都半死不活了，妳一定聰明，沒吃他們的東西，也沒喝他們的水。」

「若非出於無奈，我根本不會上她的車。」神容咬了咬唇：「待我出去再問她……」

「算帳」兩個字還沒說出來，她忽而一怔，連忙起身去看窗外，卻發現窗戶推不開。儘管如此，窗外的天黑了她還是看出來了。

「我昏多久了？」她回頭問。

女子嘆氣：「昏了一日，妳一定是吃了些苦吧，我給妳灌了好些米湯呢，衣服也是我給妳換的。」

神容這才顧上看身上，果然已經換上了一身胡衣，五彩斑斕的。她心想糟了，過去這麼久了，山宗還在關城那裡等她。

「怎麼了？」女子問她。

神容坐回床席，面沉如水，一言不發。

女子湊近，挨著她跪坐：「我照顧妳時就在想，看妳一身貴氣，可別是出身二都，如今聽妳的口音，應是長安人士無疑。」

「嗯。」神容心不在焉，此時沒有心情理會別的。

女子朝她跪坐端正了，見禮，自稱也換了：「賤妾也是長安人士，曾出身長安教坊，會彈箜篌，名喚杜心奴。前些時日自國中往邊關採樂，在易州地界遇上一群商人，他們起先說請賤妾來這裡奏樂，豈料來了之後，他們竟不肯放賤妾走了，所以賤妾與貴人一樣，皆是被騙來的。」

神容淡淡說：「那又如何？」

杜心奴笑了笑：「貴人有所不知，這地方其實是個銷金窟，銷的無非是酒和色。賤妾看貴人似乎出身不凡，或許是會一些宮廷樂舞的，不知能否與賤妾配合一番，明晚博個頭彩……」

「想都別想。」神容直接打斷她的話。早看出這地方不是什麼正經地方，但叫她去獻舞，做夢不成？

杜心奴一愣：「貴人不願？」

神容輕哼一聲：「他們不配。」

杜心奴這下算是澈底確定了，這的確是位貴人，否則不會在這般境地下還能臨危不亂地說出這番話來。

她瞄了瞄神容，試探般笑道：「說起來，賤妾曾有一次在北疆境外落難，也遇上個貴人，不過她要好說話許多，溫柔如月，貴人不同……」

神容轉頭看她。

杜心奴頓時訕笑：「貴人像日頭，這天上哪能缺了日頭呢是不是？」

神容現在沒心情與她說這些，她只想安靜地想個法子離開，冷淡道：「妳就是再編故事也休想說動我。」

杜心奴語塞，心想這貴女看著明明年紀不大，眼睛也太毒了，什麼心思都逃不過她似的，口中無奈嘆息一聲：「明晚會有附近的貴客來，據說要挑人帶走的，賤妾本想著這是個好機會，所以才想請貴人配合來著。」若非見她生得明珠一般，豈會想到這念頭。好不容易等到她醒才提了。

神容忽然看她：「妳說什麼？」

杜心奴差點又要愣住，還以為自己說錯話了。

神容眼珠動了動，忽然站了起來：「那好，跳！」

杜心奴沒料到她竟改了主意，高興道：「貴人同意了？」

神容豎起食指，示意她噤聲。東來他們一定正在找她，只要有機會出這地方，當然同意。

這小城用腳就能丈量出來，只是一個衛城，所以才靠近關城不遠。

每到秋冬關內外戒備之際，這裡就只剩下那些披頭散髮的契丹兵駐紮，總往關內潛入的那些敵探也是從這裡派出去的。只有現在春日到了，這小小的衛城才會多出往來的百姓和商旅，經常夜不閉城，各種各樣的生意行當也就冒了出來。

例如神容現在所在的這個銷金窟。

杜心奴將這些告訴她時，正在為她梳妝打扮。房內多點了盞燈，一下亮堂無比，照著銅鏡裡兩道挨坐的人影。

「多虧貴人生了這樣的容貌，這種地方只看中色和藝，為的就是賺錢。」杜心奴手上忙著，一邊道：「賤妾因有些技藝，在這裡其實還不算被虧待，能被叫來照顧貴人，也可見他們對貴人的重視了。我剛去說了貴人肯出場，可把他們高興壞了，都以為貴人被賤妾勸動了，肯聽話了呢。」

神容一邊聽一邊理著頭緒，由著她擺弄。

杜心奴弄好了，退開些看，神容梳了飛天髻，換上了袒頸露臂的胡裙，腰上綁著五彩的流蘇，如同畫裡走出來的一般。她越看越覺驚豔：「貴人這樣了不得的姿容，又出身京中，因何會流落到關外來，家裡的夫君就不擔心？」

神容不自覺想起還在等她的山宗，臉色無波：「沒有夫君。」

「那可真是奇了，」杜心奴訝異：「如貴人這般，在長安求娶的人應該早就踏破門檻了才對呀。」

神容沒接話。

杜心奴見她不搭理，猜她大概是不想說這些，生怕說多了惹她不快，岔開話道：「還不知貴人如何稱呼呢。」

神容可不想暴露了身分，何況她又是長安來的，不管是傳出去被關外的知道，還是他日傳入長安去叫她父母知曉，都不是什麼好事。「萍水相逢，不必知道。」

杜心奴心裡一過，心想可真是個謹慎機警的貴女，便不問了，長嘆一聲：「賤妾倒是已嫁作人婦了，早知道便好好待在長安不出來了，料想我夫君該急壞了。天底下的邊關凶險，往後再也不來了，貴人回去後也別再來了，免得惹家人擔心。」

神容看她一眼：「先出去再說吧。」心裡卻在想，家人都不知道，除了山宗。他已不是她的家人。

也不知他此時在哪裡，是不是還在關城處等著，還是回關內去了。胡思亂想一停，她忽然扭頭看向房門，因為發現外面燈火更亮了。

杜心奴也看了一眼，臉色鄭重不少，低低道：「開始迎客了。」

每到晚上這裡就會熱鬧，今晚自然也不例外。

所謂銷金窟，當真如窟一般。大堂頂上是粉白的穹頂，下方是木搭的圓臺，鋪著厚厚的氈毯，臺下四面都是飲酒作樂的坐席。

此時圓臺四周已有樂人在奏曲，悠悠的胡笛聲，混著不斷湧入的人聲，很快喧鬧起來。

房門開了道縫，杜心奴剛朝外看去，就見兩個高壯的胡女在門外廊上來回走著巡視。她看了一眼，關門回身，小聲對床席上坐著的神容道：「那貴客應當還沒來。」

神容看她一眼：「妳可知道是什麼樣的貴客？」

杜心奴搖頭：「這種銷金窩什麼人都有，來的貴客多半是不會透露真身分的，反正有錢即可，我也是好不容易才打聽到會有這麼個人來。」

神容想了想，那只能搏一搏了，反正這地方她是一定要離開的。

外面漸漸傳出調笑聲，添了燈火，似乎更熱鬧了。忽有人來門外重重拍了門板兩下，響起一個胡女冷冷的一句胡語。

杜心奴回頭，小聲道：「該上場了。」說完拉開了門。

神容看去，外面的嘈雜人聲瞬間傳入，胡酒的味道混著濃烈的脂粉氣味送了進來，門口的兩個胡女正惡狠狠地看著她。

她起身，理一理衣，往外走。

木搭的圓臺上，一支胡旋舞剛歇，幾個塗脂抹粉的胡女陸續走下臺。

沒有人買她們，下方酒席間的客人就毫不客氣地爭相上前將她們拽了過去。

頓時一片驚叫聲，但沒人在意，也無人阻攔，女人在這裡就是貨物，那點聲音早被男人們的笑聲蓋了過去。

杜心奴去圓臺邊的箜篌後跪坐，對這地方肆意混亂的場面已經看多了。好在她是教坊出身，八面玲瓏，又有一身這裡沒有的箜篌技藝，勉強周旋得住，但這日子總得有個頭，這次遇上神容，是她難得的機會。

一片混亂喧鬧中，她悄悄朝後看了一眼，點頭示意，抬手作彈。空靈的一聲，場中稍靜，與關外胡樂不同，撲面而來的是中原王朝的長安風氣。

淙淙幾聲，一聲一步，有人順著樂音踏上了臺中，黛眉朱唇，眉目若盛豔光，冷淡地掃過全場。

神容只在小時候隨堂姊長孫瀾一起學過幾曲宮樂舞蹈，當時貴胄間有此盛風而已。多年過去，還記著一些，大約不夠熟練了，但她的目的又不是跳舞。

她立在臺上，等著樂音，目光一點點掃過臺下，很多人都在看她，但看不出哪個是所謂的貴客，悄悄往後看，杜心奴撥著箜篌與她對視一眼，皺著眉搖頭。

神容暗自捏住手心，難道那什麼貴客根本不會來了？剛想到此處，忽見門口處一群人奔跑了過去，似是迎接什麼人一般。

身後杜心奴小聲急道：「來了！」接著一下撥高了樂音。

神容一下就動了，腳下移步，隨著樂音踏出，順勢朝大門看了一眼，果然看見有人進來了。

一個男人的身影，被左右簇擁，從門口緩步而入。

從門口到臺下只有幾十步，他微低頭的身影彷彿貼著樂聲，一步一步，身罩大氅，髮束金冠，好似是個中原人的打扮。

神容在臺上只偷看到幾眼，聽見下方有幾個客人用胡語低低談論他——

「中原富商來了。」

「一定是來挑美人的。」

低低交談聲中，那人直往臺下而來，左右隨行的散開，他在席後落座，抬頭看向了圓臺。

神容留心到他位子，心中不屑，但為了早已定好的計畫，還是故意往他那裡舞去。樂聲潺潺，似跳珠撼玉，人影輕轉，如璀璨明珠。

神容腰上流蘇飄逸，墜了兩個鈴鐺，一動便一響，有意引人注目。

叮鈴聲隨著箜篌樂聲，有人忍不住往她腳下扔來一塊金幣，甚至還有人借著酒意撲來了圓臺邊，朝著她用胡語說著下賤話，四處都是笑聲。

神容只覺厭惡，恨東來不在身邊，看都沒看一眼，胡裙一旋，到了臺邊，輕身回折，眼睛直直看向那位貴客，目光與他相接，終於看清他的模樣，渾身一頓。

對方搭膝而坐，眼睛看著她，嘴邊一抹熟悉的痞笑。那張臉不久前還對著她說在關城等她，此刻竟在眼前。

神容眼神在他臉上轉動，卻又覺得不真實，他穿著錦袍，披著大氅，黑髮上金冠玉簪。

一瞬間，她彷彿見到了當初的山宗，她剛嫁入山家時，那個錦衣貂裘的貴公子，山家的大郎君。

樂聲又急，神容陡然回神。

山宗坐在那裡，眼神從上到下地打量她，還端著酒飲了一口，眼神依舊落在她身上，滿眼興味，嘴角勾得更深。

神容壓著滿腹的疑惑，心潮起伏，連心跳都不自覺快了些，轉身，踩完最後幾個樂音，始終偷偷瞄他，最後一步，正踩在圓臺邊沿，眼神直直看著他。

山宗放下酒盞，搭膝的手抬起，朝身後招兩下。

他後面不知從何處多出來一行胡人隨從，一直垂手聽命。其中一個上前，扔了一個沉甸甸的大包在臺上，嘩的一陣金幣響，引來四周一片吸氣讚嘆聲。

山宗忽然起身，走向圓臺，到了神容踏著的臺邊，伸手拉過她，直接攔腰抱起，大步回座。

四周人聲鼎沸，胡語交疊，有人在起鬨，有人在叫好。

神容被他抱回座上，還被他攜著，人坐在他懷裡，一手緊緊抓著他身上大氅，眼睛來回掃視左右：「你怎麼來的？」

山宗的手攬著她的腰，眼睛還盯著圓臺，彷彿就是個來挑人的貴客，冷笑：「我還想問問妳是怎麼來的。」

神容咬了咬唇，聽出他語氣裡的不快，想起方才那般在臺上的模樣都在他眼裡，他一定是覺得她很不堪了，不禁轉過了頭。

山宗攬著她腰的手一按，迫使她臉轉回來。

神容轉頭時看到臺上，忽見上方還在彈箜篌的杜心奴在看她身旁的山宗，一連看了好幾眼。

她剛想開口提還有杜心奴，山宗已朝圓臺招了下手。

杜心奴立即起身，提著衣快步過來，一下偎在他身側，小聲道：「是山大郎君，當年在長安有幸在裴大郎君宴前見過，多年未見到郎君了。」

山宗嘴邊掛著笑：「原來認得我，那也要裝不認識。」

杜心奴臉色一變，立刻稱是，收了聲，伶俐地為他添酒。

神容看了兩眼，他此時一手摟著她，一手接了杜心奴的酒，左擁右抱一般，卻不看她。

她看了看他的側臉，淡淡轉開目光。

腰上又一緊，山宗又摟緊了：「別分心。」

她低語：「難道還要我伺候你不成。」

山宗笑：「妳現在不就該做這個？」

神容不禁看他的側臉，抓他大氅的手一下鬆了。

山宗卻又一把抓了那手，拉她起身：「走。」

一旁的杜心奴馬上跟著起身動腳。

神容被他摟出去時，那群胡人隨從擋在後方，又去臺上放錢交易了，在這裡似是常態。

院門外停著輛馬車，駕車的也是個胡人。

山宗直接抱起神容送進去，緊跟而入，扣著她坐下。

杜心奴跟著鑽入，一片暗中，擠在神容身旁，大約是緊張，一個字也沒說。

「快。」山宗一開口，馬車就動了，直接駛出院子。

迎面而來一陣轆轆馬車聲，與他們相擦而過。

神容被山宗的手扣著腰，聽見他一聲低笑：「真的來了，晚一步就要走不了。」

她這才知道那車裡的才是真正的貴客，不知他是如何做到的。

車中無聲，心照不宣地沉默。

直到外面駕車的胡人說了句話，提示要到城門了，山宗扣著神容的手用力，按著她在身前：「裝像點。」

神容吃痛，輕哼出一聲。

旁邊的杜心奴已經主動叫出聲來：「哎呀郎君別呀……」一連好幾聲，又細又軟，引人遐想。

山宗按著神容，貼在她耳邊低沉說：「看看人家，妳不是很能麼？」

她忍不住又咬唇，攥著他大氅的手死緊。

馬車沒引來檢查，順利出了城。

不知多久，外面只剩下了呼呼而來的風聲，再無一點動靜。

車停了下來。山宗拉著神容，掀簾下去，外面是一片荒原，不知是什麼地方，只有頭頂月色如水，照得四下透亮。

杜心奴自車內出來，向山宗福身：「真是難以相信，竟這麼容易就出來了，多謝郎君。」她還記得山宗的囑咐，沒再稱呼山大郎君。接著她又向神容福身，「果然找貴人沒錯，多謝貴人。」

山宗指了個方向：「一路往那裡走可以隨商人從易州入關，這輛車留給妳。」

杜心奴再拜，急匆匆鑽入車內。

馬車駛出去，山宗拉著神容就走，感覺到她的手已冰涼，他才停了，解了大氅，一手搭在她身上：「告訴妳只有幾個時辰，不想妳居然都要成關外的紅人了。」

神容盯著他月色下的臉，許久才開口：「你現在一定很瞧不起我是不是？」

山宗盯著她：「妳說什麼？」

神容不做聲了，仰頭看著他，抿起唇，大氅下的胸口微微起伏。

山宗的看她的眼神凝了凝，月色下她的眼紅了，只是強忍著，但他還是看了出來。

從未看她這樣過，他走近一步，伸手托一下她的下巴：「妳幹什麼？」

神容此生何嘗受過這等屈辱，已是強壓著才撐了過來，只為了儘快出來，找到東來他們，與他會合，他以為她願意那樣？她冷淡地避開他的手：「我看你這雙手方才左擁右抱，與那裡面的人也沒什麼兩樣，髒得很，碰我做什麼？」

山宗看著她，嘴角勾起，忽而轉身走了。

神容咬唇站著，心裡越發不是滋味，他還笑得出來，竟然還走了。

但很快，幾聲腳步響，他又回來了，手一下托起她的臉。

神容覺出他手上是濕的，下意識問：「你幹什麼去了？」

「洗手，」山宗在月色下勾著嘴角笑：「妳不是嫌我手髒？」

她一怔，他的手已經抹過她眼下，捧起她的臉。

忽然忘了剛才在說什麼，也忘了這一路是如何找來的。山宗眼裡只剩下她微紅的眼，一低頭就貼了上去。

神容唇上一熱，動手推他。

他的手伸進大氅，直撫到她腰後，身穩穩不動。

她呼吸漸急，心有不忿，張嘴就咬了他一口。

山宗一頓，卻又笑了，兩手都伸進大氅，按著她壓入自己胸膛，舌尖一下下去擠她的唇。

神容唇一動，冷不防觸了下他的舌，呼吸窒了一窒。

關外的風是冷的，只有唇是熱的。

山宗行事向來讓人琢磨不透，就連現在也是說親就親。

神容還是不忿，偏不想讓他得逞，奈何動不了，兩手抵在他身前，唇被堵得更緊。

他低著頭在她眼前，幾乎和她一起裹在大氅裡，臉一轉，又一次，舌強勢地擠進。有一瞬間，神容甚至描摹出他薄薄的唇形，以自己的舌。緊接著他的舌就纏了上來，她不禁仰高了頭，脖頸拉長，無聲地僵住了身。

許久，腰上墜著的鈴鐺叮鈴一聲輕響，是山宗的手掌蹭過的緣故。他終於緩緩退開，那雙薄唇一點點離開，鼻尖從相抵到相離。

神容還維持著仰臉的姿勢，對著他，一呼一吸地換氣，胸口劇烈起伏。唇上是麻的，舌也麻了，似麻到了舌根。

「親夠了？」她輕喘著問，帶著絲挑釁。

山宗也在喘氣，胸膛貼著她軟軟的身軀。她鬢邊一縷髮絲亂了，眼裡不再泛紅，盛著月色，如浸水光，凜冽又動人。他一直盯著她，看出她那絲不快，抬手，拇指抹過剛被她咬過的下唇，揚著唇角笑：「就是沒有也該走了。」又沉又壞的語氣，話音未落就拉著她繼續往前。

神容被拽出去時都還有些不情願，掙了一下沒掙開，只能一手攏著大氅跟上。

沒多遠，月色下的荒原裡，露出另一輛馬車。駕車的依然是個胡人，顯然早就在等著的。

神容被拉過去，腰上一緊，又被山宗不由分說地抱上車。他跟著低頭入了車內，馬車便和先前一樣迅速駛了出去。

「還好早安排好了換車，否則剛才多出來的那個就麻煩了。」他在黑暗的車上壓著聲。

神容不搭理他。

山宗仍一隻手摟著她腰，扣得緊緊的，像是怕她會跑一樣。

這次很快，約莫一盞茶的功夫，車就停了。有昏暗的燈火隔著車簾映入車內。

山宗摟著神容下車，眼前是一家供往來旅人落腳的客舍，大門半開。

神容站在車邊往左右看，車停在腳下一條磚鋪的窄街上，他們似是到了一個鎮子裡，這條街便能看到頭，只有眼前這家客舍亮著燈。

山宗摟她的手還沒鬆，直接攬著她走入客舍大門。

客舍裡大概是聽到了動靜，立即出來一個絡腮鬍鬚的胡人，似是這裡的櫃上的，朝他點頭哈腰，一口熟練的漢話：「貴客回來了，快請入內。」

「嗯。」山宗摟緊神容，邊往裡走邊問：「我的隨從呢？」

「都在裡頭等著貴客回來呢。」

說話間入了客舍廳堂，櫃上的將門關上，抬手做了個請：「什麼都備好了，貴客隨時可去安歇。」

山宗說：「找個女僕來伺候。」

櫃上的稱是，曖昧地看了他懷裡摟著的神容一眼，躬身退去了。

廳堂內一燈如豆，幾張方木桌邊坐著一群身影，約有十幾人。櫃上的離去後，其中一人起了身，其他人也跟著紛紛起身。

一群人皆身服短打，額纏布巾，腰上或小腿上綁著短匕首，燈火裡看來大多橫肉滿面、目露凶光，似乎都不是善類。

最先起身的那人右眼上纏了個黑皮罩子，更顯凶惡。他走近來，朝山宗抱拳，緊著嗓子喚了個新稱呼：「崇哥，都打點好了，就等你帶人回來了。」說著瞄他身旁的神容一眼。

山宗頷首，低聲說：「辦好了就儘快走。」

「是，咱都知道的。」那人退開兩步，讓道給他。

山宗摟著神容繼續往裡，她邊走邊又回頭看了看那群人。他們皆朝著山宗，還在目送他，看起來對他既恭敬又畏懼。

往裡皆是客房，按門口掛的牌子分出幾等。山宗摟著神容走到一間上房外，推開門，將她帶進去。

房內亮著燈火，桌上擺著一盤熱騰騰的胡餅，配著幾樣胡人小食。一個大肚細口的銅壺裡盛著熱水，壺口冒著熱氣。果然如那櫃上的所言，什麼都準備好了。

山宗將門關上，才鬆開摟神容的手。

她掃視著屋內，目光又掃過他，此時才開口：「那些就是你的隨從？」

山宗差點以為她要一直不理他了，盯著她反問：「妳知道他們是什麼人？」

神容淡淡說：「黑場上的，綠林人。」和大鬍子他們是同類人。

山宗點頭：「知道就好，那妳可知道我動用了多少黑場上的人才找到妳？」

神容怔一下，又看向他。他身上一襲深黛的錦袍寬著，髮上金冠熠熠，燈火裡長身而立，身如在往昔，唯有眼光深沉，人還是幽州的山宗。

「就這樣妳還覺得我是瞧不起妳？」他臉上的笑一閃而逝，盯著她的眼裡沉幽幽的一片：「妳要記好了，下次說幾個時辰就是幾個時辰，別玩兒我。」

神容眼神動了動，才知道他的確是帶著氣的，先前的情緒反而淡了，頓了頓才輕聲說：「我沒有。」

山宗看了她一會兒，心想算了，反正也沒下次了，何必再說這個。

門外響起兩聲敲門響，有蹩腳的漢話說：「來伺候貴客。」是櫃上的安排的胡人女僕來了。

山宗拉開門讓她進來，指指神容，意思是伺候她，自己走了出去。

外面一群身影，正從暗處往外行去，見到他自客房裡現了身，個個低頭抱拳。還是那群綠林人，在他眼前乖巧得不像是行走黑場的。

山宗站在門廊下，擺了下手，他們才繼續往外走了。

綠林山野裡的人，消息是最快最靈通的，四處都有門路行走。這一群人幫著他利用黑場搜羅消息，打點身分，安排車馬，一切才能如此迅速。

山宗吹著廊下的涼風，想起那日在關城處一直等到日落也沒見到神容返回，反而等到了一個兵渾身濕透地回來報信說她不見了，當時大約真的動了氣。說好的幾個時辰就返回，居然不見了。

但他還是找了出來。此時被關外的涼風一陣陣吹著，似也在提醒他，他當真找了出來。又吹了一陣涼風，在那銷金窟裡沾染的酒氣和脂粉氣似都散了。身後的客房裡，那個女僕退了出來，離去了。

山宗聽到動靜，回頭看了一眼，舉步回去。

房裡靜悄悄的，神容已經在胡床上躺下，背朝外。

山宗關上門，站到床前，才發現她已經睡著了，大約是坐在這裡不知不覺睡了過去，身是斜的。

大氅從她身上滑下，半搭在她的腰上，又拖下床沿。胡裙很露，她白生生的肩頭袒露著，後背也露了一片，幾縷髮絲因趕路太急而微微凌亂，直撲入他眼底。

山宗的眼神落在她身上，遲遲沒移開，想起那群綠林追查到的消息。

她這樣的相貌太惹眼了，他們很容易就在一個牙婆子的手底下問了出來，據說她當時是為了躲避一群關外敵兵才落入了牙婆子的手裡。

他忽然覺得自己剛才不該那樣說，她的確沒玩兒他。如她這樣驕傲的嬌女，從來不曾紆尊降貴過，又何嘗做過這等以色事人的事，否則豈會紅了眼眶。

山宗彎腰，將拖到地的大氅拎起來，看她身上，沉著眼，從頭到腳都看了一遍，沒有看到什麼傷痕，眼神才緩和。

她腰上流蘇間的鈴鐺還在，他伸出一隻手去解，惹得她輕動了一下，腰下胡裙的裙擺裡露出什麼。山宗看她一眼，那裙擺層層疊疊，他手指伸入，摸到那東西，是錦袋，裡頭自然還是她那卷書。

大約是因為要跳那支舞換了衣服，她就將書卷綁在厚厚的腰下裙擺中藏了起來。他好笑，將錦袋往裡塞一下，手指碰到她的腿。這雙腿之前一步一動在圓臺上曼舞的情形還在眼前。

他收回手，將大氅重新搭回她身上，扯了扯身上錦袍的領口，又撚了撚手指，眼中盯著她安睡的側臉，忽又一笑。

其實她跳得不錯。他當時坐在那裡，看著她朝自己舞來，看到的是她滿身的豔光，那是另一副模樣的長孫神容。

可能她不知道，當時滿場人的目光都在她身上。還好他去得夠及時。

天亮時，神容睜開了眼。

睜眼時有一瞬間的恍惚，胡床頂上的幔帳滿是花紋，她定了定神才想起自己如今身在何處。那銷金窟裡的經歷就像一場夢，還好夢很快就醒了。

忽覺身旁有人，她慢慢轉過頭，愣了一下，身側的男人剛剛坐起。

山宗正在穿衣，轉頭看了她一眼：「醒了？」

神容還沒完全回神，眼珠盯著他輕轉，又看了看自己身上，她身上胡裙未褪，一條腿還與他相貼著。

山宗的眼在她臉上轉過一圈，臉上似笑非笑的：「不用看了，我就在這裡睡的。」

神容擁著大氅緩緩坐起來，昨夜她說睡著就睡著了，一點都沒有感覺到。

「做什麼？」她開口問，也不知為何就這麼問了。

山宗的眼一下凝在她身上，貼近一分，挨著她的腿也貼得更緊：「擔心我對妳做了什麼？」

神容一手撐在床上，斜睨他，看到他下唇一點破皮，是她咬出來的，眼神晃一下：「有什麼好擔心的，反正這裡無人認識我們，認識我們的都知曉你我做過夫妻，還會要求我冰清玉潔不成？」

她的語氣很低，一字一字鑽入山宗耳中，他不禁笑了，掃過她白嫩的肩頭，痞氣橫生：「那我豈不是虧了。」

神容眼上一跳，覺出了話裡的含義。他果然是個壞種。

第十八章　故城垣

沒能繼續說下去，因為有人來敲了門。是昨晚那個伺候過的胡人女僕，來替櫃上的傳話的，說是貴客的隨從來了。

山宗這才退開，下了床，臉上那點笑還掛著，手上繫著束帶，束得還是那件深黛寬逸的錦袍。

神容坐到床沿，看他一眼：「什麼隨從，那些綠林人不是該走了？」她只想知道東來他們現在何處。

「妳何不自己去看看。」山宗說著，又看她身上一眼：「換了衣服再出來。」

神容不禁看了自己身上一眼，這身衣服沒什麼，只是太惹人注意，也太露了。

此時客舍的後院裡，一群人正在等著。

那是東來和負責保護神容的十幾個精兵，按照山宗的命令，今日一早趕來這裡會合，都已改頭換面，穿了尋常胡衣，看起來就像是一群尋常富貴人家的隨從。

約莫等了三刻，才終於見到山宗自客房那裡過來。

東來抬頭看到他的模樣先愣了一下，已經習慣了他胡服烈烈的模樣，忽見他錦衣在身，便不免想起了曾經他與少主剛成婚時的模樣，原本想問少主情形如何，也連帶著停頓了一下。緊跟著就看到了神容，她跟在山宗身後，二人看起來像是從同一間客房裡出來的。

東來立即快走兩步，向她跪下：「少主，是屬下護主不力。」

神容身上換了身胡衣，簡單地梳了個髮髻，都是客舍那個女僕替她置辦的。此時終於見到他，才算放心：「你們沒事？」

東來垂著頭：「沒事，只擔心少主。」

神容再不想回顧先前了，雲淡風輕道：「沒什麼，我運氣算好。你們後來如何了？」

東來看了山宗一眼，想起那日他面色陰沉地趕到那片山嶺下的情形。他這十幾個兵其實都是好手，只是當時是顧忌少主身分，不敢任意摟抱施救，稍一耽誤，就被水流捲開了。然而山宗並不在乎理由，只看結果，恐怕這些兵回去也要領一回軍法。

這些東來就不直言了：「也沒什麼，我們為找少主分開行事，領了命令去辦事，一切順利。」

神容點頭，沒在意，忽而留心到這後院安靜得很，瞄了山宗一眼，輕聲說：「我早就想問了，你來得匆忙，哪裡來那麼多錢財行事？」

在銷金窟裡買了她和杜心奴二人，又住入客舍上房，這裡靜得很，就如同包了這地方一般，左右花銷皆是貴客派頭，又豈會是小數目。

山宗看她：「妳馬上就會知道了。」說著掃那些兵一眼，「人帶出來。」

東來起了身。

幾個兵往後，去後面的一間柴房裡扯出幾個被捆綁住的人來，一下推搡到他面前，一陣含混吱嗚聲，因為個個都被塞住了嘴。

神容一見他們就冷了眼神，第一個摔過來的便是當日那騙了她的婦人，那個可恨的牙婆子。

婦人見到她就一連地磕頭，口中哼著不清楚的胡語求饒，接著又面朝山宗不停磕頭。

神容瞬間明白了：「原來你用的是她的錢。」

山宗幽幽一笑：「她賣妳賺了不少，自己那些髒錢自然也都倒出來了，有哪一毫是她自己的錢。」

她冷冷看著婦人，怪不得，他這算是取惡鎮惡去了。

山宗問她：「妳想不想出氣？」

神容意外地轉頭：「你要讓我出氣？」

他點頭：「否則我綁他們來做什麼。」

神容心裡舒暢不少，甚至笑了一下：「如何出？」

山宗垂眼看那幾人：「在別人的地頭上不能見血，不過叫他們永遠無法作惡還是可以的。」

他語氣森森，就好似當初鎮壓那些大獄裡那群暴徒時的模樣，神容便明白昨晚那群黑場上的綠林人為何如此懼怕他了。

半個時辰後，在這無人過問的後院柴房裡，這幾人臉上被刺上當地的刑囚標記，由幾個兵拽出後院，送交給昨夜離去的那群綠林。黑場上自然多的是手段讓他們無法再作惡。

山宗和神容已經返回了房中，準備啟程。

直到此時，神容才算澈底撇去心裡的那些不痛快，看了看坐在桌旁正用布纏著刀鞘遮掩的山宗，輕聲問：「你不是不出幽州的麼？」

山宗手上不停，掀了掀眼，臉色似沉了幾分：「沒錯，所以出來的只是個崇姓中原富商。」

她回味過來了：「難怪昨夜那些人喚你崇哥。」

「崇哥」兩個字從她口中說出來，山宗有點異樣的感覺，看她一眼，暗暗扯了下嘴角，一邊將手上刀鞘纏好了，塞入大氅中裹好，起身：「走吧。」

客舍外的那條窄街上，到了白日裡才有了往來的人流，皆是路過的行商隊伍。

胡人櫃上的收了錢，極其熱情，如今見他們要走，躬著身在門口送客：「貴客放心，車馬乾糧都備好了。」

如他所言，門口停著輛輕便的馬車，東來坐在車上，陸續跟來的兵也都騎上了馬。

神容看過一遍，登上了車，揭著車簾往外看山宗。他站在車外，從錦袍衣袖裡摸出幾個金幣拋給那櫃上的，頓時叫人家一陣鞠躬道謝：「多謝貴客，多謝貴客，望貴客與夫人一路安順。」

「嗯。」他一手掀衣，登上了馬車。

神容不禁讓了點位子給他，盯著他：「他叫我什麼？」

車小，山宗將裹住的刀塞在腳下，屈起長腿，聲一低就出奇地沉：「妳要知道在外行走需要個身分，我是中原崇姓富商，妳就是隨我出關途中不慎失散的妻子，被惡人拐賣入了風塵之所，如今又被我贖買了回來。」

神容猜也猜到了，緊挨著他的身轉一下，囁嚅：「誰是你妻子。」

山宗瞥她的側臉，自嘲地笑了笑，確實，最多是前妻。

外面，東來已將車趕上路。

這一路是有意隨著商隊走，並不是往關城的方向，這是山宗早定好的。他下令時並未說緣由，東來也只能照辦。

關外百姓大多牧馬放羊，城鎮極少。

蒼茫天地黑下時，就如一片黑沉沉的幕布籠蓋四野，只剩頭頂點點星光。

一片背風的坡地下，天黑後駐紮了幾個圓頂小帳，一群行商的中原人正圍著篝火飲酒吃飯，就見另一行十來人趕了過來。

那一行人停下，馬車上下來個勁瘦幹練的少年，過來問他們能否一起落腳，只要借他們幾個小帳即可，願意付錢。

都是商人，又都是中原人，自然好說，那幾人皆同意了。

少年返回，向車上稟報過，車上便走下一個身姿頎長的男人，身後跟出個穿著胡衣的年輕女人，只一個側臉也容色絕豔。

眾人皆借著火光看著。

篝火直照到車邊，山宗一手在神容腰後一托：「過去。」

她自然而然就隨著他掌心那點力道邁了腳，往那邊坐著的那幾個中原人走去。

那邊幾位中原人已經起身，向山宗搭手見禮，請他坐過去交個朋友，又叫他們當中的女眷來招待神容。

山宗拿開她腰後的手，過去坐下。

神容被一個年輕婦人請了坐在他們旁邊一叢篝火邊，接了她們遞來的熱湯，看眼前一圈，都是女眷，一個個被關外的風吹得灰頭土臉，可見路途辛苦。

男人們到底熟得快，旁邊很快就與山宗聊開，已有人喚他「崇兄」了。

神容往那裡瞄去，山宗搭膝而坐，一手端著湯碗，剛低頭飲完一口，薄唇帶笑，錦袍袖口一縷暗紋被火光照出來，隱隱一身清貴。

沒了凜冽的直刀，褪了胡服馬靴，他此時不在幽州，不經意間的舉手投足竟顯露了一絲世家涵養。但很快他們的說笑聲就叫她回了神，她低頭飲湯。

一個胖乎乎的中原商人看清了神容的相貌，忽然問山宗：「敢問尊夫人如何稱呼？我自長安來，曾見過不少富貴人家，京中顯貴，瞧著略有些面善。」

神容端著碗，只能裝作沒聽見。

山宗看她一眼，漆黑的眼裡映著火光，忽而一笑：「內子姓金，名喚嬌嬌。」她蹙眉，朝他看去。

那個中原商人一聽沒聽過這名字，訕笑道：「那看來只是面善。」

一餐飯用完，交談便結束了。

大家都要趕路，因而睡得也早，各自在附近的小河裡洗漱過，回去帳中安歇。

神容躺入一間圓頂小帳裡時，篝火已滅。

沒多久，帳門被掀開，男人的身影矮頭進來，一手繫住帳門，一手脫著外袍。

「唰」的一聲輕響，外袍落在就地鋪著的氈毯上，正搭在她的腿上。她沒動，身旁男人的氣息撲面而來，他已躺下，蓋了胡毯。

神容睜著眼，眼裡是他仰躺的側臉，昨夜不知不覺睡去，毫不知情，此時才有與他同床共枕的感覺。她悄悄翻身，背過去，否則只是看著他的肩和腰，就又要勾她回想起那個夢。

氈毯太小，他身高腿長，她這一動就如同蹭著他翻了個身。

頸後忽然一陣熱氣拂過，山宗側臥了過來：「妳還沒睡。」

她心中一動，忽而想起來，他眼力好得很，一定是早發現她睜著眼了，乾脆開口說：「你方才說誰叫嬌嬌？」

山宗的確進帳就仔細看過她了，低低笑了笑，胸腔震動，挨著她的背：「隨口說的。」那是胡十一取的好名，想起就用了，她大概還是頭一回明明白白聽見。

四下安靜，除了漸漸清晰的呼嚕聲和夢囈聲，帳中只剩下彼此並不均勻的呼吸聲。春日席地而臥還是冷，即使鋪著氈毯還是難耐。

神容不自覺縮了縮身子。

一隻手忽然搭在她身上，扣過去，牢牢將她扣在懷裡。是山宗的手，他的手掌遮著她的耳，人貼近，低低說：「妳知道為何露宿的氈毯都這麼小？」

她不自覺問：「為何？」

「就是要這樣睡的，否則冷。」他說，溫熱的呼吸吹在她的頸後。

神容被他牢牢抱著，一動也不動，心想他身上的確是熱的。

山宗說的不算假話，其實是商人小氣，給的氈毯小罷了。等真抱住了她，黑暗裡感受卻深刻許多。

昨夜她睡著了在身側，並不覺得有什麼，今晚她一直清醒地在身邊，軟軟的身軀全在他懷裡，卻好像意味不同了。他身緩緩繃緊，貼著她的身軀，覺得她的身軀似更軟了，如水一般，沒有多動，也不能多動，這小小的帳房根本擋不住半點動靜。

當初成婚後都沒有共睡過一榻，如今他們卻在關外做著別人眼裡的夫妻。他在一片昏暗裡盯著她的髮，隨即就又想起她在馬車上的那句話，誰是你妻子，無聲地咧了咧嘴角。

當初從未想過會有這樣一日。

神容後來不知道自己是何時睡去的，醒來亦不知是什麼時辰，只覺出身後是空的，轉了個身，才發現山宗早已不在帳中。

她仰躺著，盯著小帳灰乎乎的圓頂，回想起夜裡他好似一直摟著她，背後胸膛結實溫熱，一條腿抵在她身下，渾身緊如弓繃……

「少主。」東來在帳外喚她。

神容思緒一停，覺得自己不該想了，起身穿上胡衣，掀簾出去。

外面天剛亮起，青濛濛的一片，東來手裡送來一張皺巴巴的紙，低聲道：「山……郎君先行去了別處，叫少主稍後去與他會合。」

神容接過展開，上面是手畫的地形圖，歪七八扭的不像樣，一看就不是山宗自己畫的。

東來指了半途一個地方：「就是這裡。」

她看了兩眼，收進袖中：「他沒說去做什麼？」

「只說了這些，後半夜就走了。」

神容覺得有些古怪，好端端地趕著路，怎麼忽就去了別的地方？

「可還有別的？」

東來搖頭：「沒什麼了。」

他只記得後半夜守夜時看見山宗出了小帳，身上只穿著中衣，去了趟附近的河邊，後來回來時便告訴他要出去一趟。他當時點起了火摺子，見山宗肩搭錦袍，赤露臂膀，半身都是濕氣，像是澈底清洗了一番，至少臉和頸上都是水珠。

「山使不冷？」他忍不住問。

卻聽山宗低笑一聲：「熱著呢。」

而後留了話，騎了匹馬就走了。這些好似是沒什麼可說的。

神容沒再多問，因為其他小帳裡已有人起身，人家商隊要出發了，便朝東來點了個頭，準備這就走。

東來馬上去為她取洗漱的用水和帕子。

車馬上路時，神容才在車內吃了些乾糧，而後又將那皺巴巴的地形圖拿了出來。圖上畫的是路線和方位，一眼能看出來的只有關城。

看到關城，不免想起她哥哥，好幾日沒回去，他怕是要擔心壞了。神容輕嘆一聲，又低頭看。

因是地形圖，自然畫了一些地貌，其中有山川河流，她翻來覆去看了好幾遍，才收了起來，越發覺得畫得不怎麼樣。

春日的關外仍然風大，攜塵帶沙。剛亮透的天被吹得昏沉，莽莽四野一望無際，只有幾處廢棄坍塌的土臺聳立著，風一過，一層塵煙。

會合的地方到了。馬車停下，神容掀簾下去，一手遮著眼往前看。

塵煙散去，顯露了一道挺拔身影。山宗背對著他們，面朝著莽莽前方，不知在看什麼。

若在以往，他們剛到他就該察覺了，但到現在也沒回頭。

神容盯著他的背影，緩緩走過去，故意放輕了腳步，到他身後時，他回了頭：「妳到了。」原來是知道的。

他臉上沒什麼神情，唯語氣漫不經心，伸手拽了她的胳膊，將她拉到土臺背風的一邊，那裡拴著他騎來的馬。

神容看著他：「為何要來這裡會合？」

山宗拍了拍衣袍上的灰塵：「去了個地方，回關城正好要經過這裡。」

神容朝他剛才望的方向看了一眼，猜那就是他剛才去的地方，心思轉地飛快，想起那張皺巴巴的地形圖：「你去的是圖上最後標的地方？」

山宗伸手牽了馬：「沒錯，妳看出來了。」

「自然看出來了，」神容說：「料想你也找不到那地方。」

他抬眼：「妳怎麼知道？」

神容微微歪著頭：「這有什麼難的，那紙上畫的山勢走向就是錯的，對應不上又如何能找到地方。」

山宗緊緊盯著她：「妳有把握？」

神容還從未被懷疑過看山川河流的眼力，不禁瞥他一眼：「不信就算了，你去信那破圖好了，看你能不能找到。」說罷從袖中取出那皺巴巴的紙，遞過去。

山宗沒接那紙，直接抓了她那隻手，往跟前拉一下：「誰說我不信的。」他又不是沒見識過她的本事。

神容貼近他，手裡忽然多了馬韁，又聽他說：「妳跟我再走一趟。」

她抓著馬韁：「我還不知要去做什麼呢？」

山宗似頓了一頓，才說：「找人。」

「什麼人能叫你大半夜的跑出來，」神容瞄著他：「是男，還是女？」

山宗看她的臉，想從她臉上看出為何這麼問，笑了下：「誰會來這種地方找女人？」

神容眼裡動了動，似乎是多問了，踩鐙上馬：「我也只是隨便一問罷了。」

山宗聞言抿了抿薄唇。他沒有另乘一騎，緊跟著上了馬背，朝外吩咐：「你們先趕往關城等候接應。」

東來尚未稱是，他已騎馬帶著神容走了。

神容坐在馬背上，形同被他抱在懷裡一般，就如昨夜，手裡緊緊捏著那張紙。

山宗走的果然是他剛才在望的方向，策馬速度漸快，看了懷裡一眼，知道顛簸，一條手臂摟上她的腰，緊了些。

「我知道了。」懷裡的神容忽而出聲。

他低頭，能嗅到她髮間的幽香，又被凜凜春風吹散：「知道什麼？」

「你出幽州還有這個目的。」她說。

山宗在她頭頂低笑一聲：「我是為何出來的，妳最清楚。」

神容不做聲了，看他摟在自己腰間的手臂一眼，心裡有絲異樣感覺，說到底他是為她破的規定，出的幽州。

一路荒涼無人，只有他們二人一騎。

山宗勒馬時，風仍未轉小，遠在盡頭的天邊隱約可見一段起伏的線。像是城牆，離得太遠，無法確定，又像是隱於漫漫塵沙間一個不切實際的幻影。

「就在這附近，」他說：「我要具體方位。」

神容會意地展開那張紙，比對著周圍地形，一邊低語：「這到底是誰給你畫的，一定十分倉促，竟然畫成這樣。」

山宗自後貼近來看，胸膛完全貼著她的背，看了看她專注的側臉，不想打斷她，沒有回答。這就是大鬍子當初交給他的地形圖，她沒有說錯，確實倉促。原本他拿到手也沒想過能親自來這趟，因為根本沒想過還會再出幽州，還是私自的。

他抬頭，警覺地掃視兩邊，在她看山時提防著危險。

「找到了。」神容對照過後，手指比劃了一下，很快確定了方位，往右一指。

山宗策馬而出。

一路接近，那道遠在天邊的線也清楚了一點，的確像是城牆。

神容迎著風的眼微微瞇起，「那是……」她心裡算著方位，回味過來：「那是薊州方向？」

山宗抓緊韁繩，錦袍被風吹得鼓起：「嗯，所以只有妳我來，免得人多惹來注意。」

神容便明白了，他們離開的衛城在關城左面，而薊州遠遠在右，這一路特地繞了點路，原來就是為了來這裡。

漸漸馳馬往右，那段城牆卻依舊遙遠，因為真正的薊州還很遠。那應該不是城牆，而是如今占據這裡的契丹人和奚人造出來的圍擋。視野的另一邊出現了蔥蘢山嶺的輪廓。

山宗按照指向而行，馳馬到了地方，是一處不大不小的鎮子，尚在木搭的鎮口，便已聽見裡面喧鬧的人聲。

他下馬，攬著神容下來，牽馬入鎮：「記好了，妳我是偶然走錯方向來到這裡的一對行商夫婦，別人問起就這麼說。」

神容點頭，跟著他進入鎮子。

這鎮子裡居然十分擁擠，到處都是人，全都是披頭散髮的模樣，看來都是契丹人和奚族人，分不清哪些是本地的，哪些是外來的。

雖熱鬧，整個鎮子卻灰撲撲的，像蒙了多少年的塵埃一般，連同往來的人臉上也是那般神色，彷彿少了許多生氣。

沿路地上是一攤一攤的貨物，粗布、乾柴，也有風乾的肉條，他們原來是在以物易物。此時見到忽然闖入的人，紛紛看了過來。

神容不禁捏緊了手心，她雖穿著胡衣，但山宗還是中原打扮，未免有些顯眼了。

山宗抓著她的手拉到身側，低聲說：「放心，他們都是漢民。」

她一怔：「什麼？」

周遭傳出來的聲音分明不是漢話，又怎會是漢民？

山宗牽著馬在人流中穿行，藉著拉她迴避行人，歪頭貼她耳邊：「薊州被占後許多漢民被趕出城，就多出了一個個這樣的鎮子，他們不能再做漢民打扮，也不能再說本朝言語。」

神容這才明白，更加愕然，又看了看那些人。

忽聞一聲尖叫，也不知從哪裡傳出來的，左右的人忽然就快跑起來，全找地方躲。

神容被一撞，往前一傾，險些要摔倒，好在扶住一間房屋的牆壁，回身一看，沒看見山宗，卻正好看見鎮口外一行三五人打馬而過，赫然是披頭散髮手持大刀的兵馬。

不知這幾個兵是從什麼地方過來的，並未進來，只是經過，竟然就叫這裡的人如此害怕地躲避，似乎是擔驚受怕慣了。

神容順著人流走了幾步，轉著頭四處看，還是沒看見山宗，穩穩神，只能往前找去。

山宗為不引來那幾個兵馬注意，方才被人流衝開就牽著馬迴避了幾步，身在一間灰舊的屋舍旁，但眼睛早就盯著神容。

她沒事，離得並不遠，正在往這裡走，一邊走一邊往兩邊看，像在找他。

那群兵馬過去了，四下像是經歷了一場風暴，漸漸恢復如常。

山宗正要出去接她，看見一個滿頭白髮的老嫗拉了下神容的衣袖，問她是什麼人，為何來這裡，說的是漢話，只是非常小聲。

神容左右看了看，亦小聲回：「我在找我……」

山宗看著她，她頓住了，又朝路上看了兩眼，唇動了動，才說完後面的話。

神容應付完老嫗，覺得周遭防範的眼神少了許多，往前幾步，忽而身後有人貼近，轉過身，正落入男人胸懷，一隻手將她摟住。

山宗攬著她：「關外沒那麼多講究，就這麼走。」

神容被他攬著往前，有意不去看左右目光，看了他如刻的側臉一眼：「你定然早看到我了。」

山宗沒否認，確實，連她最後那句話的唇形也看得清清楚楚。

她最後說的是：「找我夫君。」

雖然明知那是他提前安排好的話，看清後他還是低低笑了笑。

薊州被關外占據了十多年之久，很多地方已經看不出這裡原本屬於中原，譬如這鎮子。與其說是鎮子，更像是個圈出來的牢籠，百姓們戰戰兢兢。

神容被山宗摟著穿鎮而過，幾乎將能走的地方都走了。越走人流越少，眼前已到另一個鎮口，再往前便出去了。她到現在沒見到山宗停步，輕聲問：「沒找到？」

山宗「嗯」一聲。

神容低語：「要在這麼多人裡找出一個人是很難。」

山宗說：「我要找的不是一個人。」

「什麼？」她不禁看他一眼。

山宗摟著她，一手牽著馬，眼睛掃視周圍，沒有接話。看過幾眼之後，他摟緊神容往前：「走吧。」

出了這個鎮口，便澈底穿過了那鎮子。外面還是那般灰茫茫的天地，一邊是遙不可見的薊州城，另一邊是連綿的高山峻嶺，遠如筆墨點畫在天邊。

「不找了？」神容自認判斷的方位沒錯。

山宗將韁繩遞給她，眼微垂：「不找了。」

神容抓在手裡，上馬前又看了看他，忍不住問：「你到底要找什麼人？」

山宗抬眼笑一下，又是那般漫不經心的模樣：「已不重要，本也沒指望一定能找到，這張圖給的也不過就是個線索罷了。」話音一落，他食指迅速在唇邊豎了一下，臉色凜然。

神容沒做聲，眼往左右瞄了瞄，接著腰被他手一摟，鬆開馬韁，跟著他往前走去。

離了鎮口一大截，所見皆是茫茫塵煙瀰漫的荒野，連著一條坑坑窪窪的土道。土道邊坐著一個人，背後是鎮子，正面遙遙對著看不見的薊州城方向。

山宗剛才看到了這人，才停住了話。

神容沒有留心到，此刻走近才看清這人。

一個衣衫襤褸的人，花白的亂髮披散著，蓬頭垢面，腳邊一隻缺口沾泥的破碗，嘴裡哼哼唧唧像唱歌謠，聲音嘶啞滄桑：「舊一年，新一年⋯⋯」原來是個老乞丐。

神容看山宗一眼，見他正在盯著那人看，便沒說什麼。

忽然那人一動，臉轉過來：「誰？外來的！」

聲音沙啞得像有把粗沙子碾過，有些含糊不清，但說的是漢話。那張被頭髮遮擋的臉也露出了一些，臉上傷疤遍布，下唇斜著，分明已毀了容。

神容微微扭過頭，蹙著眉，沒有再看。

山宗接話，刻意壓低了聲：「是，外來的。」

那人往他跟前湊了湊，嘶啞道：「中原來的？你的聲音耳熟。」

「沒錯，中原來的。」山宗又說：「我看你也眼熟。」

那人似激動了，兩手在地上摸著，像是要摸到他一般。

神容這才發現他的眼睛已瞎，甚至連腿也斷了，不是坐在這裡，是癱在這裡的，根本不知他是如何挪到這地方來的。

「我知道你是誰！」他聲音嘶嘶的，花白頭髮一縷一縷打了結，抓到了山宗的衣擺，摸著那如水的綢面錦衣，興奮道：「阿爹！是你，你來找我了！」

神容錯愕地看山宗，這人已滿頭花白，竟然張口就叫人爹？

忽而那人朝她這邊嗅了嗅，啞聲嘀咕：「好香……」冷不丁就朝她撲過來，「婆娘！妳是我婆娘！」

神容嚇一跳，山宗摟著她側身，擋在她前面，那人沒碰到她。

「我婆娘呢！」他竟還在找。

神容貼在山宗身前，低聲說：「原來是個瘋子。」

山宗看著那人，「嗯」一聲：「不瘋就不會一個人跑來這裡了，更不敢哼這歌謠。」

那人沒摸到，一雙髒兮兮的手在地上拍了又拍，像是悔恨，又像是懊惱，接著不動了，像是怔住了。

神容怕他又出什麼瘋病，牢牢盯著他。

山宗把她摟緊了些，寬袖裡的手臂收在她腰上，緊實有力。

那人忽又開口，聲更嘶啞了：「我剛才說到哪了？對，中原來的，中原終於來人了，你是誰？」他像是完全不記得中間發瘋的事了。

山宗低沉說：「一個崇姓商人。」

「商人……」那人一手去摸自己身上，摸出一塊髒兮兮的破皮子，抖索著遞過來：「那我給你錢，你幫我捎個信回中原，就說……就說……」

神容看了那破皮子一眼，已破得不成樣，不知從什麼地方拽下來的一塊，上面好似繡著字，但太髒了看不清。

山宗竟然接了：「帶什麼話？帶給誰？」

「帶給……就說……」那人還在想，腦中糊住了一般，就這麼坐著，迷迷糊糊的，竟又哼起歌謠來：「舊一年，新一年，一晃多少年，中原王師何時至，年年復年年……」

神容這才聽出來，這是薊州被占後流傳出來的歌謠，十幾年了，連她在長安都聽過幾回。大概是個盼望回歸故國的人，在戰亂裡瘋了，時好時壞。

她又看山宗，他還沒有走的意思，一直在看那瘋子。

下一刻，卻見這瘋子一下以耳貼到地上，抬頭時嘶啞聲音裡竟有了絲警覺：「快走，你們快走！」

山宗將那破皮子揣入懷中，一把攬過神容就走。

神容被他帶著走出去時，那個瘋子坐在那裡，又開始哼唱那首大膽的歌謠了：「舊一年，新一年……」

到了馬旁，山宗扶著神容的腰，送她上去：「快。」

神容踩鐙坐上馬背，他便緊跟翻身而上，自後摟住她，策馬出去。

塵煙在身後瀰漫，隱約傳來馬蹄聲，夾雜著胡語喝罵聲，瘋子的哭叫聲，許多人驚慌失措的尖叫聲，一定是關外兵馬又來了。

山宗沒有回頭，也沒有往後看一眼，直奔往前。

神容在他身前問：「他們追來了？」聲音瞬間被身下馬疾馳的蹄聲蓋過。

「放心，可以甩開。」山宗聲沉沉的，像是剛才和那瘋子說話刻意壓低還沒轉回來。

馬跑得太快，她只能低下頭避過直撲而來的風，不能看前，只能往後看。餘光裡，那個鎮子往後倒退，天邊那道隱約的城牆早已陷入了混沌沙塵裡，再也不見。

沙塵裡的確有幾個騎馬追來的身影，但一直沒能跟上來。如果不是有這幾個人追著，那個鎮子和那個瘋子，都要叫人懷疑是不是真的。

山宗策馬走的是偏道，雖然來時是神容指路，但他已記住方向。

衝入道旁一片枯林時，天光已昏沉。

「他們沒追來了？」神容微微喘著氣問。

「甩開了。」山宗低頭她看一眼，他們到現在一直在趕路，水米未進，她竟一個字沒提過。明明連在官舍裡都是由長孫家隨從精心伺候著的。

他也沒說，但身下的馬行得快了許多。

出了枯林，已經繞開了他們之前會合的土臺處，前方的山嶺已然可見。神容認了出來，一片連綿的山脈裡就有望薊山在關外的那片山嶺。

他們此時恰從東來他們的反向趕來，就快到關城了。心中剛鬆，山宗忽然急急勒馬。神容隨馬抬蹄整個人往後，幾乎擠在他胸膛裡。

山宗一隻手臂始終牢牢摟著她，眼盯著前方：「有敵兵。」

她往前看，只看到一片樹影。

山宗鬆開她，翻身下了馬，一手從馬腹下面抽出裹滿布條的直刀，迅速拆去，露出細長的刀鞘。

他將刀別在腰側束帶處，衣擺掖在腰側，遮擋了刀身，對神容說：「側坐。」

神容看了看他，依言轉身，改成側坐。

山宗又俐落上了馬背，一手抓住韁繩，環住她：「待會兒記著別看前面。」

神容還沒說話，他已策馬繼續往前。

直出樹影，天又暗一分，繞著那片山嶺的河流已在眼前，那條當時捲走神容的河。河岸邊是一排打馬徘徊，披頭散髮的兵馬，足有二三十人左右，完全攔住了去路。

山宗按了按神容的後頸，低聲說：「抱緊我。」

神容側身窩在他懷中，埋首在他胸口，心口漸漸提了起來，雙臂伸出去，緊緊抱住他的腰。

身下的馬瞬間疾馳而出，一聲暴喝，前方馬蹄紛亂而來。

身側疾風一掃，山宗自腰間拔出了刀，直衝而過。

下一瞬，神容只覺有什麼濺到了頸邊，一陣溫熱，知道是血，她咬住唇，手上抱得更緊，聽著男人胸膛裡強烈的心跳。

馬直奔入河，踏起半人高的水花，河水裡混入了血和倒下去的屍首。

山宗臉色絲毫未變，手裡的刀橫在神容身側，直接殺出一條路。

身後馬蹄隆隆，追兵跟至。

神容抱著山宗的腰，心口急跳，鼻尖全是他身上的氣息，說不上來是何種味道，如今夾雜了絲絲血腥。

「接應！」忽聽他一聲喊，聲音隨著胸膛震入她耳中。

神容察覺身側衝出一群身影，抽刀聲陣陣，往他們身後去了。是他那十幾個精兵。

山宗策馬入了山林，循著陡峭的山嶺趕往關城。

東來已在關城之上做好準備，繩索也已固定住。

一旁是胡十一和張威，帶了一隊甲胄齊備的兵卒。他們在山宗離開關城後每日都會定點來此查看情形，以作接應。

直至天色暗下時，才聽見隱約馬蹄聲，接著兩道身影奔跑而至。

「東來！」是山宗的聲音。

「是。」東來這一路已與他配合出默契，如他的親兵一般，立即摔下繩索。

繩索扔下來時，山嶺間回來個精兵報信，急急道：「頭兒，咱們沒損人，但又來了一波，正往關城來。」

「擋住。」山宗沉聲下令。

那兵抱拳，又轉頭回去攔截。

山宗將刀塞進腰裡，迅速用繩索纏住神容，抓著她的手讓她拉住繩索，用力握了一下：

「自己能不能上去？」

神容看他沒往自己身上纏，喘著氣問：「你不上去？」

「我殿後，妳儘快上去，天快黑了，要防著他們混入關城。」

神容一口一口喘氣：「會出事麼？」

山宗忽而勾唇，托一下她的臉，讓她看著自己：「放心，妳不會出事，我說過，妳這麼有本事，還要享榮華富貴，值得好好活著。」

「那你呢？」神容下意識問。他是一州軍首，幽州的內安外防還要靠他。

山宗將繩子在她腰上纏一道，頷首，眼底黑沉：「我也要好好活著，還有很多事要做。」

說話時手上扯了下繩，朝上一揮手。

東來馬上往上拉。

同時數道繩索放下，陸續有兵滑下。胡十一和張威看清他的手勢，派下了兵卒。

大風呼嘯，神容往上，被吹著身晃了一下，往下看已不見山宗的身影。

東來與胡十一合力，速度很快，神容腳踩到關城頂上，又往外看一眼。

東來扶住她：「少主快走。」

陷阱布防都已處置好，神容被東來扶著，很順利地通過。

忽聞遠處一陣尖銳笛嘯，聽不出來是從哪個方向傳出來的，分外刺耳。胡十一在後面抽刀罵道：「你們快走，斥候示警了，別處有關外的混進來了，他娘的還挺拼命！」

張威也抽了刀，與他匆匆趕去調人支援。

神容聽到過這聲音，還有印象，當時一聲過後，山宗朝她擲刀，踏馬過溪，濺了她一身水。不知關外的是從哪頭混入的，不是從這裡的關城，外面的山嶺已被她動過了，懸繩處有兵，他們上不來。

走得太快，腳下被山石絆了一下，她站穩，忽見斜前方山林裡鑽出一個披頭散髮的身影。東來迅速拔刀過去：「少主先走。」

神容往望薊山走，那裡有軍所駐紮的守山兵馬，此時已陸續調來，眼前山林間人影綽綽。這些人就算混進來也無法全身而退，看來是懷疑山宗得到什麼軍情，不管不顧地來攔截。難道追來的太多了？她邊走邊想，在想山宗是不是沒能攔住……

終於快到附近，神容走得太快，扶著棵樹，捂著胸口不停喘氣，身側似有身影，她轉頭，怔了一下。

一個披頭散髮穿著胡衣的敵兵正森森然盯著她，似乎想偷偷近前來挾持她，卻被她發現了，一下停住。

神容盯著他手裡的大刀，瞥見已有人影趕來，小心後退，免得他突然發難。卻見敵兵臉上忽然露出畏懼，一步步往後，像是被嚇到了一樣。

下一瞬，一柄細長的直刀橫在那敵兵頸下，一抹，對方無聲斃命倒地。後面男人頎長的身影露了出來。

山宗持刀而立，看著她，又看了她身後一眼。

神容喘著氣，不自覺往身後看，樹影間一群身披鎖鐐的身影。是那群底牢的重犯，不知何時一個一個從她身後冒了出來，被絞短的頭髮半長，在漸暗的山林間，如影如鬼。難怪剛才會叫那敵兵嚇得後退。

「不用客氣，小美人兒，」未申五聳著左眼的白疤，陰森森地笑：「說過還沒報答妳的救命之恩呢，剛才就當是報答了。」他說著看向她身後，陰笑變成了冷笑。

緊接著鞭聲在他們身後揮了出來。

軍所兵卒趕了過來，遠處胡十一在喊：「最後一個，滅了！」

神容回過身，被抓住了手腕。

山宗提著刀，帶她往前。

他身上錦袍已亂，掖衣腰側，沒幾步，拉著她入了樹影，回過頭一手抱住了她。

神容一下撞到他懷裡，才回神，攀住他的手臂，還在喘息。

山宗也在急喘，低下頭，貼著她的臉，抵著她的鼻尖，胸口陣陣起伏：「剛才有沒有受傷？」

「沒有。」神容覺得自己的唇貼在他唇上，說話時幾乎是在磨蹭，呼吸更快了：「應該沒有。」

山宗抱她的手在她背上撫了一下，沒有感覺到有傷，心才放下，抱著她久久喘息。

第十九章　春時遲

長孫信前腳從山裡返回官舍，後腳就收到了山裡送來的消息，當即出門往山裡趕。

剛出城，一名護衛來報，少主已經由軍所兵馬護送出了山，去了軍所。他二話不說，又打馬匆匆趕往軍所。

神容坐在山宗的營房裡，拿著塊濕帕子，慢慢擦著頸邊。她被帶來這裡是為了洗去身上血跡，免得就此入城引得不必要的驚慌，尤其是她哥哥。到了這裡才算心定下來，沒有那些驚心動魄的場面了。

外面天早已澈底黑下，桌上一盞燈火，旁邊銅盆裡的水已經染了半紅。血都是濺到身上來的，她除了被拉上關城時在城牆上磕了一下肩，幾乎毫髮無損。她放下帕子，撫過耳邊被吹亂的髮絲，又理一下衣裳，聽見了推門聲。

山宗從門外走了進來，身上換回了黑色的胡服，眼睛看著她。

神容幾乎立即想起他在山裡緊抱著她的情形，當時她鼻間全是他身上的血腥味，不知道他是如何回到山裡的，攔住了多少關外兵馬。後來是張威過去找他們，他才拉著她出了那片樹影。

她看了看他身上：「你是不是受傷了？」

山宗剛從胡十一的營房裡清洗完過來，扔下手裡血跡斑斑的刀，走過來坐下：「沒事。」

這營房裡沒什麼地方可坐的，神容坐在他的床上，他此時就坐在她身旁。神容動一下腳，便挨著他的腿：「既然說的是沒事，那就是有傷了。」

山宗看著她的眼裡有幾分疲憊：「難道妳還想看看不成？」他拉了下胡服的領口，歪下頭，「在背上，得脫了才能看到。」

神容不知他說的真假，朝他背上看了一眼，心裡想又不是沒看過，但沒說出來。

山宗看到她的眼神，手伸了過去，搭在她腰後。他的確有些疲憊，關外增了一波人來阻止他入關，直至趕到她跟前時，手裡的刀幾乎沒停過，多多少少還是掛了彩。

神容瞄他搭在腰後的手一眼，還沒說話，腰上一緊，山宗已摟住了她。

「我們在關外去過那鎮子的事是個祕密，只有妳我知道。」他忽而低聲說。

神容被摟在他身前，正對著他的臉，燈火將他的臉照出深刻的明暗，挺直的鼻梁下唇薄薄的抿著，更顯出一絲疲憊，他甚至不多動一下，唯有手臂依然有力。

「只有你我知道？」她將這句重複一遍。

「沒錯。」山宗聲更低了：「我知道妳書卷的事，妳現在也知道我一樁事，算是都有對方的祕密了，不是正好？」

神容忽而覺得他這句話裡有股難言的親暱，一時沒有做聲。

門忽被敲響，胡十一的聲音在外道：「頭兒，長孫侍郎來了。」

神容收神，朝房門看了一眼，不想讓她哥哥知道先前的凶險，趕緊要起身出去。

山宗的手卻沒鬆開她。

「我答應你了，不說就是。」她瞄著他，低聲提醒：「我哥哥來了，還不鬆開。」

「阿容！」長孫信人還沒到，聲音已經先到了。

山宗仍摟著沒鬆，直到能聽見腳步聲了，才終於鬆手，咧了下嘴角。這裡不是關外了，到處都是眼睛。

外面，長孫信一路走到那一排營房外，看見東來在那裡守著，鬆口了氣，隨即便見神容朝自己走了過來。他的腳步一下快了，上前握住她的手臂，口中連問：「怎樣，妳可有事？」

神容搖頭：「沒事，你都看到了，我好好回來了。」

紫瑞跟著長孫信來的，手裡拿著件披風，見面就搭在神容身上：「少主可算回來了，郎君急壞了。」

這麼多天了，長孫信每日追問軍所情形如何，後來胡十一才告訴他山宗竟親自出關去了，出了什麼事卻一概未說。但他豈能猜不出一二，必然是有什麼狀況，姓山的才會親自出關。如今她是怎麼回來的，就是看看現在身處這軍所裡也該明白了。

長孫信朝她身後看去，又看了看左右軍所人馬，知道不是說話的地方，嘆口氣：「算了，回去再說，妳人沒事就好。」

神容朝後瞥一眼，往軍所大門走去。

長孫信故意落慢一步，往她的來處看，山宗胡服玄黑，逆著燈火，正斜靠在門口，朝這頭看著。看的是誰，不言而喻。

他輕咳一聲，施施然邁步過去：「這次有勞山使如此費心費力了，阿容已安然回來，我就不多謝了。」

山宗看他一眼：「不必客氣。」

「客氣還是要的，畢竟阿容的安危原是我長孫家的事，勞山使幫忙而已，還叫你親自奔波，怎好意思，改日我會命人送來謝禮的。」

長孫信說完還頗有風範地搭手見了一禮，不等他開口，轉身去追神容了。

山宗懶洋洋地靠著門，掃了他背影一眼，他這是特地來劃清界限的。

「頭兒，」胡十一從軍所大門那裡過來：「金嬌嬌回去了，我聽見長孫侍郎臨走前吩咐東來說要給咱軍所送禮呢。」

「送來就退了。」山宗轉身回房，笑一聲：「那不只是長孫家的事。」

後面一句胡十一沒聽明白，不禁往門裡伸了個腦袋：「啥？」

山宗已在床上坐了下來。

胡十一這才想起他身上還有傷在，背上中了兩刀，雖不在要害，但那件錦袍扒下來的時候血浸滿了背，還是不多與他說話了，好叫他好好休息。

張威從營房另一頭過來，老遠就朝他招手。

胡十一幫山宗掩上門，走過去，小聲嘀咕：「瞧見頭兒身上的傷沒？聽回來的兵說，關外那群狗賊裡有人認出了他，才會急調兵過來增援堵人的。你說說，他多派些人去找金嬌嬌不就得了，派你我去也行啊，居然又為金嬌嬌出一回幽州。」

張威一板一眼道：「那不一樣，我在山裡瞧見頭兒一直拉著她，親密得很。」

胡十一聽了撓撓下巴，直點頭：「怪不得，我早覺得頭兒跟這前夫人有點什麼了。」

神容當晚回到官舍，刺史府的人就來探望了。

其實她去關外的事本是瞞著的，外人並不知道，但山宗一個幽州軍政首官不在，還是會叫人察覺。趙進鐮近來正忙於料理趙扶眉嫁去檀州的婚事，日子都定了，卻得知又出一茬事，憂慮非常，一得知消息就連忙派人前來問候。

長孫信將人打發了，對方忙又連夜趕去軍所問候團練使去了。

主屋內，神容澈澈底底梳洗了一番，換上襦裙，好好飲了一盅溫補的暖湯，放下碗時，見長孫信進了屋。

他穿著月白袍子，眼下有些青灰，可見這幾日也沒睡好，走近來問：「你們在關外……一切順利？」

神容坐在榻上，將書卷拿出來看了看，又收回錦袋，點頭：「都順利，地風穩了，礦脈的偏差會回去的，往後你就可以安心採礦了。」自然不能告訴他發生了什麼，光是入了一回銷金窩就沒法說出口。

長孫信早察覺地風穩住了，她這是岔開了話，不想告訴他。但見她這幾日奔波，好似瘦了一圈，又於心不忍，他們長孫家的小祖宗，何嘗出過關外那等危險地方，還不全是為了礦。他再不忍追問什麼了，朝紫瑞遞去一眼，示意好生照顧著，出了房門。

到了門外，恰好一名護衛從廊前快步而來，送來一封信函。

長孫信接了，一看是他母親裴夫人的親筆，藉著廊前燈火就展開看了。

前些時日趙國公就來信問過神容近況，剛好那時候神容去了關外。長孫信當時捏著把冷汗，哪敢不說實話，乖乖說了神容為了礦山的事去關外探地風去了，但沒提到山宗，也沒說她還沒回來。不想現在他母親的信又到了。

裴夫人自然也是為神容去關外的事寫信來的，再三叮囑要回信報平安，言辭間恨不得親來幽州。這封信特地寫給他，是將臨別前的話又叮囑了一遍，叫他不要再讓神容冒險，也不要讓她再與姓山的小子有任何瓜葛。

長孫信心想這信來得可真是時候，早一日都不知該如何回覆。他將信折了折，納入袖中，瞧見東來換回了護衛裝束，正在廊前站著，走過去招招手，小聲問：「此番關外之行，姓山的如何把阿容帶回來的？他們一路上如何？」

東來垂著頭：「山使說為少主著想，全聽憑他命令列事即可，回來後若有任何事存疑，請郎君去問他本人，他一力承擔。」

長孫信詫異：「這是姓山的說的？」

東來稱是：「在關外時私下吩咐的。」

「他承擔？他當自己是阿容的什麼人，囂張！」長孫信壓著聲，看身後房門一眼，怕被神容聽見，沒好氣地走了。

東來依然垂首，只能當沒聽見。

官舍裡安靜，這一夜，神容睡了個好覺。

次日，直至朝光投至床沿，她才起了身，腿還有些麻，路上騎馬太久了。

她坐在床沿，輕輕揭開素白的中衣看了一眼，腰肢上青了一小塊，是山宗在馬上時手臂摟她太緊了。

房門推開，紫瑞端著水進來伺候，她將中衣拉了下來。

「少主今日可以多歇一歇。」紫瑞遞來擰好的帕子。

神容接了：「不歇，我稍後就去山裡。」

紫瑞道：「郎君說少主不用去了，妳這趟出去辛苦，往後少去山裡，好生歇著，餘下的事交給他就好。」

神容擦著臉，停了下來：「什麼叫往後少去山裡？」

紫瑞近前，小聲在她耳邊道：「聽說主母來過信了。」

神容頓時明白了，是因為山宗。

山宗坐在馬上，手裡捏著一塊破皮子。

那塊被那瘋子當成錢交給他的破皮革，又灰又髒，上面繡了兩個字，已經磨損得發了白，不仔細辨認根本認不出來。他卻看了很久，而後又收入懷裡，看了前方的望薊山一眼，打馬而入。

胡十一今日輪值守山，看見他來了，小跑過來：「頭兒，你不是該在軍所養傷，怎的又來山裡了？」

山宗下馬，往礦眼處走，一臉無所謂：「這點傷還不至於不能動。」

胡十一暗自齜牙，那叫「這點傷」？單是看他復原的速度，不愧是打小從號稱將門世家的山家訓出來的。不過這毫不矜貴的做派，半點看不出曾是出身山家的貴族了。

眼下正是休整時分，礦眼處圍蹲著那群重犯，粗布囚衣和蓬亂如草的頭髮上沾了灰塵，他們正在兵卒們的鞭子下捧著荷葉包吃飯。

山宗掃過他們，吩咐胡十一：「給他們加點，算賞他們當日的作為。」

胡十一抱拳，過去傳了話。

雖未親見，但他也聽說了，當時這群重犯忽然冒了個頭，嚇到一個漏網的敵兵，也算是幫了金嬌嬌一個忙。誰叫他們個個模樣跟怪物似的，又是在大山裡。胡十一想，能不嚇人嗎？

很快，重犯們面前多了兩大桶清水，每個人手裡多加了一餐飯。

未申五踩著一叢草蹲著，掂了掂手裡的荷葉包，嘴裡還嚼著沒吃完的，盯著山宗，「老子們是為了小美人兒，若是只有你，真恨不得上去幫忙呢。」他抓著荷葉包咬了一口，眼中森森，彷彿是在嚼著山宗的血肉：「多好的女人，跟你真是糟蹋了，呸！」嘴裡一口夾著荷葉的殘渣吐出來。

一旁自然少不了兵卒的鞭子抽了上來。

胡十一也上去踹了一腳：「你他娘的，給你吃的喝的還嘰歪！找抽！」

山宗今日卻沒教訓他，只是掃了兩眼，聽到最後一句甚至咧了下嘴，唯有眼中幽沉。

「剛才這裡在說什麼？」長孫信從另一頭踱步而來，狐疑地瞄瞄山宗，又往犯人那頭看。

未申五已經被抽了幾鞭子，踹去犯人堆裡了。

甲辰三摁著他的肩，他怪哼了幾聲，似乎很聽甲辰三的話，沒再明知故犯。

長孫信沒聽清，只當自己聽岔了，看山宗一眼，見他抱著刀往自己身後看，一身的痞樣，越看越不順眼，轉頭走了。

胡十一走到山宗跟前：「頭兒，金嬌嬌沒來，一直沒見到她呢，只見到長孫侍郎一個人來的。」說完看了看他的神色。

山宗移開眼，難怪沒看到神容，原來她沒來。

「知道了。」他轉身走了。

官舍內，神容寫完一封報平安的信，交給紫瑞送出去，吩咐快馬加鞭送去長安，好叫她父母放心。否則擔心她母親又要有什麼安排。

信送出去，她出了房門，走去廊上，到外院門口，正遇上廣源。

「貴人。」廣源停下向她見禮，自她回來後還是剛瞧見，不免多看兩眼：「貴人可是要去山裡，我去為貴人安排。」

神容真要去也沒人攔得住她，但關外這一行叫長孫信都懷疑了，不想惹她母親不快擔心，還是搖頭說：「算了，暫時不去了。」

廣源只好作罷，小聲道是，心裡惦記著自家郎君，也不知他回來後如何了，還沒能去軍所看望過。

紫瑞送了信回來了，見神容在院門外站著，百無聊賴的模樣，提議道：「少主不如去城中走走，反正也不是去山裡。」

神容想了想：「也好。」

廣源聽了，麻利動腳：「我給貴人備車去。」

近來春日盛了，幽州城也熱鬧許多，往來了不少商人。

神容從馬車上下來時，正好看見一行隨從簇擁著何氏進了對面一家布坊裡，左右皆是說說笑笑的模樣。

紫瑞在旁道：「少主不在的這些時日，刺史府正在籌辦那位趙姑娘的婚事，聽說沒有多久了。」

她點點頭，料想是趙扶眉的婚期快到了：「那就別驚動他們了，隨便走一走就是了。」

紫瑞招來東來，讓他跟在後面。

東來跟上，眼觀四周，沒幾步，就注意到附近多出來的人，看前方的少主一眼。

神容走到一家胡商的鋪面前，看到他們在門口擺放著賣的小玩意兒，一串鈴鐺掛在邊上，輕輕地響，頓時讓她想起了之前跳舞時腰上的鈴鐺，不悅地白了一眼。

一隻綁著護臂的胳膊伸來眼前，手上拿起那鈴鐺。她轉頭，看著忽然冒出來的男人。

山宗拿著那串鈴鐺看了一眼，似也想起了一樣的事，揚了揚嘴角，又拋了回去，回過頭，漆黑的眼看著她：「不去山裡了？」

神容看了看左右，他應是來巡城的，帶著的兵此時還在街尾。

「近期就不去了。」她若無其事地說。

山宗走近一步：「因為我？」

神容又看他一眼，低語：「知道還問什麼。」

山宗摸一下嘴，早就猜到了，毫不意外，嘴裡說起來卻很輕鬆：「妳哥哥又不是不知道這是哪裡，這是幽州，又不是長安。」

是了，這裡是他的地方，還能把他生生隔開不成？神容轉身往前走，怕被人聽見，輕輕說：「你還很得意……」

山宗看著她，緩步跟上，其實並沒有哪裡得意的模樣。

神容襦裙輕逸的身影在前，綠綢絲絛繫在高腰處，長長垂著，隨著走動一下一下往後飄，撩過他的衣擺馬靴。

左右百姓看到山宗大多畢恭畢敬，不敢多視。

他和神容相隔幾步走著，如原先一般在巡城，只有目光時不時往前，去看那道女人的身影。

神容故意一直沒有往後看，走了一條街，也沒入哪家鋪子，只是隨意看了一遭，轉身往回時，發現他還在身後。

「這條街巡完了？」她挑眉問：「我也沒什麼可看的了。」

山宗頷首，看另一頭的馬車一眼：「還要巡一條，過官舍，剛好可以送妳一程，走吧。」

神容還沒說什麼呢，他都定好了，一手提衣，緩步朝車走去。

紫瑞在後面落了一大截，看東來。

東來朝她搖搖頭，彼此會意，各自本分地緩步跟隨上去。

軍所兵馬巡到官舍附近，照例往前，繼續去巡。

山宗獨自打馬隨車，一路直至官舍。

廣源在官舍門口看見，自然又是驚喜非常：「正想去軍所探望郎君，郎君就來了，我去備茶。」說著匆匆返回府門裡。

神容聽到他說探望，往馬上看了一眼。

山宗腿一跨，下了馬，攜著刀走過來，腳步依舊俐落，看起來並沒有什麼。

神容轉頭進門，他跟了進來，馬靴踩在廊下，步步有聲。

「廣源既知你帶了傷，一定又要勸你留下了。」她邊走邊說。

「嗯，不過妳哥哥此時肯定是不太樂意的。」山宗似笑非笑說。

她聞言不禁回過頭。

他的目光迎上來：「怎麼，我說得不對？」

「對啊，」神容甚至還看了一眼她哥哥有沒有回來，又看他：「那你還來做什麼？」

山宗走過來，低頭看她的臉，從她仰頭看來的眼中看到了自己，臉上依然似笑非笑的，抓住她的手腕，拉了一下。

不多時，廣源備好了茶，過來請山宗，廊上已經不見二人蹤影。

紫瑞和東來剛進府門，遠遠站在廊下。

內院一間廂房裡，神容背抵著門，身前貼著男人的胸膛。

山宗低頭堵著她的唇。

神容的呼吸很快就急了起來，他含著她的唇，舌在叩開她牙關。她牙關一鬆，被他得逞，耳後轟然生熱。好不容易他的力輕了些，她才得到喘息的機會，蹭過他的唇，偏了偏頭，含糊不清地說：「原是來使壞的……」

山宗抵住她的額，胸口起伏，聲沉得過分：「哪裡壞，我這已經算對妳好的了。」

「胡扯。」神容推他一下，根本沒有叫他動上分毫。

他低頭，忽在她唇上重重叼了一口。神容只覺一麻，靠在門後喘氣，腰上沉沉，手指縮了一下，是他的手在那裡動，柔軟覆紗的襦裙蹭著厚實的胡服，窸窸窣窣的輕響。

外面陸續傳出腳步聲，聽動靜，似乎是長孫家的護衛們從山裡回來了。

神容平復著呼吸，盯著身前的男人：「你定是故意的，上門來囂張。」

山宗還貼著她，笑了一下，又在微喘中收斂，盯著她的眉眼。囂張的分明是她。

連他都沒想到，這種遏制不住就想親近她的想法是從何時冒出來的。

回來的的確是長孫家的護衛們。

長孫信剛剛從山裡回來，下了馬，走入官舍大門，看見紫瑞和東來都在廊下，便猜神容是出去過。

「阿容出去了？」他走過去問。

紫瑞屈膝道：「嫌待著悶，奴婢陪少主去城中轉了轉，很快便回了。」

長孫信點點頭，一面往裡走：「也好，她既回來了，我去找她。」

還沒走出去多遠，迎面山宗走了過來。他攜刀在臂下，踩著馬靴，朝長孫信看來一眼。

廣源迎了上去：「郎君……」

「還有軍務，回軍所去了，下次再回來。」山宗直接越過廣源。經過長孫信身邊，他也沒說什麼，眼神一掃，逕自往官舍大門走了。

長孫信已追著他的身影轉了個身，想說什麼，張了張嘴，又作罷。這裡畢竟是他的官舍，總不能攔住他不讓他進來。就知道在幽州拿他沒轍，這地頭蛇！

長孫信又往他的來處看，沒看見神容，以為二人沒碰上，才算作罷。

一大清早，神容坐在榻上，將礦眼圖示了幾處需要注意的地方，抬頭往外看一眼。

「少主今日可要出門？」紫瑞在旁看見了問。

從那日她去街上遇到山宗，回來之後就再也沒出過門，如今見她往外看，便以為她是要出去。

神容卻搖了搖頭：「不去了。」再來一次那日的事，她哥哥可沒那麼好糊弄了。想到此處，神容執筆的手一停，忍不住又想起那男人的囂張模樣。

那天被他按在門後時，她甚至想問他一句：就這麼喜歡親她麼?後來還是沒問出口。她臉色微動，低頭遮掩了，擱下筆：「我哥哥呢，這圖要交給他，我重標過了。」

紫瑞道：「郎君又入山去了，聽說少主最近專心於重新標圖，很是放心。」

放心什麼就不用說了，神容心知肚明：「哦。」

紫瑞忽而想起什麼，從袖中取出帕子，放在案頭上：「這是郎君囑咐要給少主看的。」

帕子裡包著什麼，揭開後裡面是一小塊燦燦黃金。神容捏在指間，聽紫瑞道：「郎君說這是剛試冶出來的，成色足，難得一見，這都是少主的功勞，所以一定要拿來給少主先過目，再送呈京中。」

神容的手指輕輕摸了一下，放回帕上，靜靜盯著。見到這個才算是步入了正軌，往後大概是真的不用擔心了，這裡好似也沒她什麼事了。

「少主？」紫瑞不見她的動靜，不禁低低喚她一聲。

神容回神：「沒事，我看過了，就這麼告訴我哥哥吧。」她起身，出了屋子。

官舍裡有個很小的花園，不過因為山宗原本也不住，幾乎沒怎麼打理過，倒是她住入後才開始有下人料理得像樣了點。

神容近來不出門，就在園子裡走一走，緩步走過一株桂樹，進了亭中，剛坐下，聽見官舍外似有車轍轆轆馬嘶聲，朝亭外看一眼：「有人來了？」

東來站在亭外：「屬下去看看。」

廊上已有陣陣腳步聲傳來，神容瞄了一眼，看到廣源在前引路，猜到了幾分，說：「不用了。」

東來止步，看到廣源，自然而然便想到來的是誰。

神容坐著沒動，眼睛已往廊上看去。

「貴人，有客至。」廣源停下向她見禮，一面悄悄瞄了瞄她。

神容看出他分外鄭重，覺得不太對，往他身後看，幾道身影快步而來，不是山宗。

為首的人身披墨綠披風，髮束玉冠，邊走邊看著左右，眼睛掃到她身上時，臉上一下如春風拂來，朗然帶笑：「阿容！」

神容訝然起身：「二表哥？」

裴少雍將披風解下，和馬鞭一股腦塞給身後的隨從，匆匆走入園中來：「是我，可算見到妳了。」

神容只覺不可思議：「你怎麼會來，又怎知我在這裡？」

裴少雍眼彎著，裡面皆是笑意：「說來話有些長，不過見到妳便好了。」

神容這才意識到他還站著：「二表哥剛到，先坐下說吧。」

裴少雍進了亭內，臉上的笑就沒收過，眼睛一直落在她身上。他身上穿著水青的開襟胡衣，一絲不苟，在她身旁坐下。

紫瑞已快步趕來送茶，也是一臉的驚訝莫名。

裴少雍端茶飲了一口，才笑道：「姑母不放心妳，原先是想叫大哥來這裡的，我求了一番，才叫她准了我來。」

神容心中了然，她正擔心她母親會過於憂慮而再有安排，不想竟料中了。

裴少雍環顧左右，打量了眼前這花木不齊的園子，皺眉，覺得這不大不小的官舍不怎麼舒適，比不上趙國公府半分。

「阿容，我如今方知妳之前不是在驪山，就在這邊關待了這麼久。」

神容還沒開口，他又貼心道：「妳放心，妳不想說我便不問了，只要妳人好好的便好。」

神容抿住唇。

廊下，廣源悄悄看了片刻，默默退開了。

消息很快送往山中，長孫信得知裴家二表弟來了，也是意外，提早趕了回來。

長孫家的隨從們當即忙了起來，官舍內備宴迎客。

天還沒黑，但廳內已提早點了燈火。

神容回房更了衣，走進去時，長孫信已在裡面坐著，穿著寬軟便袍，看著對面：「母親跟你說什麼了？」

對面就是裴少雍，眼睛時刻看著門，見到神容就喚：「阿容，快來坐。」

神容走去長孫信身邊坐下。

他這才回答：「姑母只說看見什麼聽見什麼都不要太在意，只要顧好阿容無恙就好。」

長孫信點頭，礦上那些事也沒什麼可跟他說的，他來這裡自然是因為阿容被家裡記掛著，隨即又覺奇怪：「那怎會是你來？」

裴少雍道：「其實原本姑母沒答應讓我來的，還是想叫大哥來，大約是覺得他辦事最穩妥。」

「大表哥自然是穩妥的，」長孫信追問：「那你怎麼來的？」

剛好隨從們進來，一道道送菜。

裴少雍被打斷一下，再看神容，笑容有些抑制不住一般：「自然是有緣由的，說來也算是件好事。」

長孫信哼一聲：「好你個裴二郎，還在我跟前賣起關子來了。」

神容朝對面看了一眼，他還在笑著：「看來的確是件好事，否則二表哥不會如此高興。」

裴少雍笑道：「自然了，那是因為……」

外面忽而傳來腳步聲。他的話停一下：「誰來了？」

神容轉頭朝門口看去。

天剛擦黑，一道身影披著昏暗走到了門前，半身映入燈火。

裴少雍只看到一個身姿挺拔的男人到了門前，一襲貼身的玄黑胡服，腰身革帶收束，腳踏馬靴。緊接著看到他的臉，那張臉稜角分明，劍眉鋒利，眼中黑亮，眼梢抬起時卻有些微挑，挑出了不羈，燈火在他鼻梁處刻下深影，半邊薄唇的嘴角也看不分明。

裴少雍看得仔細，越看越震驚，一下站了起來：「山宗？」這副相貌，他豈能不認識。

神容看著山宗，裴少雍已經朝她看來。她眼神動了動，轉開眼。

長孫信差點要問一句「你來幹什麼」，反應過來這是誰的地方，一時也不知該說什麼，只好道：「這是如今的幽州團練使。」

「什麼？」裴少雍的眼神在山宗和神容身上掃來掃去，所以阿容一直在他的地盤上？

山宗並沒有進門，看神容一眼，她端坐在長孫信身邊，側臉被燈火描摹，眼落在別處。

「聽聞貴客到訪官舍，特來看一眼，諸位慢用。」他轉身走了。

裴少雍看著他的身影說來就來，說走就走，再聽他的言辭，意識到了什麼：「難道這裡是他的……」

長孫信低咳一聲：「你剛剛不是還說過家母交代你的那番話。」

裴少雍這才沒做聲，看看對面的神容，不知她此時作何所想，恐怕說多了惹她不快。

「不用看我，動筷吧。」神容忽而淡淡開口，一面動手拿了筷子。

長孫信笑著圓場，端起酒盞：「對了，方才我們說到哪裡了，裴二表弟還沒說明白自己到底為何能來，那件好事是什麼？」

裴少雍笑了笑，只不過不如之前明朗了：「我能來，是因為入了聖人的制舉選拔。」

原本他就說過想求取功名，神容是記得的。但要一層層去考，實際並非一年兩載就能輕易做到的事。說來也巧，大約是之前聖人在治了許多先帝舊臣的罪後，缺了人才，提出制舉。這是為了搜羅非常人才而臨時設置的考試，一般士人和官吏都可應考，錄取者優予官職或提升。

裴少雍自然不會錯過機會，當即就去應考，頗為順利地過了兩關，得到了聖人的考核，恰與邊疆策略有關。有此光明正大的理由，他藉口要出門去走訪邊疆，才去求姑母讓他代替裴元嶺走這一趟。沒想到神容還真就在邊關待著。

「否則我全然不知妳一直在這麼遠的幽州。」他收住了話，端起酒盞，又看對面。更沒想到幽州居然還有山宗在。

「那還真是一件好事。」長孫信也覺得機會難得：「你運氣夠好，竟趕上這麼個時機，或許真能得中聖人賞識也未可知。」

神容沒注意聽，捏著筷子撥著瓷碟中的一塊軟酥糕，在想山宗為何忽然來了。

山宗在客房裡坐下，耳中還能隱約聽見前廳處偶爾傳出的幾聲說笑。

廣源走進來，伺候他除下護臂，小聲道：「還以為郎君不會來。」是他去送信的，說是來了個陌生男子，找貴人的。

山宗最近一直在練兵，其實走不開，不然早就再來了，但還是趕了過來。來了才發現所謂的客人就是裴少雍，似乎不意外。

一個官舍的下人進來，送了碗香氣四溢的清羹進來，放在桌上後退了出去。

山宗掃了一眼：「怎麼想起做這個？」

廣源看看他的臉色，小聲道：「本是特地照著洛陽的做法，叫人做來給貴人用的，料想她現在不需要了。」

山宗聞言不禁笑一下，這些只有他才能想得出來。

「回頭做了送去給她就是了，就別提洛陽了。」他扯下嘴角：「你當她還想回想當年洛陽生活不成？」他起身出去。

廳裡的接風宴好像結束了，長孫信的聲音自對面廊下傳出。

裴少雍跟在他後面，時不時看身旁，他的身旁是神容。似有所感，神容轉頭看了過來。

山宗朝那裡走出去一步，卻見她的臉又轉了回去，像沒看到他一樣，穿廊走向主屋。

他站在原地，抱臂倚上廊柱，久久看著，嘴邊自嘲地一笑。

第二十章　如人飲水

直到走出去很遠，神容才往後輕瞥了一眼。長孫信和裴少雍正在交談，應當沒有留心到剛才山宗的那點動靜。

裴少雍邊走邊道：「我在來的路上已看過一些邊防之地，不過都不算什麼大的邊關，打算此番在幽州好好看一看，回去以作策論上呈宮廷，便等著聖人的結果了。」

長孫通道：「既如此，明日我陪你走一走，阿容也一起來。」說完沒有回音，他不禁轉頭看神容，「阿容？怎麼沒聲，心不在焉的。」

神容看過來，只聽了個大概：「你們定便好了。」

裴少雍藉由廊前燈火看到她淡淡的臉色，猜測可能是因為那個人，轉頭四下看了看，沒看到那身影，溫聲道：「阿容是不是不痛快，我瞧妳方才席間吃的也很少。」

長孫信輕咳一聲，搶話說：「沒有的事，你先前見到的只是幽州團練使，有什麼好不痛快的，阿容與他早已沒有往來。」一邊說一邊向神容遞去眼色。

神容面色無波，也沒做聲，緩步往前。

裴少雍聽到二人沒有往來，臉上就露了笑：「那應該是阿容累了，怪我，突然趕來也沒提前送個信，叫你們毫無準備。」

他其實並非一點數也沒有，當初神容回給他的那封信裡，提到的驪山景致是山家地盤，本沒想太多，如今見到山宗，豈能沒有點聯想。但從小他就知道神容是個心氣驕傲的人，她不想說，他便不會追問，免得她更不痛快，只認定自己是想多了。

長孫信笑笑，繼續圓場：「你能不顧辛勞快馬加鞭地趕過來已是難得，自家人不用說生分話。」

裴少雍聽到那句自家人，又笑了一笑，看了身旁的神容一眼。

「是，二表哥不用客氣。」神容接了一句，繼續往前走著時又往客房方向悄悄瞄了一眼，不知他走了沒有。

山宗沒有走，一直沒走。天還沒亮透時，他綁好了護腰和護臂，掖一下胡服，出門直往內院。

東來守在院外，看到他過來，垂頭抱了個拳，抬起時忽而輕微地搖了下頭。

山宗收住腳步，聽見了離院門不遠的說話聲。

「阿容，都準備得差不多了，妳哥哥已在等著了。」是裴少雍的聲音。

他站在門邊，眼沉著。昨晚大半夜他們燈火未歇，不知交談了多久，今日一早竟然又來了。

「郎君。」廣源走了過來，兩手托著漆繪的食盒，小聲喚他。

山宗轉身：「送進去吧。」

「是。」廣源剛應下，抬頭就見他往外走去了，馬靴踩過廊下，長腿闊邁，腳步略沉。

院內，裴少雍穿著絳色寬逸的圓領袍，青玉冠束著髮，就在院門口的廊下等著。

廣源捧著那食盒進來時，神容正好由紫瑞伺候著出來。

「貴人起得早，用一碗羹再出門吧。」廣源將食盒送到紫瑞手裡。

神容看他一眼，心想他如今可伺候得越發盡心了，簡直更勝於當初在山家時。

紫瑞將食盒打開，裡面一個白瓷盅，盛著香氣撲鼻的清羹。

旁邊的裴少雍看到：「這是洛陽的清羹？」說完去看神容的神情。

廣源按山宗說的特地沒提洛陽，不想還是被提了。

神容其實看出來了，曾經在山家時沒少嚐過這個。她捏著勺子攪了一下，稍稍抬眼看了看裴少雍，還是放下了：「不必了，拿回去吧。」

紫瑞將食盒蓋上，遞還給廣源，跟隨神容往外走。

廣源皺著眉暗自嘆息，看著他們三人出了院門，心想郎君說得不錯，貴人果然是不願想起洛陽的。

長孫信言出必行，今日果然沒有入山，已在門外等著，準備陪裴少雍在幽州城裡走動。

神容和裴少雍一前一後出了官舍大門，長孫信已騎在馬上，身後皆是護衛。看人數，好似比之前長孫家帶來的多出了兩三倍，門口一條道都站滿了。

裴少雍對神容道：「姑母答應讓我來時，正是得知妳去關外的消息時，因而特地著我多帶護衛來，囑咐說妳事畢便儘早返回，她擔心壞了。我從裴家也帶了一批護衛來，這樣回去就用不著動用本地官員安排護送了。」

神容臂挽披帛站著，目光微動，看到馬上的長孫信。

長孫信也正在看她，兄妹二人對視一眼。這是意料之中的事。

「又不是眼下就走了，先留些人下來，不必帶這麼多人跟著。」長孫通道。

裴少雍點頭：「表哥說得對。」他吩咐一番，將帶來的護衛留在了官舍，坐上馬背，一直目視著神容登上了車，才隨長孫信出發。

幽州城的城頭上，張威剛替換了別人的崗，站在登城的臺階上往下看。

山宗那長身如松的身影就靠在下方城牆邊，抱著手臂，拇指玩著刀鞘，旁邊是他的馬。

看不清他的神情，也不知他在想什麼，大清早就從官舍方向來了，照舊巡了城頭，做了該做的，可一個字沒與他們這些屬下們說。張威不是胡十一，否則他此刻早就忍不住下去問了。

再看幾眼，忽見山宗動了，他提刀站直，頭抬了起來。

張威順著他朝著的方向看，仗著人在城上，看得遠，一下就看到一行人馬，瞇著眼仔細瞧，認出當中那個，不就是金嬌嬌。再往下看，山宗已經走了。

裴少雍這一行已經轉過了城中大半地方，好幾道城門口，甚至還去了趟幽州官署。此時入了城中一間酒肆歇腳用飯。

長孫信進了雅間，在案後坐下時道：「我原以為二表弟你是一時興起罷了，但見你這一路看得如此細緻，倒是真心在求取功名，莫非家族蔭官已滿足不了你了？」

他這個裴二表弟雖有文采，但以往並無追求功名之心，加上性格又好，誰都以為他會安於分一份家族好處便罷了。如今看來倒不是，竟然是個真實所想都揣在肚子裡的，原來只是看著老實。

裴少雍在他身旁坐下：「我三年前就有這打算了。」

長孫信指著他打趣：「我知道了，我朝兒郎大多先立業再成家，你如今一心立業，便是有心成家了。」

裴少雍笑笑，伸手去倒水，遮掩著眼神往旁看。

神容沒坐，臨窗站著，旁邊半人高的胡几上正在煮茶。幽州的茶苦而後冽，四周都是一股茶湯苦香的味道。

她抬眼，忽然看見雅間窗外，穿過街上人潮，直直朝自己走來的男人，不禁心口一跳，眼往左右瞄了瞄。早上在官舍裡沒看到他，還以為他昨晚就走了，原來沒有。

「阿容，小心茶湯。」裴少雍看她臂彎裡的披帛要掠到胡几的茶爐上，趕緊起身過來。

山宗已近在窗前十幾步外，在無人的牆角停了下來。

神容在看到他的那刻就側了身，只留給他一個側臉和如雲堆疊的烏髮。裴少雍忽從她身側走出，撥了下她臂彎間的輕紗披帛，關切地與她說著什麼。

而後他端了茶盞過來，送到她手裡，兩道身影離得很近。神容接了，隨他離開了窗前。

山宗的眼從那道窗前移開，鼻間出氣笑了一聲，連自己都不知道是在笑什麼。沒完了是嗎？

他的眼又掃回去，盯著那扇窗，許久，始終再沒見神容露面，轉頭離開。

直至日斜，一行人才回到官舍。

神容搭著紫瑞的手下了馬車，一旁長孫信已下馬，在朝她悄悄招手。她看一眼還在馬上的裴少雍，走了過去。

一近前，就聽他低聲道：「妳怎麼回事，一整天沒怎麼說話，是不是因為母親叫二表弟傳的那番話？」

神容臉色未變，直入大門：「怎會呢。」

長孫信見裴少雍過來了，沒有再問，看著她的身影進了門。

神容入了內院，示意紫瑞東來不必跟著，走向主屋。推開門，赫然一怔，門邊倚著道人影。

她還沒開口，人影已貼近，一隻手摟過她，另一隻手關上了門。神容撞入他懷裡，一抬頭，他就低頭親到她唇上。

「你……」她只含混地說出個字。

「我什麼？」山宗牢牢扣著她的腰，貼著她的唇：「只有這樣才能見妳了是不是？」聲悶悶地往她耳裡鑽。

神容啟唇，下一句話還沒出口就被他吞了。他含著她的唇，一手撫到她的後頸，往自己懷裡送。親地太狠了，神容氣悶，臉上很快熱了。

「阿容已經回屋了？」裴少雍的聲音傳過來。

神容怕被發現，忍不住想動。山宗的手臂緊實一收，反而抱她更緊，甚至鼻間還低哼了一聲，似笑非笑的，親到她臉側、耳邊，唇上碾得更重了。

外面紫瑞正在回話：「是，少主出去了一整日，應當是乏了。」

神容仰起頭，心陡然一陣跳快，他的嘴已輾轉親在她下頷，落去她頸上，細細密密。

「那讓她好好歇著吧。」裴少雍的腳步聲遠去了。

直到神容忍不住揪住他胡服的衣領時，山宗狠狠在她頸上含了一口，讓她吃痛地蹙了蹙眉，才終於抬起臉。

神容在他懷里仰著頭，一口一口呼吸，雙頰酡紅，如染紅霞。

山宗低頭看著她的臉，牽扯著她的呼吸，直到此時才不見她像先前那樣刻意迴避了。

「你來得正好，」神容輕喘著，眼珠微動：「我有話要與你說。」

山宗揚起唇角，還以為她被剛才的舉動嚇到了，沒想到她會說他來得正好，呼吸重，聲沉沉的：「什麼話？」

神容的手指還揪著他的衣領，看著他如刻的下頜：「我大概……要走了。」

山宗的嘴角緩緩抿起，臉上沒了笑：「又要回去了？」

「嗯。」神容出門前聽裴少雍說了她母親的那番話，才算知道她母親安排他來的真正用意，其實是來接她的。

山宗沒有說話，屋內一下變得十分安靜。過了一瞬，他才開口，聲仍沉著：「然後呢？」

神容的眼掀起：「什麼然後？」

山宗看入她的雙眼：「妳回去之後的事情，可曾想過？妳我的事。」

神容看著他的臉：「你我？」

山宗始終低頭對著她，從她的眼裡，看到他突出的眉骨，連著挺直的鼻梁，人在門後，眉宇間一片深深的暗影，那片暗影在這句反問後好似深了一層。他低聲說：「難道妳到如今，都沒想過和我來真的？」

神容唇輕輕一動，抿住，又啟開：「怎樣才叫真的？」

「和我重新做回夫妻。」

神容怔住，輕輕合住唇。從未想過這句話會從他口中說出，猝不及防入了耳。有一瞬間眼裡只剩下他深沉的臉，忘了自己在想什麼。

山宗眉峰壓著，眼裡黑沉沉一片，鬆開了她：「妳沒想過。」

兩日後，主屋裡，紫瑞一件件收拾起行李。將一件輕綢襦裙放入包裹後，她朝窗邊的榻上看了一眼：「少主，真要走了？」

神容坐在榻上，手上握著裝書卷的錦袋：「嗯。」

裴少雍那日在幽州城內走動完就定好了回去的行程，出乎意料的快。而她，的確沒什麼事由再待下去了。

門外一陣不緊不慢的腳步聲，長孫信衣袍寬逸，身姿翩翩地走了進來。

「看來妳已收拾得差不多了。」他看過紫瑞手上忙著的，走到榻邊，低聲道：「我覺著二表弟是見到了姓山的才有意要儘早走，不過也是應該的，母親畢竟一直牽掛著妳。」

神容仍只回了一個字：「嗯。」

長孫信在她身旁坐下，看她的臉色，不知是不是錯覺，總覺得她這兩日人好似更冷淡了一些，越發懶得說話了一般。他有心逗小祖宗開心，笑道：「在想什麼呢，臨走便沒什麼要與哥哥我說的？」

神容看他一眼，沉默了一瞬才開口：「在想還能不能再來。」

長孫信斯文俊雅的臉上一愣：「這還沒回去呢，妳就想著再來了？」

神容眼神微動，將書卷收好：「只是擔心山裡罷了，萬一又有什麼事呢。」

長孫信這才緩了面容，「也是，這山是邪乎了點，有妳在會放心許多，不過妳已鎮住它兩回，礦脈也清楚了，料想不會有事了，我還道是因為別的。」說到此處，他上下打量神容一番：「別的，都沒事了？」

「嗯。」神容又如先前一般冷淡了，眼睛若有似無地掃了這間房的門後一眼。

就在那扇門後，山宗鬆開她時低壓的眉眼似乎還在眼前：「妳沒想過。」

神容一直沒說話，看著他幽沉的雙眼。

「妳沒想過我想過，這回全看妳。」

後來他是什麼時候走的，神容忘了，唯有這幾句話清晰地留在耳裡。

外面忽然傳來喧鬧人聲，有什麼隊伍過去了，伴隨著陣陣鑼鼓敲打，似乎很喜慶。神容被這陣聲音拉回了思緒，朝外面看了一眼。

長孫信想了起來：「是了，二表弟挑了個巧日子，趕上今日刺史府上辦喜事，那位趙刺史的義妹趙姑娘就要出嫁去檀州了，昨日來遞了請柬，我替妳推了。」

神容微微點頭：「推就推了吧。」

裴少雍緊跟著到了門前，穿著來時的水青對襟胡衣，罩著墨綠綢面披風，腳上胡靴一塵不染，隨時要打馬上路的模樣，臉上帶著朗然的笑：「阿容，可以啟程了。」

神容看哥哥一眼，起身出門，她今日也穿著身胡衣，素紋收腰，將她整個身姿的纖挑都襯了出來。

裴少雍止不住多看她，忽而看到她高高豎著的衣領，頸邊一點若隱若現的紅，忙問：「阿容，妳脖上怎麼了？」

長孫信正好跟出來，也轉頭看來：「什麼怎麼了？」

神容扶著高高豎著的衣領，先往前走了：「沒怎麼。」

那是山宗親過的痕跡，她邊走出去，邊用手指摸了一下。到現在還有些微微的疼，彷彿能感覺出他當時薄唇滾燙含上去的力道。

那一幕畫面和他的話就又再度回到耳邊──這回全看妳。

今日晴空萬裡，春風濃拂，正是適合辦喜事的好日子。刺史府裡的熱鬧一直蔓延到城中。

幽州這一帶因經歷過多次戰亂，有過艱苦歲月，向來對於喜事是嚮往的，只是不喜鋪張，就算如今是椿刺史府上的喜事，也說不上盛大，如尋常人家一般，擺席設宴熱鬧熱鬧便罷了。

府內，在披上嫁衣之前，趙扶眉特地在廳堂裡向趙進鐮和何氏作別。趙進鐮夫婦衣著莊重，端坐上方，受了她斂衣跪拜的大禮。

何氏心軟，見不得這種場面，一時感慨，抽帕抹了抹眼，被身旁的趙進鐮拍了拍手被才安撫住。他虛扶一下趙扶眉：「周鎮將已到府上了，妳快去準備吧，否則就來不及啟程了。」

趙扶眉低頭說是，起了身。

山宗黑衣凜凜，站在刺史府的廊下，一路走來看過四周，府內四處熱鬧，但沒有見到那抹女人的身影，也不見長孫家的任何一個人來赴宴。他轉身，正要走，身後一道聲音喚他：「山使。」

山宗停步回頭，趙扶眉站在眼前。

她微低的頭上已經簪了首飾，臉上也施了粉黛，只待披上嫁衣便能跟周均走了。

「我來向山使道別，謝山使當初救命之恩，否則就不會有我今日光景。」

山宗說：「我已不記得了。」

趙扶眉依然低垂著眉眼，福身，「我知如此不合規矩，也知山使早不記得了，但我還記得便不能當沒此恩情。」她抬頭看他一眼，又低了眉目，聲音低得幾乎叫人聽不見：「願山使此後安好，一切能順心遂願。」

山宗勾了勾嘴角，順心遂願？誰能讓他遂願。他什麼也沒說，轉身走了。

沒幾步，廊柱後，身著紅色婚服的周均現了身，一雙細長的眼意味不明地盯著他。

「祝賀。」山宗留下兩個字，眼裡卻如同沒看見他，逕自大步走了過去。

周均朝他來的方向看了一眼，再轉頭看他時，他人已走向府門，腳下不停，直接離開了刺史府。

日上三竿時，接親的隊伍才離開刺史府，往城外而去。

幽州城門邊，街上百姓擠著圍觀，人聲鼎沸，說說笑笑，只有城頭上的守軍還肅正地守著。

周均跨馬在前，引著趙扶眉乘坐的馬車，一路出城而去，不長不短的一支隊伍，由檀州兵馬護送。

城門外不遠處，停著一隊幽州軍所兵馬。山宗坐在馬上，眼看著城門口。

胡十一打馬在旁，笑呵呵地道：「頭兒，我以為你跟那周鎮將不對付，今日能去刺史府道賀一趟就不錯了，竟還來送行他一程。」本來是他領著人在這裡意思意思，代表幽州軍所送行一下檀州鎮將罷了，沒想到他會親自來。

山宗沒接話。

胡十一扭頭，只看到他沉沉然的側臉，彷彿剛才的話半個字也沒聽進去。「頭兒？」

山宗的眼終於動一下，問：「除了接親隊伍，有無其他隊伍出去？」

「其他隊伍？」胡十一撓撓下巴，仔細想了想：「沒有，咱一上午都在這兒等著送行呢，沒見到其他隊伍出來。」

山宗頷首，沒錯，有其他隊伍也會避開接親隊伍再出發。

此時的官舍大門外，神容的馬車被眾多護衛環護著，就等著出發了。

廣源匆匆跑出門來看，一雙手抄在袖中，眉頭緊了又緊。貴人竟然又要走了，而且先前一點風聲沒透露，他也是剛剛才知道。他一邊想一邊看了裴少雍一眼，直覺是他的主意。

長孫信繫著披風走到車外，朝著車簾道：「接親的隊伍過去了，路好走了，啟程吧，我送妳一程。」

神容隔著車簾說：「不必了。」

裴少雍打馬護在車前，笑道：「表哥難道是不放心我不成？」

長孫信坐上馬背：「那倒不是，我也不送遠，只送過檀州就好。」

裴少雍知道他們兄妹是帶著要事來的，路上想必還會交代一些山裡的事，只好笑道：「也好，表哥心疼阿容，應該的。」

神容沒說什麼。

車馬上路，他們特地等到現在，道路果然順暢了許多，一路直接出城。只有廣源，對著那輛遠去的車駕長長嘆息。

城外周均的迎親隊伍早走了，道上的塵煙被春風吹盡了。

胡十一牽著刨地的馬，看身旁：「頭兒，人都走那麼久了，咱還不回去嗎？」

山宗仍然看著城門：「你們先回去。」

胡十一左右看看，朝後方人馬招兩下手，帶著人往軍所方向打馬出去時，又回頭往城門口看了一眼，忽見一隊人馬出來了。一群護衛開道，護著當中的馬車嚴嚴實實，車前兩匹馬上坐著兩個錦衣貴公子。

「金嬌嬌？」他驚訝地看山宗的身影一眼，才明白是怎麼回事，原來頭兒是在等她啊。

山宗看到那一行隊伍的瞬間眉就壓低了，沒在刺史府上看到她，果然是要走了。他盯著那輛當中的馬車，看著那扇門簾，門簾掀動，但看不見那道身影。

神容坐在車裡，拿著書卷，攤開在膝上，正對著望薊山那一段。外面是長孫信和裴少雍時不時幾句交談聲，說著無關緊要的閒話。

眼前車簾掀動，風似大了點，吹到書卷上，周圍也安靜了，她才感覺出已經到了城外，轉過頭，透過窗格往外望，目光凝了凝。

外面馬蹄聲陸續停下。

「他怎麼來了？」裴少雍壓著聲問。

長孫信低咳，努力圓場：「這有什麼，他掌此地軍政安危，人在城門處有何不可。」

神容盯著那道馬上的身影，他打馬緩至，一手提著刀，眼裡由始至終只落在她這裡。她不知道他能不能看清自己的臉，心裡沒來由地緊了一緊。

長孫信見山宗目不斜視地打馬而來，忍不住先扯馬出去：「山使，有何貴幹？」

山宗目光越過他，仍盯著馬車：「幾句臨別贈言罷了，不必如此慌張。」

長孫信被噎了一下，心道誰慌張了，一面回頭看了看車上。車簾又被風吹得一動，裡面傳出神容的聲音：「讓他過來說。」

裴少雍驚訝地看過去：「阿容？」

神容淡淡說：「沒事。」

東來立即將護衛領開，連坐在車外的紫瑞都下來了。

長孫信擰著眉打馬回到車邊，拍拍裴少雍的肩，示意他跟自己走。

裴少雍盯著馬車看了又看，又看了在馬上的山宗一眼。忽見他眼一掀，朝自己掃來，如利刃割風，不禁抓緊了韁繩，看出了他眼中的不善，臉色都變了。

「二表弟。」長孫信拉了他衣袖一下。

裴少雍又看馬車一眼，才終於打馬跟著長孫信往路側避去。

「別忘了我母親交代的話，為阿容好，你就當沒看到，回去也別說。」長孫信小聲交代他。

裴少雍對山宗那一眼分外介意，但聽到為阿容好，便什麼都沒說，遠遠退到路邊，看著那頭。

山宗已到了馬車窗邊，低了頭，被馬車遮擋了大半，外人什麼也看不分明。

只有神容知道，窗格上一層薄紗，他的臉在眼前朦朧不明，唯眼底幽深最顯眼。

「這就是妳的答覆？」他沉聲問。

神容看著他的臉，慢慢轉開眼，不知該說什麼。大約正是因為這樣，才會選擇就此離開。

「長孫神容。」

神容看過去，第一回聽他這樣連名帶姓地喚她。隔著層薄紗，她卻清楚地看見他喉頭滾了一下，雙眼沉黑地盯著她。

「是我活該，明知妳只是想讓我低頭，或許我就該永不讓妳得逞。」他喉頭又滾一下，嘴角卻揚了一下，只一下，緊緊抿了唇。

神容從沒見過他這樣的神情，默默垂了眼。

「阿容。」裴少雍忍不住遙遙出聲提醒。

拉車的馬動了動蹄，連帶車也往前動了一下。窗格忽而被一隻手牢牢扣住，馬車一頓，神容一怔，眼動了動，那是山宗的手。

他修長的手指抓著窗格，手背上兩根青筋凸起，分外用力。

但下一刻，他的手一下鬆了。

神容轉頭看出去時，他已策馬而去，烈烈黑衣背影振馬迅疾，沒有看見他的神情。

神容坐在車裡，至此才動了下手指，心裡極快地跳了兩下，直到那道身影消失在眼裡，才轉過頭。

「他就那樣走了？」

「那自然，我早說了，他們沒有來往了。」

裴少雍和長孫信跨馬同行，低低交談著這兩句話時，隊伍已經出了幽州。

裴少雍往後望了一眼，後面被護著的馬車毫無動靜。

「他們明明已經和離了……」他低低自語一般道。

長孫信也往後方馬車看一眼，神容這一路上沒怎麼說過話。他清一清嗓，無事般小聲笑了笑：「是了，你沒聽他自己都說，那就是幾句臨別贈言罷了，好了，不必再聊這個。」

裴少雍便沒再多言，只是始終記著山宗那凌厲的一眼。那一眼甚至讓他覺得，自己好似動了他的禁忌。

車馬停下，到了落腳的地方。悠悠一聲道觀的晚暮鐘響隨著春風送出來，又隨風傳出很遠。

紫瑞挑開馬車門簾，扶神容出來，眼前是那座熟悉的道觀。

神容看了山門一眼，舉步先走了進去。

知觀已經出來相迎，挽著拂塵在三清殿前的臺階上向她見禮，「難得貴人再訪。」說話時他已瞧見後面有兩個領頭的男子跟著走入，先認出了長孫信，笑道：「原來長孫郎君此番也來了，想必另一位就是上次護送貴人的那位郎君了。」

神容被提醒了，抿唇，不自覺想起和山宗在這裡落腳時的情形。

知觀話音未落，已看清了走來的裴少雍的模樣，口呼一聲「三無量」，訕訕一笑：「原來是貧道眼拙認錯了。」

神容沒應話，走進殿內，卻又記起上次在這殿中，自己捏著一支羽毛，沾著清水點過山宗肩頭，為他去晦的情形。她轉過頭，吩咐紫瑞：「快去準備吧，我想儘早入房歇著。」

紫瑞見她神色倦倦，不太耐煩的模樣，屈膝稱是，忙去安排。

裴少雍和長孫信一先一後到了她身邊。

「阿容，怎麼在這裡站著，是要拜一拜三清？」裴少雍在她面前沒表露先前情緒半分，臉上皆是朗朗笑意。

神容抬頭看了看那高大的三清銅像，遮掩一般點頭：「也好，拜一下吧。」

知觀在門邊向長孫信見了禮，聽到這話，過來親自為神容正了正蒲團，抬手做請。

神容斂衣跪下。

緊跟著，裴少雍也在她身旁跪了下來，側頭看她。

神容看著三清像安寧的鬚眉，高高豎著的胡衣領口遮了脖子，如雲烏髮，如雪側顏，臉上沒有表情，眉眼卻似描畫深刻，美得豔然奪目。裴少雍忍不住又多看一眼，眼神越發溫和了。

知觀拿著籤筒過來，掂了三下，笑著送到神容眼前：「貴人不妨抽支籤。」

神容聽到這話才發現自己不覺又晃了個神，看籤筒一眼，伸手撚了一支。

往外抽時，知觀問：「貴人要求什麼，是運程還是姻緣？」

連裴少雍都問了句：「阿容要求什麼，姻緣？」

神容的手停了，憶起那句「和我重新做回夫妻」。

知觀的身還躬著，等著她發話。

她忽將那支籤推了回去：「不必了。」說完起身，逕自穿過殿內，往後去了。

長孫信在旁安安靜靜看到此刻，朝著神容離去的身影看去，微微皺了眉，有些掛憂，他沒見妹妹何時這樣過，連日來都好似心思不在一般。但轉頭看到起身的裴少雍，他臉上又笑了出來：「沒事，阿容素來不喜歡這些而已。」

裴少雍捏著那支籤，就是神容剛抽出的那支，笑一下：「真是可惜了，是支吉籤。」

張威走到演武場裡面，威武雄壯的操練號子正響。他擠去場邊的胡十一身旁：「頭兒呢？」

胡十一朝前方努努嘴：「忙著呢，勸你沒事別去找他。」

張威朝那頭望，山宗只穿了素薄的中衣，拎著出鞘的細長直刀，身影孤峭地站在場中央。

「怎麼了，」張威莫名其妙：「為何不能找他？」

胡十一左右看看，湊到他耳邊，攏著隻手低低道：「金嬌嬌走了！」

「啊？」張威愣一下：「那這回頭兒不一起去了？」

胡十一「噓」一聲，指一下那頭，小聲道：「你傻不傻，能去還會這樣？你是沒瞧見他剛回來時的臉色……」

他有些說不下去了，想著山宗剛回來時的模樣，一路策馬疾馳入了軍所，從馬上下來時依然乾脆俐落，可臉上的樣子是他從未見過的，眼神威壓，臉色繃著，如在強忍著什麼。

胡十一這樣一個五大三粗的漢子見了都不禁揪了一下心，當時根本不知該說什麼。到後來只能硬著頭皮上去喚他：「頭兒，回來了？」別的什麼都不敢多問。

有一會兒，山宗才開口，像是鬆開了久久緊閉的牙關，連聲都有些啞：「去幫我盯著長孫家的隊伍，我要隨時知道他們到何處了，是否有消息送來。」說到此處，他忽而咧了下嘴角，喉結一滾，「算了，不會有消息送來，盯著他們的行程就行了。」說完大步走了。

胡十一回想完，盯著場中嘆口氣，撓一下額：「真沒見頭兒這樣過。」

張威又往那頭看，山宗一步步走在場中，身披著漸漸暗下的暮色，轉身時一個側臉，冷肅沉沉。他信了，還是不去找他了。

場外忽來一匹快馬，一個兵卒從馬上翻下，入場中稟報：「頭兒，關城斥候來報，有動靜。」

山宗神情未變，手裡的刀一提，收入鞘中，大步往場外走：「牽馬過來。」

大約就是從他去了一趟關外開始，關城近來時有動靜。胡十一已很麻利地動腳，第一個牽了他的馬送過來。

山宗刀拋給他，拎著胡服往身上一披，迅速穿好，革帶一緊，翻上馬背後又接過了刀，臨要走，扯著韁繩停了一下：「到哪兒了？」

胡十一愣一下，反應過來他是問金嬌嬌，忙回：「到檀州了。」

山宗點了下頭，手上緊緊抓著韁繩，一扯，策馬出去。

身後幾人快馬跟上他。

胡十一伸著脖子，看他直往軍所大門去了。剛才看他的模樣，差點以為他要去的不是關城，而是檀州。

道觀裡，一清早，客房中就收拾妥當了。

神容坐在桌後，握著筆，在面前攤開著的書卷上細細記述。她去關外時，就是抱著在這祖輩的書卷上新添一筆的打算，如今望薊山那一段已經補上了。

停了筆，她垂眼去看那幾行小字。晦澀不通的文句，除她之外無人能看透，關外的經歷大概也是這樣，那是她和山宗兩個人的祕密。

「少主，怎麼每到這道觀來，便好似睡得不好一般。」紫瑞在旁小聲提醒，一邊接過她手裡的筆，免得餘墨滴落到書卷上。

神容搧了搧墨蹟，將書卷輕輕捲起來：「嗯，我先前還說再也不來這地方了。」

紫瑞道：「是裴二郎君著急回長安，才想著走這條捷徑。少主是不喜此處？」

神容收好書卷，起身出門：「總引我生夢之處，有什麼好喜歡的。」

紫瑞聽了暗自詫異，這麼久了，少主竟然還記著來時的那個夢魘？

道觀外面已準備好要啟程了。

神容走出山門時，恰好一對男女相攜而來，正要進入觀中。

彼此擦肩而過，其中的女子忽而停步，繼而朝她快走過來：「貴人？」

神容轉身，臺階上站著眉眼細細，頗有風情的女子，朝她笑著。她有些意外：「是妳。」

竟然是關外銷金窟裡遇到過的杜心奴。

「是賤妾。」杜心奴笑著向她福身：「本以為再也見不到貴人了，不想竟在此又遇上。」

神容問：「妳不是該回長安了？」

「正是，當日多虧山大郎君和貴人相助，賤妾自附近的易州隨商隊回了關內，見到了出來找尋的夫君，因而耽擱了些時日，才逗留到了現在，今日途徑此地，是特來這觀中還願的。」

了。

神容往她身後看一眼，那裡站著個身著青布衣裳男子，和氣少話的模樣，料想正是她夫君了。

「貴人既然在此，料想山大郎君也在了。」杜心奴找了一下：「賤妾想當面再謝他一次。」

「不在。」神容看周圍一眼，臺階下的山道上，一大群護衛在忙著套馬裝車，好在她哥哥和二表哥還沒出來。

杜心奴驚訝地看了看她，面露隱憂：「莫不是山大郎君出事了？」

神容看她：「為何這麼說？」

杜心奴低聲道：「當日賤妾離開時，聽那駕車的胡人說，他是孤身犯險一夜走遍了方圓百里，才憑著絲線索及時找到那地方的，莫不是後來回程時他遇險了？」

神容心中微動，一時無言。

杜心奴看她如出神一般，愈發懷疑，蹙起細眉：「倘若如此，賤妾無以為報……」

「不是。」神容打斷她：「他好好的，只是不在這裡罷了。」

杜心奴先是意外，接著才鬆口氣笑了：「那就好，否則豈非叫賤妾寢食難安。」本還想問為何他不在，卻見山門裡走出兩個衣冠楚楚的年輕郎君，她止住話。

神容低聲說：「走吧，之前的事不必在這裡提起。」

杜心奴見那兩位郎君直直走向眼前貴女，機靈地福身低語：「他日有緣，長安再與貴人相會。」說完走去丈夫身邊，挽著他的手臂，一同入觀去了。

裴少雍先於長孫信一步過來，看了經過的杜心奴一眼：「阿容，那是何人，與妳說什麼了？」

長孫信理著衣袍過來，接話道：「那是長安頗有名氣的箜篌好手杜娘子，想必是問能否同回長安吧，否則她又不認識阿容，能說什麼？」

神容順著他話點了點頭：「嗯，我拒絕了。」

第二十一章　不見長安

離開那座道觀後，用不了多久就可以離開整個檀州。神容坐在馬車裡，回憶著剛見過不久的杜心奴，忽聽外面一陣勒馬聲，收神抬頭。

前方有一道聲音道：「檀州周鎮將和新夫人得知長孫女郎過檀州，特地設下送行宴招待，派小人來請諸位貴客。」

長孫信隨之打馬到窗格旁，看入車內：「阿容，請帖上有官印，確實是檀州鎮將的人，妳如何說？」

神容興致不高：「隨你們。」

裴少雍也打馬到了窗邊：「檀州雖不是邊防要地，聽說檀州這個鎮將曾在幽州一帶作戰多次，或許對我作策論有用，不如就去見一見。」

長孫信這下越發覺得他有決心了，笑道：「二表弟可真夠用心的，那便去吧，左右也耽誤不了多久。」

神容確實沒多少興致去接受周均和趙扶眉的招待，全隨他們。

檀州不比幽州，本身不大，所以就算他們這條捷徑已繞過了檀州城，再折返也用不了多久。鎮將府在城西，比起幽州團練使的官舍還要更小一些。

神容自車裡下來時，周均已在門口等著，如以往般穿著那身泛藍胡衣，一雙細眼看著他們，身旁是挽了官婦髮髻的趙扶眉。

「謝幾位賞光。」趙扶眉先出聲，福了福身，上前來請神容：「女郎請入內。」如今已是一州鎮將之妻，她便不再稱貴人了。

神容進門前朝旁看了一眼。周均向長孫信和裴少雍見了禮，請他們入內，卻朝她的隊伍看了看，彷彿應該有別人在一樣。她當做沒看見，隨趙扶眉進了府門。

廳內已經備好了酒菜。趙扶眉請三人入座，握著兩手在袖中，似有侷促，只因他們是京中貴人，怕準備得不夠妥當。直到看見長孫信和裴少雍風度翩翩，頗為溫和地落了座，她才算鬆口氣。

神容坐去長孫信身旁。

趙扶眉看她從見面到現在都是神情淡淡，不知怎麼就想起了刺史府裡和山宗道別時，他那副心在別處的神情。

「坐吧。」周均忽然說。

趙扶眉收心，垂頭跟去他身旁，在上方落座。

裴少雍坐在神容旁邊的小案，已主動開口問起周均檀州情形。

「裴二郎君說笑了，檀州自是比不上幽州。」周均開口道：「所以過往這一帶九州只會用幽州節度使一稱，而不是檀州節度使。」

裴少雍聞言愣一下，不瞭解周均，也不知他是不是在玩笑，自己先笑了笑：「幽州自最後一任節度使李肖崮死後就不設節度使了，自然也不存在這些比較了。」

神容看過去一眼，周均那張臉上似乎永遠沒有什麼溫和神情，即便此刻宴間也陰沉沉的。連話也說得不善，陰陽怪氣，她只覺越發看不慣此人。看來趙扶眉當初說的是真的，他還真有心去爭那個節度使的位子。

長孫信對這些不感興趣，趁著裴少雍和周均在說邊防之事，湊近跟神容低語：「過了這裡我便返回幽州去了，妳可還有什麼需要交代的？」

神容本就沒動幾下筷子，聞言更不動了。

長孫信看看她，皺眉：「阿容，妳近來心事太重了。」

神容這才又拿起筷子：「沒有。」

長孫信小聲：「我是妳親哥哥，在我面前逞什麼強？」

神容不語，一張臉冷淡的沒有表情。

長孫信瞄瞄左右，只好不說了，又擔心她這樣回去長安更叫父母不放心。

忽聽上方的周均問：「為何此番不見幽州團練使相送？我還道他這回又出了幽州。」

神容瞬間抬眼看了過去，連他身側的趙扶眉都意外地看了他一眼。

周均細長的眼落在神容這裡，倒像是在問她。

裴少雍聽到那稱號，眉皺了皺，悄悄看神容一眼。

長孫信反應快，笑道：「料想周鎮將與山使交情深才會有此一問，我們長孫家出行人員已足，就無需勞煩山使了。」

周均陰沉道：「侍郎錯斷了，我和那種人沒什麼交情，有仇還差不多。」

四下一愣，趙扶眉低低提醒他：「夫君……」

周均卻沒看她，臉上神情有點嘲諷。

只有神容冷淡地看著。原來進門前看她的隊伍，就是在看山宗在不在。想來是一場針對山宗的鴻門宴，卻迎來了他們三個。

裴少雍又看了看神容，忍不住問：「周鎮將此話何意，什麼叫那種人？」

長孫信也有些訝異，不確定他是不是在說山宗和離棄妻的事，那倒寧願他別提了，免得叫神容不快。

「哪種人？」神容忽然問。

長孫信倏然轉頭看她，方才還一言不發，此時忽就開口了。

神容盯著周均：「他是哪種人，周鎮將何不大大方方說出來。」

「女郎。」趙扶眉覺得氣氛不對，在袖中絞著手，勉強笑道：「夫君多飲了幾杯，其實沒什麼。」

周均冷笑，原本是不打算說了，此刻被她問了，那張白臉轉了過來，「女郎既然想知道，那我就直言了，正好也可叫女郎看清他的真面目。」他臉上嘲諷更濃，顯得臉白中生青，一字一字道：「姓山的過往如何顯耀，不過是沽名釣譽。當初他與我一同作戰，根本沒有現身，就是個貪生怕死之輩，吾等軍人之中最恨的慫貨。」

裴少雍和長孫信對視一眼，都很震驚，又不約而同地看身旁。

神容端正坐著，冷冷地看著周均，眉目反而愈顯出豔麗來，許久，竟笑了一聲，更冷：「你若說他別的，我倒還能信，說他作戰貪生怕死，未免叫人恥笑。」她霍然起身就走，「你也不過如此。」

趙扶眉連忙喚：「女郎。」

神容腳步不停地出了門。

裴少雍錯愕地看著她，起身追了出去，剛出門不遠，被緊跟而至的長孫信拉住了：「我去找她。」

裴少雍在院內站住了，人還驚訝著，為神容方才的反應。

廳內，周均臉上一陣青白，只因神容那句「你也不過如此」。

趙扶眉在側低低急語：「縱然夫君與山使有仇怨，怎能人前說這些，山使豈會是那樣的人。」

他細長的眼一斜：「她問了我便答了，看來妳也不信，難怪婚前還特地向他道別了。」

趙扶眉驚住，沒想到他都看到了。

周均冷聲道：「不信也沒用，我說的是事實，否則妳以為我與他的仇是如何來的？」

長孫信一直走到府門外，看到神容頭也不回地踩著墩子進了馬車。

他朝車門邊的紫瑞擺擺手，直接跟進了車裡，一手放下門簾，回頭就問：「阿容，妳方才在做什麼？」

神容坐著，臉色仍冷著，胸口微微起伏：「沒什麼，周均得罪過我，我看不慣他罷了。」

「沒什麼？」長孫信壓著聲，臉色嚴肅：「妳方才分明是在維護山宗！」

神容抿了抿唇，開口：「他不是那樣的人，他若是那樣的，就不會去關外找我。」更不會像杜心奴說的那樣，孤身犯險一夜走遍了方圓百里，僅憑著綠林的那點線索找到她身邊。

長孫信難以置信地看著她：「阿容，妳可別忘了，妳只是要叫他後悔罷了，現在是怎麼了，難道妳還要與他動真的不成？」

神容咬住唇，默然無言。她沒忘，否則就不會走了。

望薊山裡。

一聲急促的笛嘯示警聲後，又是一聲，山林間人影紛動。

山宗站在茂密山林間，從來了這裡後，到現在還沒有離開過，也沒合過眼。腳邊幾個打扮成中原人模樣的關外敵兵橫七豎八地倒著，早就沒了氣，幾乎全是一刀斃命。

他手裡的刀尖撐著地，瀝著血。關外這次竟然派了一股精銳混進來，或許還是因為他去了次關外造成的。

軍所裡的幾個兵卒小跑過來，為首的抱拳：「頭兒，全阻截住了，一個不剩。」

山宗提起刀：「再搜一遍，加強戒備，別叫他們發現礦山。」

左右抱拳領命。山宗轉身出了林子。

礦眼附近，原本有幾個工部官員奉了長孫信的命令在這裡繼續採礦冶煉，如今因為山裡突然的動靜，全都避開了。那裡只剩下那群重犯，聚在一處，如獸一般蹲著，眼神陰鷙地盯著他一路走近。

山宗停步，掃去一眼，因為調人阻攔關外敵兵，兵卒都散去周邊把守，防著敵兵接近這裡，從而發現礦山。現在他們誰都沒有拿工具，工具只在腳邊，也沒有下坑去繼續勞作的意思，就這樣聚成了一股。

他瀝血的刀點地，眼神凜起：「誰准你們聚在一起的？」

人堆裡傳出未申五的一聲陰笑，他就在一群人的正中蹲著：「怎麼，怕老子們了？」

山宗手裡的刀動一下：「你可以問一問我的刀。」

未申五怪笑著一動，被一隻髒兮兮的手摁住，是兩鬢花白的甲辰三，他森森開口道：「我們要見另外四個。」

山宗臉上愈發沉冷：「你們憑什麼跟我談條件？」

未申五難以遏制般發出一陣怪聲，左眼上白疤扭曲：「狗日的！這裡開的是金礦！這麼大的礦山，老子們未必還能活著出去了，誰知道你把他們四個怎麼樣了！」

「那又如何？」山宗一雙眼幽沉如潭。

霎時間，獸性被激發，所有重犯都起了身，鎖鐐鏗然作響。

未申五又陰陰地笑：「狗東西，狠什麼，殺了這麼久的人，是不是快沒力氣了？老子們忍了這麼久，就等著這一刻呢！」

山宗活動一下發僵的手臂：「殺你的力氣還有。」

甲辰三擋了一下，沒擋住，未申五忍無可忍地衝了上來。

山宗橫刀，身側忽而飛來一柄開山的鐵鎬。其他重犯也動了手。

忽起暴動，遠處兵卒一聽到動靜，迅速往這裡趕來。

山宗被圍，未申五不管不顧地用鎖鏈纏住他的手臂，還想鎖他的喉，近乎癲狂一般，嘴裡張狂地笑：「姓山的狗東西，老子反正一無所有，有種叫你那些兵來殺，大不了魚死網破！」

霍然人堆破開豁口，那道鎖鏈反纏了回去，山宗一隻手臂勒住未申五，踹開身邊一個如獸撲來的重犯，狠狠將他摔在地上，欺身而上，扣住他的脖子，一刀插在他的臉側，直入了半截。

周圍頓時止了動作，忌憚著退開。

山宗胸前胡服破開，喘氣不止，盯著未申五陰狠充血的眼，自己眼裡也如獸一般泛紅，如同染血：「來啊！我也一無所有！你們就註定要跟我在這裡耗下去，看誰先死！」

未申五已發不出聲，臉色脹紅，連眼裡的陰沉都撐不住了。

兵卒們趕至，皆不敢作聲，因為沒見過頭兒這樣的陣仗，駭然地上前押住重犯。

不知多久，山宗終於鬆開了手，指節因用力而作響。

胡十一帶著人匆匆來到山裡時，已是覺得過了太久，忍不住趕來的。正要進山，卻見山宗從裡面走了出來，手裡拖著刀，刀尖的血跡還沒乾透，胡服胸前破了一道，換了個人一樣。

「頭兒？」他有些畏懼地喚了一聲。

山宗掀眼：「到哪兒了？」

胡十一這次反應很快：「過檀州了，想必很快就要到河東地界了。」

山宗嘴角扯了一下，緊緊抿唇，遙遙望出去。厚雲遮蔽，不見日頭，風自天邊而來，從關外吹往關內大地。過了河東很快就是洛陽，而後是長安。

他的確一無所有。

「點人給我。」

胡十一聞聲一愣：「頭兒要人幹什麼？」

山宗低笑一聲，聲卻嘶澀：「去追人。」

茫茫塵煙拖過路上，風吹過去後，一座高大的城門橫在眼前。長孫信打馬領先，帶著隊伍走到這裡，擺兩下手，示意眾人停了下來。

神容挑開車簾往外看。

長孫信從馬背上下來，轉頭看她，兄妹二人對視，他臉上的神情有些凝重。

檀州周均府外的那番談話言猶在耳，他此時明白了叫神容連日來神思不在的罪魁禍首，著實談不上輕鬆。

「我該返回了，」他指了指眼前城頭：「已到河東地界了。」

神容搭著紫瑞的手下來，走到他面前：「嗯，說好的只送過檀州，你已送出很遠了。」

「我還不是不放心妳。」他低低說。

神容沒說話，多說無益。

裴少雍也從馬上下來，見長孫信神情不愉，走到二人身旁：「表哥不用擔心，我會照顧好阿容。」

長孫信也不好跟他說什麼，只隨口應了一聲「好」，又看了神容一眼。

裴少雍也看了看神容，那日在周均府上她的反應一直沒人提過，只當沒發生過。他便也只放在心裡，故作無事地往眼前城門看去，忽覺奇怪：「城門怎麼不開？」

朗朗白日，城門竟然是關著的。

神容往上看，上方守軍當中一道身影晃過，緊接著下方城門緩緩開了。那道身影從城門內打馬出來，少年身姿，身著甲冑，直奔到她跟前才停，躍下馬：「嫂……」

話音及時止住，他看了長孫信和裴少雍一眼，默默抱拳見禮。是山昭。

神容方才看到他的身影就認出來了，這裡便是她之前回京時經過的那座城，沒想到今日恰好是他親自在城上。

長孫信是認得山昭的，臉色不大好，尤其是這時候見到，抬手按了按額角。

裴少雍雖未見過他，但聽那一聲戛然而止的稱呼，也猜出是誰了，皺眉不語。

山昭的眼睛早已在他們隊伍裡轉過一遍，沒看到大哥的身影，有些失望，看著神容問：「你們這是要過城？」

神容看身旁不語的二人一眼，點頭：「為何城門關著？」

山昭道：「附近城中有兩個落罪的官員糾集了家丁府兵鬧事，已傷了多人，沿途各城落門抓捕，如你們這般的貴胄隊伍最好不要此時過，免受波及。」

裴少雍眉皺得更緊：「此言何意，我們現在不能走了？」

山昭道：「最好不要此時走，這等小打小鬧不消一兩日就能平息，屆時再走不遲，我這裡有山家軍守衛，可護各位無恙。」

「山家軍……」裴少雍低低念叨，看向神容。

長孫信看山昭只看著神容說的，那意思好似是因為有神容在，才破例讓山家軍護他們的模樣。他無奈低嘆一聲，卻見城裡打馬出來了另一人，不禁意外：「妳也在？」

打馬來的是山英，穿著胡衣戎裝，跨馬配劍，不細看還以為是個男子。她到了跟前，掃三人一眼：「這麼巧？」說著唇一張，就要開口喚堂嫂，卻被長孫信及時豎起的一隻手打住。

他一個習慣端著風範的翩翩公子都快朝她瞪眼了。

山英見到，只好忍住了，下馬過來，扶住神容的手臂：「山昭說的我已聽見，你們便在城中稍作等待，我剛率人從附近城裡過來，那點亂子很快就能平了。」

山昭見他們不開口，只好看著神容道：「若諸位不願，返回去等一兩日也可，只要你們安全。」打他地界過，他不可能視嫂嫂安危不顧，一點小亂也不可冒險。

裴少雍道：「我們只想速速回京，不想返回。」

長孫信看神容一眼，沒看出她有什麼神情，手抵在鼻下輕咳一聲：「妳定吧。」

裴少雍也看過來。

神容靜靜站了一瞬，率先往城門內走：「那便在這裡待著好了。」

裴少雍愣一下才跟上去。

山昭立即朝上方揮了揮手，城上下來一隊山家軍，分列在門兩側，護他們入城。

山英要跟上去時見長孫信在後面一手牽著馬，好似有些猶豫一般，奇怪道：「你不入城？」

長孫信看看她，又看看往前走神容，思來想去，還是改了主意：「我自是要等阿容走了再回去。」說完牽著馬跟了過去。

山英看著他走遠，回頭悄悄問山昭：「可有見到大堂哥？」

山昭搖頭，低聲道：「我也以為能見到，這回卻沒見他的身影。」他說著往前看神容的背影，「我瞧著嫂嫂這次來也與上次不同，臉上一絲笑容也沒有。」

一行人馬快馬加鞭，陣陣馬蹄奔過河水，沾著山林間的塵泥枯葉，踏過顛簸不平的荒道捷徑，以最快的速度，橫抄向河東地界。遠遠能看見城下時，眾人勒馬。

胡十一喘著粗氣道：「頭兒，城門關著啊。」

山宗一馬當先，遠遠看著那道城門，心沉了下去，只有胸膛還因急趕而起伏。

「他們怕是已經過去了。」胡十一小心看他一眼。

這一路簡直是穿山越嶺過來的，出幽州已很遠了。以如今山裡的情形，胡十一知道他根本不能走遠，不過是擠出僅有的一點空隙趕來，不想還是慢了一步。再往前追，怕是不行了，並不能停留太久。

山宗扯韁打馬往前，迎著風，黑衣翻掀，始終面朝著城門，不發一言。

城中守軍住所裡，山昭剛著人安排了幾位來客的住處，便要率人去平亂處。匆匆出去時，在廊上撞見堂姊山英迎面而來，正朝他招手。

山英此番是從洛陽趕來與他協調應對那點騷亂的，此時回來換他崗守城，由他去後方平亂，所以山昭見狀便以為是平亂的事，快步走過去問：「怎麼了？」

山英攏手在他耳邊低語兩句。

山昭聞言臉上便有了笑：「真的？大……」

山英「噓」一聲：「別說出去，在城頭上就能看到。你該做什麼做什麼，我去找堂嫂。」

山昭點頭，想起自己還有事在身，有些遺憾地嘆口氣，繼續往外去了。

神容就在當初住過的那間閣樓裡。

長孫信剛剛送了她進去，走出閣樓，便聽見迎面而來的一聲喚：「舅哥。」

他抬頭，毫不意外地看著走來的英姿颯爽的女子，皺眉道：「妳怎麼又忘了？」

山英走到他面前：「是了，我總記不住。」說著看他一眼，「那我該喚你什麼？」

長孫信理一理衣袖，負手身後：「我字星離，直呼即可。」

山英道：「只怕這麼叫會讓你覺得我山家人不夠禮敬。」

長孫信沒好氣道：「或者妳也可以尊稱我一聲長孫侍郎，便夠禮敬了。」

山英想一下：「那還是喚星離好了。」她抱拳，「我守城剛歸，去裡面看看神容。」

長孫信這回沒聽她再喚「堂嫂」，才沒說什麼，等她進去了，忽又覺得直呼自己的字有點親近，不自在地清了清嗓，轉身走了。

神容正坐在桌邊，聽著紫瑞報那點騷亂的由來——

「東來去打聽了，據說聖人又動了先帝的老臣，這裡鬧事的是他手底下被一併牽連出來的兩個地方官，有山家軍在，眼看著就要平息了。」

神容「嗯」一聲，難怪山家重視，派山英來協助山昭，原來是新君的事。聽起來不是什麼大事，她想，那應該很快就能繼續上路了，「出去吧。」

紫瑞本是想說這些叫她分個心，卻見少主仍是有些心不在焉的模樣，只好退了出去。

室內安靜了沒多久，門就被敲響了，山英的聲音響在外面：「是我。」

神容看房門一眼，起身走過去，拉開門。

山英綁著男子髮髻的臉轉過來，開門見山：「我有個地方，想請妳隨我去一趟。」

天色將暮，晚霞盡斂。因為附近城中那點騷亂，這座城中的百姓早早閉戶。

大街安寧，只有兩匹快馬奔過，留下一串馬蹄聲。直至城門邊，齊齊停住。

一隊山家軍早得到吩咐，緩緩將城門半開。

神容坐在馬背上，身上披著件薄綢披風，揭去頭上兜帽，看身旁一眼：「來這裡做什麼？」

山英穩著自己的馬，朝城門外一指：「妳為何不自己去看看。」

神容轉頭看出去，輕輕一夾馬腹，緩緩穿過城門。

暮色四合，城外一片寂靜。灰藍的天，雲往下墜，風自南往北吹去。

神容的目光隨風而去，忽然看見風裡馬上的男人，在暮光裡身挺背直，如真似幻。她怔了怔，下了馬背，往那裡走了兩步，心想是自己看錯了？

下一瞬，那道身影忽然動了，策馬直往她而來。他的身後，露出一隊軍所兵馬。

隆隆馬蹄聲到了面前，神容仰著頭，清楚地看到他的臉，才發現是真的。

山宗從馬上下來，一步一步走到她跟前。

「看來不用我穿過河東去追了。」他聲音有些暗啞。

神容怔忪地看著他：「你是來追我的？」

他笑了，嘴角卻扯了又抿起：「沒錯，我便是這般動用兵馬以權謀私，誰叫我是個壞種。」

神容一時眼裡只有他的臉，語氣輕飄飄的：「追來做什麼？」

山宗額前散了一縷碎髮，遮著疲憊的雙眼，只換了身完好的胡服，就趕來她面前。他聲低下去：「追來的不是什麼山家大郎君，只是如今的幽州團練使，或許什麼也做不了。」

神容說不出話，盯著他的衣領，他的頸邊似有汗水，大約是趕來得太快了。

她抬起頭，目光裡，山宗的眼壓著，似已泛紅，嘴角卻提了起來，露出了笑，許久才鬆開牙關，喉頭動了動，聲更暗啞：「我說過全看妳，如今追來，大概是心還未死。妳何時給我一個確切的答覆，或可叫我澈底死心。」

神容愕然地看著他泛紅的眼，見過他的張揚，沒見過他這樣的眼，縱然此刻他在笑。

「你只為了這個？」匆匆趕來，只是為了讓她給他一個確切的答覆。

「我還能要什麼？」他笑著反問，似還是以往那個山宗。

只能這樣，他不能跪下來求她，如果要讓他死心，就澈底一些。

「妳我之間，只有妳能如此輕巧地揭過。」他啞著聲說。

神容的手指捏著披風衣擺，被風吹得沒有了思緒。

山宗沒等到她的回答，嘴邊的笑反而更深了，只有眼裡沒有笑：「說不出口便遞個消息，反正我永在幽州。」他霍然翻身上了馬，一手緊緊抓著韁繩，「放心，今日的事此生都不會再有第二次了。」

天光暗下時，神容眼裡只剩下他遠去的身影，策馬極快。他的兵馬立即跟上，似乎早已沒有時間。

他如同一道幻影，在縫隙裡擠來，又回去。

兵馬蹄聲如雷，踏過河水，疾馳到半路，驟然停下。山宗扯馬回望，暮色將一切掩蓋，女人的身影早已渺小到不在眼中。

胡十一急急勒住馬，回過頭問：「頭兒，怎麼停了？咱時間不多，經不住耗了。」

「沒錯。」他笑一下。這一趟其實不該出來，他現在理應守在關城或者山裡，是他硬擠了出來。他就該待在幽州，永不出幽州，而不是為了神容，一而再，再而三地破例。

胡十一按著不斷刨地的馬，尋思著他剛才莫不是還有話沒有跟金嬌嬌說完，想了想道：「下回說也一樣，金嬌嬌一定還會再來的。」

山宗又笑一聲，笑出了聲，扯著馬回過了頭，暮色裡看不清神情，只有馬上微微傾斜的身姿看起來一身不羈。

胡十一還以為是自己說對了，跟著笑露了牙。

「走吧。」山宗打馬往前。

忽然遠處映出飄搖的火光，他霍然轉頭。

「那是什麼？」胡十一驚訝地看過去。

河東一帶的城鎮很密集，這座城的後方就是連帶的幾座小城，彼此相隔不過幾十里。此刻從那幾座小城的方向遠遠來了一片火光，直往這裡的城移來。隨風送來的是火光裡隱約的人聲。

「頭兒，這是有亂啊。」幽州曾有過比這情形亂上百倍的境況，胡十一並不陌生，幾眼就斷定了。

山宗眼神掃向身後，去找那道身影。

「咱們可要出面？」胡十一又問。

「不必。」山宗說：「這裡不應該出現幽州軍，你們都去前面等著，我獨自去。」他自馬腹下一把抽出自己的刀，奮然策馬回去時，在心裡想，這大概是最後一次了。

神容牽馬回城的時候，手指才鬆開揪緊的披風，手下那片衣擺早已皺成一團。

山英從門裡迎出來，昏暗裡小聲說：「大堂哥等了妳很久，我自城上看見他手下的人一直未下馬，時刻就要返回的模樣，想來很趕，他能追來找妳，一定極其不易。」

神容想起山宗疲憊的臉，又想起他匆匆而去的身影，只「嗯」了一聲。

山英還想說什麼，後方忽然傳來擂鼓聲。她回頭看一眼，高聲喊：「戒備！」

後方大街上，一隊山家軍快速衝來。為首馬上的正是山昭，一衝到面前便道：「亂子往這裡來了，我乾脆開了西城門等他們，待來了就澈底平了！」

山英隨機應變，馬上又喊：「落城！」

城門邊的山家軍馬上動作。

山昭早已留心城門邊的神容，趕忙吩咐左右山家軍：「還不來人護衛我嫂嫂！」

後方一大片火光已然能看見，夾著嘈雜混亂的人聲和腳步聲、馬蹄聲。

神容被護著往城內走了幾步，眼前城門就快合上，忽有一馬衝入，驚得她身前的山家軍紛紛亮了兵器。

馬上的人一躍而下，亮兵的山家軍頓時又退下。

神容抬頭，眼前走近男人高拔的身影，眼神驚訝地落在他身上。他居然又回來了。

山昭飛快從馬上躍下，跑了過來：「大哥！」

山英小跑了過來：「大堂哥。」

山宗往漸漸接近的火光看一眼：「多久能平掉？」

這一句如同軍令的沉聲發問，山昭已多年不曾聽見，頓時就如受訓的兵一般，抱拳回：「最多一個時辰。」

「那就一個時辰，你們放心平亂。」他一手抓住神容的手腕：「走。」

神容被他拽了出去。

城門已關，城中日暮時就各家閉戶，如同空甕，正好捉鱉。山宗大步走至無人的街角，發現一間鋪子的後院門虛掩，拉著她進去。

神容站在昏暗的牆根下，走得太快，呼吸有些急，手腕還落在他手裡：「你不幫他們平亂？」

「這是山家軍的事，他們能自己解決。」山宗抓緊她的手腕：「我只管妳。」

神容的心跳快一下，他是特地為她回來的。她抿一下唇，低聲說：「我以為你已經走了。」

山宗臉朝著她，「嗯」一聲：「我本來是該走了。」

一時無言，只剩下外面的動靜。火光近了，是火把的光。四處是嘈雜呼喝聲，陣陣腳步雜亂地響在街上。

遠處是山昭下令的聲音：「圍！」

刀兵聲緊接著傳來。

山宗一直握著她的手腕，忽而鬆開回身，刀抽了出來。

剛衝入院門的一個人倒了下去，摔倒在門外，連同手裡的火把也落在地上。

山宗一把關上院門，刀在門後一架，閂住門，又走回來，一手在神容腰上一攬，將她送上一旁鋪後兩三步高的廊上。

摟得太緊，身就貼在了一起，彼此的臉相對。神容被方才差點闖入的人弄得心在急跳，能嗅到他的呼吸。

院外忽明忽暗的火光映在他身後，好似一層遮掩，他深邃的眉目忽明忽暗，鼻梁下錯落著深沉陰影。山宗忽然鬆開了她，低低沉沉地笑一聲：「放心好了，妳不情願，我還不至於強迫碰妳。」

神容身前一空，微微喘著氣，看著他。

他走去院門口，拿了門上的刀，忽而開門送刀，又一把關上，手臂似按門很緊，肩背在院外不明的亮光裡繃緊拉直，背對著她站在那裡，如同守衛。

她看著他的身影，忽而想起關外的情形。那時候的他有多肆無忌憚，如今就有多克制。

院中像是與外面的騷亂隔絕了，只剩他們彼此在這裡離了一截站著，越來越沉的夜色裡沒有一句話語。

「合！」外面遙遙傳來山英應對山昭的軍令。

神容一直站在廊上。山宗仍在門邊站著，除了偶爾開門解決試圖躲入這裡的亂賊，一直守著門。刀上又染了血。

雜亂的聲響漸漸離遠，變小，已是頭頂一輪明月高懸。

不知多久，他終於鬆開了按門的手，一手拿了刀，轉身走過來：「亂子平了，可以走了。」

神容的手腕又被他握住，跟著他的力道走向院門：「耗了一個時辰，你豈不是更趕。」

山宗停下腳步，手搭在院門上，回頭看她。原來她看出來了。

「是很趕，」他說：「也無所謂更趕一些。」

神容站在他身前，從他黑漆漆的胡服衣領看到他薄薄的唇：「既然如此，匆匆追來只為了一個答覆，值得麼？」

山宗唇揚起，笑了：「值得，我從來不做不值得的事。」

神容眼光凝結，他永遠是個如此篤定的男人。

外面山家軍經過的齊整行軍腳步一陣而過。

山宗再開口，聲音仍有些疲憊低啞：「我真該走了，能說的都已說了。」

「能說的？」神容輕聲問：「你還有什麼不能說的？」

被他握著的手腕似用了力，山宗臉轉過來：「是還有一句，但妳未必敢聽。」

神容不自覺問：「什麼？」

「妳敢聽？」

她心口莫名一緊，大約是因為他的聲太沉了：「哪一句？」

山宗忽而鬆開她的手，手裡沾了血跡的刀入鞘收起，隨手扔在腳邊，夜色裡鏗然一聲響。

而後他退後一步，整衣束袖，胡服收束著頎長身姿，寬肩收腰，挺拔地正對著她站立，抬起兩手抱拳：「幽州團練使山宗，願求娶長安趙國公府貴女長孫神容。」

神容抬頭，心頭猛然一撞，怔忪地看著他。這就是他沒有說出口的話。

院外不斷有腳步聲經過，院中只剩下了彼此靜然地對視。

山宗臉上影影綽綽，緩緩站直，自嘲地笑一聲：「聽到了？我說完了。」

神容輕輕「嗯」一聲。

山宗再也沒聽見她開口，身在月色下繃著，心裡越發自嘲，回頭一把撿了刀，過來抓住她的手腕，拉開院門往外走。

神容跟著他走出去好幾步，一手悄悄按在突跳的懷間，才能若無其事般開口：「那你為何先前沒說？」

山宗腳步一停，回頭，聲音壓著：「倘若妳給我半絲回音，我早就說了。」

街上四處行軍聲和喧囂聲未息，神容聽見他沉沉的呼吸。

他緊緊扣著她的手腕，一把拉到跟前，低頭看著她，聲音更低啞：「我已有些瞧不起自己，所以妳還不如給我個痛快，此後我永在幽州，妳在長安，再不相逢。」最後四個字幾乎一字一字是擠出牙關的。

他什麼都沒有，一身放浪形骸骨，在她面前整衣求娶，只求一個青眼，不能再折骨下去了。如果還是要繼續一無所有的在幽州，那就乾脆點，痛快點。

遠處，一隊山家軍舉著火把朝這裡小跑行軍趕來。山昭的聲音遙遙在喚：「大哥，可算找到你們了，沒事了。」

山宗鬆開手，聲低在喉中：「還是等不到妳當面答覆是不是？既然如此難以直言，妳卻能就此走。」他退開，最後看她一眼，轉身就走。

神容看過去時，他已隱入暗處不見，她握著被他抓了太久的手腕，提著的心還未平。

山昭打馬到跟前，已不見山宗的身影。

他從馬背上下來，嘆氣：「堂姐說大哥匆忙我還不信，果然是趕著走了。」說著來扶神容，「嫂嫂沒事吧？」

神容忘了他的稱呼不對，只搖了搖頭：「沒事。」

這一個時辰像是多出來的，無人知道有人來過，有人走。城中迅速清理，一點小騷亂，早已平息。

次日一早，長孫信走到那間閣樓下，問門口守著的紫瑞：「昨夜阿容可有受驚？我與二表弟來找她時，樓上都熄燈了。」

紫瑞看旁邊的東來一眼，屈膝回：「少主昨晚睡得早。」

長孫信點點頭：「去請她起身吧，騷亂平了，可以走了。」昨夜城中果然不安寧，聽了山昭的話在這裡留了一下倒是應該的。

紫瑞聽命上了樓去，先聽了下動靜，才推開房門。

進門卻是一愣，神容正端坐在桌前，身上還穿著中衣，手裡握著書卷，眼卻落在地上，不知在想什麼。

「少主早就醒了？」看著倒像是根本未睡。

「嗯。」神容抬起頭：「該啟程了？」

紫瑞稱是。

她垂眼，手中書卷慢慢收起，心思似才回來。

閣樓外，有護衛來報裴少雍已在催促，長孫信吩咐等等，再往閣樓裡看去，神容出來了。她繫了披風，描了妝容，如平常豔豔一身光彩。

「走吧，二表弟在催了。」長孫通道。

至廊上，山昭一身甲冑趕來相送。

「嫂……」到了跟前，險些又要改不了習慣，他看見長孫信，硬是忍住了，看看神容，垂了眼：「你們這一走，怕是不知何時才能見到了。」

長孫信臨走，便也客氣起來：「突然如此傷感做什麼？」

山昭道：「這幾日的騷亂說大不大，說小不小，惹了聖人不快卻是真的。河東一帶要內整吏治，為了防範他們與長安舊臣再有勾結，短期內只允許長安來客自這裡回去，便不允許再來了，所以我才如此說。」

神容立即看過去：「不許長安的來？」

山昭點頭。

她蹙眉：「短期是多久？」

「至少也要數月或者半載之久。」

長孫信不禁暗暗腹誹，新君至今是誰也不信任，竟將整個長安人士都隔絕在外來整頓。忽而發現身旁沒有聲音，他轉頭看去：「阿容，該走了，這與妳又沒多大妨礙。」左右她回去後也不用再來了。

神容手指捏著臂彎裡的披帛，沒有動步，許久，卻轉身走去廊柱旁：「哥哥，我有事與你商議。」

長孫信看暗自惆悵的山昭一眼，跟過去：「何事？」

神容緩緩抿了下唇：「我要返回幽州。」

長孫信瞬間驚愕：「妳要什麼？」

神容拎拎神，又說一遍：「我要返回幽州。」

她要去給個答覆。

第二十二章　山間急火

約莫過了兩刻之後，山英來到廊下，只看到長孫信在廊柱下站著，一襲月白圓領袍齊齊整整，襯得他面如冠玉，那張臉卻沉著，兩手負在身後，好似在生悶氣一般。

山英邊走邊喚：「怎麼了，星離？」

長孫信乍一聽到有人這麼叫自己，還如此自然，立即轉頭，見到是她，才回味過來是自己讓她叫的，多少還是不太習慣，沒應聲。

山英倒是不以為意，來到跟前，見這一整條廊上就只有他乾站著，奇怪道：「為何只有你一人在，神容呢？」

她不說還好，說了長孫信臉色更不好了，一拂袖，側過身：「莫要跟我提這個，眼下不想見到你們山家人！」

他向來君子端方的，還沒見這般模樣過。山英變了臉，反倒走近一步：「你這是何意，我好心詢問，是哪裡惹到你了？」

她也穿著圓領袍的男裝，束著男子髮冠，冷不丁靠近，只比他矮半頭，英氣逼人。

長孫信有些措手不及，不禁往後退一步，無心與她計較：「算了，與妳說不清。」

「那神容呢？」山英追問。

「走了！」長孫信轉身就走。

山英聽了覺得古怪，跟上他的腳步。過了迴廊，入了往大門去的開闊大院中，正遇上領著幾個隨從走來的裴少雍。

「表哥，阿容呢？」裴少雍快步走來，身上胡衣馬靴，繫著披風，早就收拾好要上路的模樣：「我等你們許久了，方才聽到外面有動靜，好似也有其他人自這裡上路走了？」

長孫信臉上勉強擠出笑：「那不是其他人，那就是阿容。」

裴少雍頓時變了臉色：「阿容？她去哪裡了？」

「她……返回幽州了。」

「什麼？」

一旁跟來的山英投來了驚訝的目光。

長孫信一手在他面前虛按兩下，安撫一般道：「沒事，是我突然發現山裡有些事沒辦好，讓她替我回去看一看情形罷了。」

裴少雍眉心皺起，神情有些沉鬱：「莫非她是不打算回長安了？」

「回，自然要回的。」長孫信又堆起笑：「就是中間離開一陣，我們等一等她便好。」

「是麼，那就好。」裴少雍這才如往常一般笑了笑，只不過一轉即逝。當日周均府上，神容的反應他始終記在心裡，他直覺神容忽返回是與山宗有關，卻寧願相信只是長孫信說的這樣。

山英此時才忍不住發話：「那二位是否還要上路？我可以護你們一程。」說著看向長孫信，「我上回答應過你的，下次要再保你一回行程的。」

長孫信看她一眼，沒料到她竟不是隨口一說，還記著呢。仍是沒什麼好情緒，心想誰要山家人保行程。「不用，我就在這裡待著等她！」

山英聽說神容返回幽州正暗自高興，也不知是不是因為大堂哥追來的緣故，欣然接受：「好，你們想待多久都行！」

長孫信更是氣悶，按按眉心，誰要待久，他現在只想越早走越好，都不知要如何向父母交代，滿心都是愁！

一旁裴少雍已走神許久，朝大門外看了一眼，默默往回走了。

此時城門處，山昭剛命山家軍打開城門，親眼看著隊伍出了城門。

他到此時還覺得意外，本以為會很久都見不到他嫂嫂了，沒想到她與長孫信商量了一番，忽就請他開城，說要返回幽州。

方才送行到此處時，他下了馬，去車前小聲問了一句：「可是因為大哥來過的緣故？」

神容隔著車簾，語氣淡淡：「因我自己。我自己做過的事，自己擔當。」

山昭沒聽明白，只覺得她語氣堅定，與剛來時帶著心事的模樣卻截然不同，仍是當初認識的那個意氣煥發的嫂嫂，退開幾步，目送著她上路。

東來在先，長孫家的護衛左右開道，護送著當中馬車離城而去。

直出河東，逆而向北，回還幽州。

一隊兵馬跨入幽州，已是數日之後了。

眾馬勒停，幾乎整齊劃一地下了馬，原地休整。道旁豎著界碑和幽州旗幡，旁邊席地圍坐了一群兵。

胡十一拿著乾糧水囊走過去：「頭兒，到了咱的地界就不必擔心了，你好好歇會兒。」說著將水囊遞給他。

山宗背靠界碑大石而坐，一手搭在膝頭，一身隨意，更顯出幾分疲憊，伸手接了水囊，拔開塞子仰脖灌了一大口，才「嗯」一聲。

胡十一在旁邊盤腿坐下，看看他的臉色：「早知州中無事，倒不必這麼急著趕回來了，頭兒你這回話說完了吧？」

「說完了。」山宗懶洋洋地靠上界碑，背枕著幽州二字，嘴角扯開：「有沒有事都要儘快回來，我就該紮在這裡。」

胡十一便記了起來，他不出幽州的那個規定，塞了塊肉乾進嘴裡嚼著：「既不出幽州，頭兒又何必破例去這一趟。」依他看，有什麼話，還不如就在幽州等著金嬌嬌下次來的時候再說。

山宗又灌一口水，將水囊塞上，拋還給他，喉結滾動，咽了下去，扯了下嘴角：「有很多事，明知無望也要去試試，無憾也是要等做過了才能說的。」

胡十一肉乾都忘了嚼了，他跟隨山宗三年，從沒聽他說過這種話，竟有種交心之感。可覺得他說的是金嬌嬌的事，又像是別的事，一時摸不著頭腦。

再看過去時，山宗已經靠在界碑上合眼暫歇：「過一刻叫我。」

「成。」胡十一不多說了，繼續嚼肉乾琢磨。

然而不到一刻，便有一個兵跑了過來：「頭兒，後方有動靜。」

山宗瞬間睜眼，撐刀起身：「什麼動靜？」

行軍慣常要一路聽著四方動靜，前後都會有斥候探路和墊尾。趕來的這兵是後方的，抱拳道：「有人快馬追著我們的路線，遠探過模樣，護衛裝束。」

胡十一站起來，一口吐出肉乾：「別是周鎮將的人吧，咱這都出檀州了！」

山宗想了一下：「盯著動靜，隨時來報。」

那兵領命而去。

山宗提刀上馬，下令眾人上路回城。

一晃又是數日，馬車還行在路上。

神容習慣使然一般，在車中坐著，膝頭攤著書卷，看了一段，又收了起來。

車外紫瑞道：「少主，東來回來了。」

緊接著就傳出東來的聲音：「少主，追了三日也沒能趕上，他們速度太快。」

「嗯，無妨。」神容不在意，她也不是來追趕他的。她往窗格外望，一如初來時一般，看到了邊關景象，蒼茫雄渾的河朔大地，連綿起伏的山脈，如蒙了層蒼黃淡涼的霧。

前方是平直無人的驛道。神容收回目光，知道就快到了。

忽來馬蹄聲，迅如一陣疾風，包圍而來。

馬車驟然一停，外面的護衛也紛紛停下。

「少主。」東來低低喚，如同提醒。

神容掀開車簾，探身而出。

驛道上，驛亭的幾座房屋旁，他們的隊伍停著，週邊是一圈軍所兵馬。兵馬中，山宗打馬而出，身挺背直的坐在馬上，盯著她，黑漆漆的眼幾乎一動不動。

馬車裡探身出來的女人襦裙在風裡翻掀，風姿獨秀，如夢入真。

胡十一在旁嘀咕：「合著咱這些天盯著動靜，盯來的是金嬌嬌啊。」

他才確信是真的。

神容也看他，沒有想到，不等到幽州，他們在此便已狹路相逢。

「意外麼？」她輕聲問。

山宗終於動了動黑沉的眼，頷首，喉頭微動：「確實。」

神容撫過衣擺，在車外站直，看著他：「我來給你答覆。」

山宗抿唇，抬了下手，胡十一頓時帶領兵馬往後退遠。

東來也帶著紫瑞和護衛們向另一頭退避。

山宗下馬，拋開韁繩，盯著她看了一瞬：「什麼樣的答覆需要妳親自返回來說？」

「自然要親口說，」神容低低哼一聲，聲也低低的，像說給自己聽的：「否則我怎能甘心。」

山宗低頭看自己被日頭拖出的斜長薄影一眼，身依舊是正而不彎的，抬頭時已然平靜：「說吧。」

神容望著他，挽著披帛的手握在身前，緩緩抬起下巴，居高臨下，眼神睥睨：「求我，或可考慮再與你做回夫妻。」

山宗倏然掀眼，她依然那樣盯著他，眼神清亮，聲音似還留在風裡。

她在等著他說話。

山宗盯著她，抱刀臂中，嘴角牽起，漸漸露出一抹痞笑：「妳何不到我跟前來說。」

神容斜睨著他的眼神微轉，與他互不相讓地對視，他臉上的痞笑彷若更深了。她霍然一手提衣，踩著墩子下車。

腳還沒踩到地，面前已走來男人大步而來的身影，她的手被一把抓住，人被拉著，快步走向道旁驛亭房屋。

一間灰舊的矮屋，一進去，她就被山宗拽到了跟前，直撲入他懷裡。

「真的？」他一手牢牢摟在她腰後，低頭沉聲問：「妳說的是不是真的？」

神容被他抱得太緊，抬頭，額角擦過他的下頷，他臉上還有未消的疲憊，眼下帶著青灰，下巴微微泛青，唯有眼裡嘴角的笑如以往一樣，既邪又壞。她看了兩眼，聲不覺輕緩：「你這是耍花招，這算什麼求法。」

山宗「嗯」一聲：「這不算，我的求娶算。」

想到他那晚的求娶情形，神容沒說話了。

他的聲更沉了：「所以是真的了。」

神容看著他的臉，有一瞬才說：「你就不怕我還是在報復你？」

山宗痞笑的臉近了，抵著她的額，看著她的眼：「來，那就報復我只報復我。」

下一刻，神容唇上一熱，他親了上來。

她一手揪著他的衣袖，一下抓緊了，是他親得太重了，一揉一揉地磨，恨不得用上全部力氣一般。

她抬高脖子，臉上蹭過他泛青的下巴，微微癢，早已來不及呼吸。陡然輕輕吸到他唇上，霎時腰被按緊，山宗張嘴含住她的唇，她的指尖麻了一下。

外面，胡十一帶著的人和東來領著的護衛在道上一頭一尾相望，沒人吭聲。許久才看見那兩人從屋裡出來。

看見了也只能當沒看見，因為金嬌嬌是被他們頭兒抓著手帶出來的。雖然出來很快放開了，胡十一還是瞄到了，趕緊轉頭看天，裝沒看見。那邊東來在看地。

山宗托一下神容的後腰，送她上車，握了下她的手臂。

神容回頭，唇上還鮮紅欲滴。

山宗看了一眼，嘴角動了動，看入她的雙眼：「當初那份和離書，妳若還收著，就取來。」

神容立時淡了臉色：「你還提那個。」

他收斂了笑：「總要解決的。」

總不能當沒發生過。

官舍裡，那間主屋中。

神容拿著塊濕帕子，擦了擦臉，一路趕來的風塵似也擦去了，往門外看一眼，還能遠遠看見廣源在院門口與山宗竊竊私語的模樣。剛回到官舍時他便是忍不住要說話的模樣了，本來她走了又折返就很奇怪。

她又慢慢擦著手指，轉開眼。

「郎君竟然將貴人帶了回來，我險些以為自己眼花了，莫不是……」外面，廣源抄著兩手，欣喜之情無以言表：「莫不是我想的那般？」之前貴人再來時，他見郎君匆匆趕出軍所去，便有些猜想了。

山宗將刀扔給他，提了唇角：「嗯，就是你想的那般。」

廣源抱著他的刀，愈發欣喜，山宗已自他眼前走了。

走進主屋，神容正坐在榻上，轉頭朝他看了過來。

山宗掃了一眼，這屋中陳設依然與在山家時他的住處類似，他住入軍所這麼久後頭一回再進來。偏偏這裡還多了個神容，走進來時，有一瞬間竟像是走進了另一個山家。

他只在心裡過了一下，徑直走到神容跟前，看到她的唇，飽滿紅潤，到此時下唇還有一塊出奇的鮮紅，那是他狠狠揉碾過的痕跡。

神容看見他的眼神，不自覺抬手輕撫了一下，目光動了動，落在身前他緊束的腰身上，又移開。

山宗低聲問：「是我力氣用太重了？」本來沒想這樣，沒能忍住，他當時也不想忍，或許應該輕一點。

神容耳後微熱，面上卻神色淡淡，輕聲說：「少得意，你不要以為我給了你這話，便是註定落於你掌心一生一世了。」

山宗看著她的臉色，從他提起那封和離書開始，她便是這般神色，顯然對過往還有不快，只是嘴硬不明說，他心裡有數。

確實，就算是成了婚，不也可以隨時離去。長孫家的嬌女長孫神容，驕傲尊貴，誰又能勉強得了。他的嘴角咧了又抿，沒能笑出來，就站在她身前，低頭看她：「那要如何才算？」

如何才算註定落在他掌心，一生一世。

神容扭過頭：「全憑我來定。」

剛說完，卻覺他身影近了一步，她的裙擺被他一條腿貼緊壓住，山宗傾身，一手撐在榻沿，一手撥過她的臉，乾脆又在她唇上重重含了一下。

神容錯愕地對上他的眼，唇上微微生辣，抵到的舌尖微麻。

他沉幽的眼盯著她，勾著嘴角：「妳定，會有那一日的，或許妳也會向我低頭。」

神容被他沉甸甸的語氣弄得心跳略快，不自覺就想咬唇，又碰到下唇，疼得蹙了下眉，鬆開，想說「想得美」，正撞上他的眼。

山宗眼神沉定地與她對視，拇指忽在她唇上抹了一下：「能待多久？」

神容似吻過他的拇指，方才不慎咬到的辣疼沒了，反而唇上更麻，抿了一抿，才將思緒轉回來：「我哥哥只答應給我半月時間，路上一來一去便要耗了大半，已沒兩日了。」若非如此，長孫信根本不會願意放她返回，這已是他能答應的最長時限。

山宗其實料到了，她嘴上雖硬，這一趟卻還是來了，心裡就像被什麼戳了一下，又澀又麻。

神容看到他目不轉睛的眼神，輕哼一聲：「都說了叫你少得意。」

他笑一下，站直身，想起她說的沒兩日，笑又沒了。

外面傳入廣源的聲音，隔著門遠遠地問：「郎君，軍所的人還在外面，可要先打發他們回去？」

聽他那語氣，分明就是希望山宗打發了軍所的人，就在此待著。山宗腳下動了一步，沒應話。

神容看他一眼，會了意：「你還有事在身？」

「嗯，妳來之前我一直在山裡守著。」

回到幽州後他就一直在望薊山裡親自鎮守，直到他安排聽動靜的兵卒又來報，才帶人趕去，及時碰上了她。

「那你還不去。」神容從懷裡拿出裝書卷的錦袋，作勢要看書。

山宗看了外面的日頭一眼，又看了她手裡的那卷《女則》一眼，聲沉了沉：「那我先走，回頭再來。」

「隨你。」她語氣輕描淡寫。

山宗看著她垂下長長的眼睫，白生生的側臉，轉身往外走了。

神容這才朝房門看了一眼，往後斜斜一靠，倚在榻上，其實沒看書卷，一個字也沒看。

明明看到他趕去河東那般匆忙就知道他應是十分忙碌的，何必特地回來。她想早知倒不如就遞個消息來，來後還被他提起那和離書來，惹出心底的舊帳。但聽到可能數月半載無法再來，便先有了決定，她撇了撇嘴，說不出心裡什麼滋味。

山宗走到廊上，接了廣源拿來的刀，看他欲言又止不大樂意的模樣，擺手叫他退去。

等他退走了，自己卻沒走，回頭往主屋又看一眼，回想著她的那句：「少得意，你不要以為我給了你這話，便是註定落於你掌心一生一世了。」山宗唇抿成一線，又想笑，手指摸著刀柄。

說了他日定會叫她不再嘴硬，但眼下，留給他們相處的時間沒多少。他手指點了點刀鞘，腳下還是沒動，忽又轉身走了回去。

神容剛將書卷收起來，突然聽見腳步聲俐落而至，抬頭就見山宗進了門。他馬靴踏地，直直走到她跟前，一手伸來，握住她的胳膊。

「你不是剛走？」她驚訝地看著他。

山宗拉她起身，痞笑著：「我這個鎮人的，缺一個鎮山的，所以妳與我一起去。」

既然時間不多，那就一起。

望薊山眼下又多加了人手，重重看守。

胡十一早就到了，蹲在樹幹底下跟張威嘀咕當時驛道上的所見，聽得張威一愣一愣的：「真的假的？」

胡十一「嘖」一聲：「當然是真的，依我看，頭兒跟金嬌嬌又成了。」

張威道：「什麼叫又成了？」

「你傻不傻，前夫人變現夫人，不是又成了是什麼？」

「哦，對。」

「我說什麼來著？」胡十一拍腿：「他倆是不是般配，你瞧，一說一個準。」

張威這回沒附和他，朝他身後歪歪嘴，示意他先別說了。

胡十一扭頭往後，正看見山宗來了，身後緊跟著的就是神容，馬上嘴巴閉牢，什麼話也沒了。

神容到了礦眼旁，先往下坑洞看了看，本以為現在已經很忙碌，卻發現沒什麼動靜。下方沒有採礦石的聲音，原先隨他哥哥在這裡開始冶煉的幾個工部官員也未露面。

「難道我一走，這裡懈怠了不成？」

山宗站在她身側：「那些重犯還在幽閉中，暫時無法採礦冶煉。」

神容覺得奇怪：「他們怎麼了？」

山宗不想將先前突來的一場暴動告訴她，簡略帶過：「不夠聽話，自然要管教。」

她看了看周圍：「幽閉在何處？」

「別看，」他說：「免得嚇著妳。」

神容還真被說得信了，畢竟見識過他那手起刀落的架勢，誰知他用的什麼法子，沒作聲。

山宗還不想嚇著她，笑了笑：「逗妳的。」

神容沒好氣地朝他瞥去一眼。

他臉上笑意更深：「在這裡等我。」

神容看著他將衣擺一掖，踩著木梯下了坑洞，抬頭時正好看見遠處一隊兵齊齊整整地從關城方向而來，人數眾多，比以往更加戒備的模樣。她往下朝山宗的身影看一眼，忽就明白他為何近來都在山裡了。看來最近關城也不太平。

不免又想起他追去河東時的疲憊，還有他說的那句「值得」，神容心思動了動，說半分不動容是假的。忽見胡十一和張威在遠處樹下朝她張望著，她抬手順了下鬢邊髮絲，轉頭去看山旁地風。

「你說，金嬌嬌成頭兒的現夫人後，我們當如何稱呼她？」樹下，胡十一忽然想到了這種小事上頭來。

張威搖頭：「我如何知道，以往看頭兒那油鹽不進的架勢，又一股子狠勁兒，以為他要一輩子獨身在軍所的，何嘗想他會跟自己的前夫人又成。」

胡十一點頭贊同：「可不是。」

山宗一手拎刀，矮著頭，入了只有火把照明的坑道。

一直到底，又分出幾支新開挖的坑道，往下足有三層，以房柱支撐了一間一間開採的空間，如同一間間小室，每一間外都有執鞭帶刀的兵卒把守。那群重犯如今被打散分開，分別幽禁在其中。

山宗走入一間，開口：「火。」

一名兵卒舉著火把送進來，別在壁上托架中，又退去。

黑洞洞的四下被照亮，露出角落堆著的礦石，和倒在石堆旁被嚴嚴實實綁縛了手腳的未申五。他的口鼻又被綁上了當初的黑罩，長得半長的亂髮猶如枯草，瞪著山宗，左眼依舊白疤猙獰，卻已沒了之前的狠惡，連日的幽暗禁閉耗盡他的氣力。

山宗手裡的刀抽出來，挑去那個塞住他嘴的黑罩：「還有何話說？」

未申五呼著粗氣，露出頸上被他當日狠狠扣出的紅痕，嘶聲怪笑：「技不如你，老子無話可說。」

「算你識相。」山宗轉身出去，忽又聽見他一聲陰笑。

「老子聽見小美人兒的聲音了，她又回到你跟前了。」

山宗背對著他，冷冷說：「與你無關。」

未申五笑得磨牙，咯吱作響：「一說到她你就這樣了，呵，若她知道你是個什麼樣的東西，不知還會不會回來！」

山宗握緊刀，霍然回頭，一手將他提起，刀尖對著他的喉，陰沉著眼：「我是什麼樣的東西，還輪不到你來定。」

未申五齜牙笑，大有不怕死的勢頭，就是故意激他的。

「勸你少試我的底線，也少做無用反抗。」山宗狠狠地壓著聲：「這是最後一次，再拿她激我，我真會成全你！」

未申五被看穿目的，笑意全無，咬著牙疲喘。

「繼續幽閉！」山宗將他摔上石堆。

外面兵卒聽到命令立即進來。

山宗轉身出去，耳裡聽見緩緩而來的腳步聲。

神容在上面待了片刻便下了坑道，剛走到底，要轉入另一條坑道，迎面而來的一隻手臂摟住她的腰，將她扯了過去。她一驚，四下皆暗，唯有眼前一支火把照著，才看出身前男人的身影。

山宗摟著她：「嚇到妳了？」

神容看他的臉一眼，他眼裡火光微躍，輾轉過薄唇，突出的眉骨下，眼深而沉。她分明已看習慣了，此刻卻忽覺這張臉在暗處愈發英氣朗朗不可方物，低低說：「又沒什麼可怕的。」

山宗心底起伏，此刻如潮平息，在她腰上的手不覺收緊，帶她往外。

神容跟他走出去時問：「你是要隨時帶著我不成？」

他低笑：「我倒是想。」可惜她停留太短。

河東，山家軍駐紮的住處。

客房外，裴少雍剛剛把一份寫好的策論親手交給裴家護衛，吩咐其快馬送往長安，以免錯過聖人的選拔。

長孫信在他房中坐著，端著茶盞感嘆：「原來二表弟這些時日閉房不出，是在忙這個，當真是比我想的還要用心急切。」自神容返回幽州後就不太見他身影，今日長孫信來找他，才知他是忙著這正事呢。

裴少雍回身進門：「不急一些，恐怕要錯過時機。」

長孫信正要低頭飲茶，聞言一頓：「什麼時機？」

「沒什麼，只當我隨口說的好了。」

「好你個裴二，近來總與我賣關子。」

裴少雍在他身旁坐下，笑得有些靦腆：「表哥莫說笑了，他日再說吧，總會知道的，現在還不是時候。對了，阿容何時回來？」

他一問起這個，長孫信頓時又有些愁慮，也不知神容與那姓山的現在如何了，越想越不是回事，甚至有些後悔當時答應她了。可能怎麼辦，那是他從小寵到大的小祖宗，何況神容歷來也不是個任人擺布的人。

他算了下時日，低咳一聲：「快了，就快回了。」

院落裡，山英穿了甲冑武裝，出來與換崗回來的山昭交接，準備照例去守城。

山昭朝客房方向看了一眼，小聲道：「看他們待了這些時日一直很著急，也不知嫂嫂此番返回幽州，能否與大哥一同回來。」

山英點頭：「我也有此希望，倘若大堂哥能回洛陽，山家絕非今日模樣。」

如今山家軍雖然駐守著河東重鎮，比起當初，卻不知收斂了多少鋒芒。她伯父已不問世事，山家由她伯母一力支撐，雖有山昭，但畢竟年紀小，尚未立下戰功，要成氣候還需時日。

山昭上面還有兩個庶出的哥哥，都已成家入營，對於山家繼承大權，哪能沒半點想法。若是山宗還在，他們連動彈的念頭都不敢有。

山英到底豪爽，想了一番也不見惆悵：「罷了，你我還是做好自己的事吧。還不知那二人到底怎麼了，除非是和好了，要將當初的和離作廢，才有那可能。」

山昭一雙桃花眼生得秀氣，睜大了些，泛著亮光：「那長孫家能答應嗎？」

正說著，長孫信自裴少雍住處過來了，正穿過院門。

山英看了一眼，抬手一揮，故意喚：「星離，長孫星離！」

長孫信聽到喚聲，轉頭看來，馬上板起臉，一手理了理衣襟，端著君子架勢：「何事？」

山英道：「今晚我備下酒菜請你，能否賞光？」

「無事獻殷勤……」長孫信嘀咕，抬高聲回：「沒空！」

山英看山昭一眼：「光看他是不會答應的。」

幽州城內，趙進鐮因長孫信去送行前囑託過他幾句，近來正關心著山中情形。得知山宗如今在山裡親自鎮守，他倒是放心許多，隨即卻又聽聞長孫女郎離去又返的消息，今日特地抽了空閒趕來官署。

廣源在大門前相迎，搭手稟報：「郎君與貴人入山去了，昨日與今日都去了，一直待在一處的。」

趙進鐮驚異：「哦？竟有此事？」

廣源眉眼都是笑：「是。」

趙進鐮正要再問，恰見街上一行數人打馬而來。為首的就是山宗和神容，後面是東來與軍所隨行的幾個兵卒。

山宗黑馬玄衣坐在馬上，刀橫馬背，一身凜凜，臉卻朝著身旁緩緩打馬而行的神容。她的馬稍微行偏了一些，他便伸手扯一下她馬上的韁繩，往身邊帶了帶，嘴邊有笑，眼神不似平常，瞧來竟覺出一絲溫柔意味。

待二人離近了，趙進鐮有意提醒般，先笑著喚了聲：「崇君。」

山宗已經看到他，到門前才鬆開神容的馬韁，下了馬：「山中目前安定，你可以放心。」

趙進鐮摸著短鬚點頭，一面笑咪咪地看神容：「女郎辛苦。」

神容下了馬背，笑一下：「不辛苦，待我走了，這裡還要請刺史多顧及。」

「那是應該的。」趙進鐮笑著回：「我正是因此來的。」

山宗將刀遞給廣源，聽到她說走，回頭看她一眼。

神容朝他看來，他卻沒說什麼，朝官舍歪下頭：「在山裡應該待累了，先進去歇著吧。」

「我才沒那般不濟。」神容嘴微微動了動。

山宗不禁一笑，只有他聽見了。

神容自是知道他們當有話要說，向趙進鐮微微點頭致意，帶著東來先進了門。

趙進鐮見她進去了，才走到山宗身邊，與他一同入門：「崇君，我看你如今與長孫女郎可不同以往了。」

山宗邁入門內，一邊走一邊拍著身上自山裡帶出的塵灰。趙進鐮與他同為幽州首官，又年長於他不少，有些時候說話就像個過來人般的兄長。在其面前，他沒必要遮掩：「嗯，我已向她求娶。」

趙進鐮滿臉不可思議，上回山宗忽而不見去了關外，之後又與神容一道回來，他便覺得不太對勁，倒也不便多管他私事。如今方知男人看男人是真準，他山崇君何嘗對別的女子這樣過，至少在幽州的這些年沒見識過，竟一點風聲沒漏就已求娶了，「是誰當初說自己口味刁的？」

山宗抬起一手按了按後頸，自己也覺好笑：「我啊，這不還是刁的？」不刁能是長孫神容？

趙進鐮啞然失笑，果然這浪蕩不羈樣只有他了，「那看來你很快就要回去洛陽山家了，既有心再續前緣，過往廢去，自然也就不需再離家了。如此也才算門當戶對，畢竟長孫女郎貴為趙國公之女，又這般受盡寵愛。」

山宗臉上笑意還在，只目光稍凝。

餘光裡，只有廣源不遠不近地跟著他們聽吩咐，此時聞言也朝他瞄了又瞄，一臉希冀之色。

神容打量房中一遍，紫瑞已收拾好行李擱在桌上。其實也就幾件衣裳，來時沒帶什麼，這麼快便要走，當然也沒什麼可收拾的。

「少主，可用飯了。」紫瑞在門口請。

神容起身出去，入了偏廳，剛在案後坐下，身前一暗，眼前多了男人腳踩馬靴筆直的長腿，抬頭看他。

山宗在她旁邊坐下，拿了案頭上托盤裡的濕帕子擦了擦手。

她想了想問：「趙刺史走了？」

「嗯。」

「他與你說什麼了？」

山宗將帕子放回去，掀眼看她：「政務上的事罷了。」說完想起趙進鐮的話，又看她一眼。他剛才沒有告訴趙進鐮，其實他是以幽州團練使身分向她求娶的。

神容瞄他：「你看什麼？」

他笑一下，指了下案上擺著的菜式，問：「是不是該給妳備得豐盛些？」

她挑眉：「為何，要替我餞行麼？」

山宗笑了笑，頷首：「嗯。」倒好似多出了不少輕快意味，似乎也不覺得要走是多大不了的事了。

神容看了案上一眼，拿起筷子，低聲說：「我覺得挺豐盛了，可以了。」

山宗又笑一下，本是想輕鬆些，此時說完，反而真覺出是在餞行一樣了，笑只在臉上，眼裡沒有半絲笑意。

時間總是過得快，用罷飯天色已晚。

神容回房去時，走到廊上往後看，山宗跟著出了偏廳，正看著她。她想了想，還是沒說什麼，轉身去主屋。

紫瑞已端了水在房中等著，伺候她梳洗完，將燈芯挑暗一些，屈膝退出門去：「少主早些安歇，明早還要趕路。」

「知道了。」好似隨處都在提醒她該走了。神容走去門邊，去閂門，停在門口時想，或許方才還是該與他說幾句臨別話的。

思緒未停，門忽自眼前推開，男人頎長的身影閃了進來，門在他身後合上。

她愕然地看著他，心底卻不意外，只有他會一次次如此囂張。

暗暗的燈火下，山宗靠在門背上盯著她，薄唇輕勾：「我想來想去，還是覺得光陰寶貴，應該過來。」

神容眼神遊移一下：「過來幹什麼？」

他的眼神變了，又黑又沉，一伸手，勾住她的腰，低下頭來。

神容不知自己是如何一步步退到榻邊的，被他摟著坐下，唇還被他親著。

山宗在親她這件事上越來越有耐心，細細地啄，一下一下，又一手扶著她的後頸，狠狠撬開她的牙關。直到神容的舌尖被他重重一含，呼吸驟亂，他忽然停了。

「還能否再來？」他低聲問。

神容喘著氣：「不知道，便是能來，聖人有令暫不讓長安人入河東一帶，少則數月多則半載。」

山宗抿住唇，看著她在燈火裡微微急喘的模樣，手扶在她的腰上，忽又緊緊一收，扣著她的腰一托，讓他坐在自己腿上。

神容完全貼在他懷裡，唇對著他高挺的鼻。

「有些久。」他此時才開口，臉上懶洋洋的，看不出什麼意味。

離得太近了，她已盡力平復，呼吸還是急，他的腿緊實有力，她坐著，不自覺動一下身。

腰上忽然更緊，山宗用了力，眼盯著她。

神容覺得他的下頜繃緊，竟沒來由地慌亂了一下，只眼神微動，臉上沒顯露分毫。

山宗忽然輕笑一聲，摟著她腰的手緩緩動了一下，人稍稍後仰，眼睛牢牢盯著她，已經看出來了：「別慌，我歷來不是什麼君子，也浪蕩慣了，卻也不想叫妳覺得我的求娶沒有誠心，可以忍，儘管我很想將虧掉的補回來。」

神容只覺腰上漸熱，聽到他最後那句，低沉又露骨，心口突跳，看著他的臉，忍不住低語：「壞種……」

山宗臉上玩笑盡斂，按著她，臉貼近，聲沉地緊啞：「我對妳使的壞還很少。」

神容忽被他抱緊，心跳不覺又急，腰後他的手動了，身上衣襟被一扯，外衫鬆落肩頭。

他的臉對著她，低下去，呼吸拂過她唇，頸邊，往下，直至她的胸懷。

神容陡然抓住他的肩頭，睜大了雙眼，胸口一陣陣急撞。衣擺輕響，掀過她的小腿，是他另一隻手。她有些茫然無措，喉中乾澀，外衫鬆散開，卻不覺得涼，只能緊閉住雙唇。

莫名又陌生的麻，在胸口，在腿間，又蔓延到了周身。她只要垂眼，就能看見他漆黑的頭頂，俐落地束著髮，似在她懷間燃起了火。他手裡如有根繩，就快將她整個人提起來。

直至神容被他弄得心燥意亂時，他才抬起臉，抓住她的手。那隻手揪著他肩頭太緊，已將那裡揪皺。

神容已全然倚在他身上，呼氣吸氣，一手有些忙亂地遮掩了胸前衣襟，又去遮掩衣擺。

山宗抓著她的手按進自己懷裡，看著她浸了紅暈的臉，自己也在喘息：「這樣夠壞？」

神容不做聲。

他低笑，鬆開她，讓她坐在塌上，起身出去。

神容扶著榻沿，另一隻手還捂在懷間，輕輕動了動腿，難以形容先前所感，從不知道男人光用嘴和手便能如此使壞。她又動一下腿，緩緩舒出口氣，覺得一身都是化不開的濕膩，全是他留下的。

外面沒有一點動靜，紫瑞和東來不知何時已避開。

山宗又開門回來時，神容已經自己動手梳洗了一番，躺去了床上，頸邊還泛著一抹紅。

他自後抱住她，身上胡服已除，穿著中衣的胸口微涼，剛作亂的手上沾著清洗過的水珠，貼在她耳邊說：「妳放心回去，我會去長安。」

神容被他抱著，剛平復的心跳便又急起來，聽到他的話才有些回神：「你要來？」

他沉笑一聲：「嗯，總會有辦法。」

第二十三章　情總空茫

天亮之後，神容睜開眼，慢慢轉過身看去，身側已沒有旁人。山宗昨夜不知是何時走的，她已不太記得，只記得他使過的壞了。

再想起心口又跳快了些，直到外面傳入紫瑞的聲音：「少主，該起身了。」

神容頓時收心不想，坐起身，撫了撫鬢髮，語氣如常：「進來吧。」

山宗就在大門外，一早就在等著了。長孫家的護衛由東來帶隊，已經在門前套上車。

他後半夜沒怎麼睡，後來看神容睡著了，怕妨礙她，乾脆起身早起，準備好了，在這裡等著她起身。在門前踱了兩步，他掃東來一眼：「裴少雍還在河東等著？」

東來聽到他問話，轉過身，垂首稱是。

山宗「嗯」一聲，手上慢條斯理地扯一下護臂，臉色未變，也沒說別的，彷彿只是隨口一問。

不多時，廣源從門裡走出，躬著身抬著只手，請門裡的人出來，一面瞄了瞄山宗，難得，此番臉上竟一直有笑，不是以往那樣逢貴人要走便覺得憂愁遺憾的模樣了。

神容帶著紫瑞從門裡走了出來，身上繫了薄綠的軟綢披風，臉愈發被襯出生生的雪白，晶亮的雙眼看向門口攜刀而立的男人。

山宗早已看過來，撞上她的眼神，如昨晚在他懷裡時一樣，心頭微動，抬手摸了下嘴，嘴邊有笑：「走吧，送妳。」

神容去登車，踩上墩子時，想了想還是回頭問了句：「你眼下應當走不開，如何還能送我？」

山宗一手牽了馬，翻身而上：「無妨，至少送出幽州。」

神容又看他一眼，才低頭入了車內。

山宗打馬貼近車邊，護送她的馬車往城外去。

時候尚早，街頭上還沒什麼百姓，這一路便很順暢，也比想像中要快。城頭上的守軍遠遠看見山宗自城中大街上打馬而來的身影，便提前將城門開好了。

馬車毫不停頓地駛出了城門。神容聽著外面吹過窗格外的風聲，眼睛時不時朝外看一眼，山宗坐在馬上的身影擋在窗格邊，只看得到馬背上他挺直的肩背，看不見別的。

忽聽他聲音低低傳進來：「妳就沒什麼話與我說？」

神容還以為他發現自己在往外看了，往後倚了倚，故意語氣淡淡地問回去：「你想要我說什麼？」

山宗在外面低笑一聲，手指捏著馬韁搓了搓，盯著窗格裡她模糊的側臉，心想還是這麼嘴硬，大概只有軟在他懷裡的時候才是乖的。

既然長安的人暫時無法入河東過境，也就是說他們連封書信都互通不了。山宗從來並無這個習慣，當年就連離家調兵各處時都沒有過特地寫過信歸家的經歷，如今居然會想起這些，自己想著也有些想笑，時不時看窗格一眼，又看向前路，心底漸沉。

離幽州城越遠，離幽州邊界也就越近了。他忽然伸手在窗格上按一下：「停一下。」

神容抬頭，外面東來已經叫停。她揭開門簾，山宗打馬到了門邊，一手抓著韁繩，一手入懷，臉上似笑非笑：「給妳個東西。」

「什麼東西？」神容剛問出來，他的手已遞了過來。

她接在手中，低頭看，是塊上好的白玉，墜著一串穗子，這般看倒也沒什麼特別的，只不過上面精細地刻了一個「崇」字，拆開恰是他的名字。

「我唯一從山家帶出來的東西，現在給妳了。」他仍是那般帶笑不笑的模樣，好似偶然想起就給了：「上次妳什麼也沒從幽州帶走，這次總得帶點什麼。」

這是貴族子弟常有的貼身之物，顯然是他的舊物。神容之前卻從沒在他身上看到過這個，大概是今日才帶在身上的。

「收著。」他根本沒等她發話，便輕揮下手，示意繼續上路。

神容手指摸了一下，瞄見他又打馬到了窗格旁，收入了袖中，再往外看，見他正看進來，大概看見她收好了，嘴角愈發揚起。她不想叫他這般得意，撇下嘴：「我可沒東西給你。」

「我又不是在與妳換東西。」山宗好笑。給了她就是她的了。

神容不自覺又摸一下袖口，雖然臉上若無其事。

日上三竿，過了驛道，抵達幽州邊界。界碑旁，幽州幡迎風招展。

山宗勒馬，身旁的馬車也停了下來。

神容揭簾，探出身，看他一眼：「到地方了。」

「嗯。」他點頭，薄唇一抿，又笑了笑：「我便送妳到這裡了。」

神容手指鬆開，放下車簾。

山宗扯馬到一旁，看著東來帶路，她的馬車自他眼前駛過，往前而去。身下的馬蹄踏在界碑和幽州幡豎著的地方，一下一下地刨地，他沒再往前一步，只以雙眼送著那行隊伍漸行漸遠。

周圍忽而來了一陣腳步聲，三五人，身著短打，額纏布巾的草莽模樣，不知從何處鑽出來的，來得又快又隱蔽。

「山使，咱們借道此處，正遇上，不得不來拜見。」說話的右眼上纏了個黑皮罩子，一臉凶相，正是之前在關外幫他走動找尋過神容的綠林，躬著身站在他馬下。

「以後都不必特來拜見。」山宗眼仍望著前方，只嘴動了動：「記著我的話，幫我做過事後就走遠些。」

「是，是。」那人連聲應下。

山宗忽而抬手指一下前方：「看到那隊人了？要往長安，叫道上的都看顧著些，最好保一路順暢。」

「是，看到了。」那人仔細看了兩眼，小心翼翼問：「敢問那是……」

山宗咧起嘴角，看著那輛車變小，車頂華蓋在視野裡成了渺小的一點：「我夫人。」

不出幾日，河東守軍駐紮之處，大門外也準備好了再度啟程。

神容剛趕到不過一晚，這裡便忙碌準備起來，她連山昭和山英都沒空見，又被請著繼續上路。

裴少雍陪她一同往大門外去，邊走邊打量她側臉：「阿容，是我心急想回長安，妳若嫌累，可以多歇一歇再繼續走。」

神容沒太在意，畢竟說起來也是她的責任：「沒關係，是我連累你們多耗了半月，現在就走是應該的。」

裴少雍笑笑，不知為何，越聽她如此善解人意之言，越叫他覺得她返回的那趟不同一般：「表哥說妳回幽州解決山裡的事了，現在沒事了吧？」

神容腳下不停，面色無波：「山中很安定。」

裴少雍本還想再問兩句，已經到了大門外，便不再開口。

長孫信已站在馬旁，看著神容到了跟前，欲言又止。從她剛回來時，他就憋了一肚子話想說，但神容太精明，一臉雲淡風輕，她不想叫你看出什麼，真就什麼也看不出來。念在裴少雍還在，他忍了又忍，還是沒能問出來。

「哥哥。」神容在他跟前停一下，從袖中取出一張折疊著的黃麻紙遞給他：「我向來不瞞你任何事的，這是臨走前你交代的山裡情形，你回到幽州後再看。」

長孫信聽到她說向來不瞞他，心裡才好受許多，接過那張紙，收進袖裡：「這還差不多。」

神容轉身去登車：「那我走了。」

裴少雍看著她入了車內，臉上的笑輕鬆許多，跨上馬道：「表哥放心，我會照顧好阿容。」說完又小聲地接一句：「這中間停留之事，我回去不會與姑母說半個字的。」

長孫信這才算真放心，點了點頭：「那就好。」他讓開兩步，讓他們啟程。

「神容，等等！」車還未動，山英忽從門裡追了出來，快步跑到車邊：「怎麼這麼快就要走？我還想與妳說些話呢。」自然是有關她大堂哥的話了。

神容心如明鏡，隔著車簾說：「不用說了，我真要走了。」

山英見她不想停留，也不好緊追著問，只好無奈作罷：「那下次再說好了。」

話音剛落，卻聽一聲低嗤，自長孫信口中吐出：「那就不必了，哪還有什麼下次。」

神容自窗格內看過去，見他牽著馬往山英反向走了幾步，好似與她刻意拉開距離一般，眼神在他們二人身上轉了轉：「出什麼事了？」

山英也朝他看了過去。

「沒什麼事。」長孫信攏唇低咳一聲，催促：「快回吧，別叫母親再等了。」

裴少雍也在催：「走吧，阿容。」

神容猜她哥哥仍是對山家不滿，不免想到山宗，合住唇，不再說什麼。

隊伍自眼前出發，往長安西行。

長孫信這才看山英一眼，踩鐙坐上馬背。自那日她說要設宴邀請過他一番，被他拒絕了，之後她倒和來勁了一般，一旦有空閒便來找他，大有與他交好之意。

除非他是個傻子，才會不知道她在打什麼主意。無事獻殷勤，還不是想叫山家和長孫家摒棄前嫌。後來再有邀請，他全拒了，如今見到她，乾脆刻意疏遠。

山英並沒在意他方才那話，見他上馬，問了句：「你也要走了？」

「自然，」長孫端著架子：「我只是為了等阿容罷了，早就該走了，一直待在山家軍的地方算什麼。」還好裴少雍答應了不會回去與他母親說，否則他都不知回去後該如何解釋。

山英很乾脆地回頭去牽馬：「那我送你一程。」

他皺眉，指指身旁：「要妳送我做什麼？我自有護衛。」他身旁確實跟了幾個長孫家的隨行護衛。

山英道：「我說過要保你一回行程，你既然自河東走，哪能讓你就這樣走，傳出去豈非要叫外人覺得我山家人失禮。」

長孫信簡直頭疼，打馬就走：「不必！」照舊不給她機會。

山宗執著刀，站在望薊山裡的礦眼坑口。

一群重犯被陸續押了出來，幽閉了這麼久，頭上全都罩上了黑布，個個手腳被綁，皆已是頹喪之態，在地上半跪半倒地喘著粗氣，髒兮兮地看不出人樣。

胡十一在旁稟報：「頭兒，這麼久了，可算叫這群怪物撐不住了。」

「嗯。」山宗盯著他們，冷聲說：「那四個還活著，但會一直在我手裡握著，給你們一日整休，繼續開礦。」

重犯們似被拔了獠牙，又或許是那四個還活著的話叫他們順服了，只有喘著粗氣的聲音。

山宗下令：「摘了。」

胡十一揮手，兵卒們揭去黑布，他們困獸般的模樣才顯露了個澈底。

未申五最嚴重，倒在地上，如從泥淖中撈出，狼狽地愈發像隻野獸，已經只能用眼睛盯著他，半個字說不出來，怪聲陣陣。

山宗冷眼掃過他，轉身走開。

胡十一在後面跟著他。

他邊走邊說：「守著山裡，不用跟著我。」

胡十一聽他這話應是有事，便停下了。

山宗直直走出山外。

一條雜草叢生的野道下橫著道溝壑，幾個身著布衣，額纏布巾的綠林人悄悄等在那裡。

他走到溝壑下，一露面，幾人便面朝他垂首搭手。

「如何？」他聲壓得低低的。

其中一人小聲道：「回山使，最近關外的風聲太緊了，咱們能走動的範圍小了一大圈兒，去不了您說的那個鎮子了，什麼消息也沒能帶回來。」

山宗拇指撥著刀柄，想起了送神容離開那天見到的幾個借道而過的綠林人，應當也是受了波及，「知道了。」

綠林們紛紛低頭：「那咱們就走了。」

「記著規矩。」

「是，咱們至今沒再見過大鬍子他們，自然懂得規矩，辦完您的私事就再不露面，只當從未替您走動過。」

山宗擺下手，幾人影子一樣穿過溝壑走了。

等人都走光了，他一手伸入胡服衣襟，摸出那塊瘋子給他的皮革，看了一眼，又收起來，提刀回去。

長孫信一路跑也似的騎著快馬入了幽州地界，直到望薊山附近，才放慢速度。

他坐在馬上，理一理被風吹亂的衣袍，往回看，沒再看見山英，也沒看到半個山家軍，總算覺得舒坦多了。

剛要繼續快馬趕去山裡，忽而前路閃出幾個人影冒失地快跑著橫穿過去，驚到了左右護衛的馬匹，連帶他的馬也嘶鳴著抬起了蹄。

這一下突然，長孫信險些要被掀下馬背，用力扯住韁繩穩馬，忽而後面來了個人，眼疾手快地也抓了韁繩，用力往下一拽，一手在他背後推了一把，將馬穩了回去。

長孫信轉頭，本要道謝，看清來人，臉一僵：「妳居然跟來了？」

山英身著男式圓領袍，騎著匹棗紅的馬，鬆開他的韁繩：「還好跟來了，果然你人帶少了，還是要保一番行程的。」

兩個護衛過來稟報：「郎君，剛才驚馬的是幾個綠林，可要去追？」

長孫信還看著突然冒出來的山英，皺眉道：「算了。」

山英打量他，瞧他的模樣，方才也能穩住那馬，不過他們山家人自幼習武，對這些自然是要更熟練一些，至少也算叫他少受了些驚。她抱拳：「好了，我走了。」

長孫信正要防著她來一通交好之言呢，忽見她如此乾脆，反而一愣：「妳這就輕易走了？」

山英都已調轉了馬頭，聞言勒停：「我已將你送出河東，好生到了幽州，再往前可不行了，若是他日叫我伯父知道，可是要被逐出山家的，是該走了。」

長孫信仍是狐疑：「只是這樣？」

「不然是怎樣？」

他一手攏唇，輕咳一聲，開門見山道：「妳如此跟了一路，難道不是有心示好，想要我們長孫家對你們山家改觀？」

山英莫名其妙：「我倒是想啊，可你既不肯被叫舅哥，設宴請你又說沒空，如此不願，我還能如何？」

長孫信一臉古怪：「那妳後來又多次請我，是為何意？」

「那不是應當的？」山英道：「你們在我們山家軍駐紮處停留，又日日焦急等待神容，我與山昭自然要以禮相待，好叫你們緩和些。我們倒是也請了那位裴二郎君，但他聽說你不露面便也推辭，如此一回兩回，只得作罷了。」

長孫信竟被她說愣住了。

山英往前看，遠遠看見了幽州軍在望薊山附近巡邏的身影，連忙道：「我真要走了，免得被我大堂哥發現，以為我是來找他的，他也要趕我的。再會了，星離。」她抱了下拳，抽馬迅速離去了。

長孫信看著她踏塵遠去的背影，還愣在當場，合著倒成他多想了？

「郎君是否要繼續入山？」一旁的護衛問。

長孫信又忍不住乾咳一聲，遮掩住心裡的不自在：「早知就不該走這條路，去什麼山裡，先回官舍！」

官舍裡，廣源快步走到主屋門口，朝裡望去，臉上露出驚喜：「郎君？」

山宗坐在桌後，刀擱案上，正低著頭，在解開右手小臂上緊束的護臂：「嗯。」

「郎君今日怎會回來？」廣源邊問邊進來伺候。貴人走了，還以為他又要一直待在軍所裡了。今日突然來，應當是從軍務裡抽出了空閒。

山宗抬眼環顧這屋內，想起神容那般嘴硬的模樣，又想起她在時的種種，勾了下嘴角，這屋子似乎已經成了她的地方，來了就忍不住總會想到她。他將剛鬆開的胡服袖口捲一道，活動了下手腕，也沒回答，只說：「取紙筆來。」

廣源立即去取了文房四寶放到桌上。原先神容一直在這屋中忙於書卷礦圖，最不缺的就是這個。

「研好墨就出去吧。」山宗說。

廣源乖乖研墨，不多問了。

山宗起了身，在屋裡緩緩踱步，一手抬起按了按後頸，臉色沉凝，沒什麼表情。

廣源一邊研墨，一邊看他，知道他這是在想事情，多年不見他這模樣了，也不知他是在想什麼，如此鄭重。

山宗又走了兩步，看過來：「好了沒有？」

廣源忙將墨擺好：「好了。」

山宗走去桌後，掀衣坐下，拿筆蘸墨。

廣源往外退去，見他已經洋洋灑灑落筆紙上了，頭微微歪著，一身隨性不羈，垂著眼，神情卻十分專注。

長孫信回到官舍時，一眼就見到門口那匹皮毛黑亮的高頭大馬，門口還有兩個身著甲冑的軍所兵卒。他看了好幾眼，進了大門。

進去沒多遠，正遇上一身烈黑胡服的男人從內院裡走了出來，好似還是從主屋處來的。不是山宗是誰。

長孫信腹誹：果然他在這兒。

山宗一手提刀，一手往懷裡揣了封信，邊走來邊看他一眼：「回來得正好，山裡已經如常，你可以安心採礦冶煉。若有任何需求，儘管開口，我會助你儘早煉出第一批金。」

長孫信還以為太陽打西邊出來了，看著他自身側擦肩過去，不禁問：「你為何忽然對我如此客氣？」

山宗腳步一停，回過頭，懶洋洋地一笑：「我以後都會對你很客氣的。」說完轉身走了。

長孫信只覺古怪，忽的想起神容臨行前交給他的那張黃麻紙，說叫他回幽州再看，這一路只顧著迴避山英，倒將這個忘了。他忙從袖中取出來，展開來看，只有寥寥數語，他眉心皺緊，張了張嘴，對著山宗離去的方向，氣悶無言。

這才知道神容返回這趟是做什麼來了。難怪姓山的忽然客氣了，他竟敢開口求娶！阿容還有心接受……

廣源自旁經過，看了看他的臉色，小心見禮：「侍郎可是旅途勞頓，還請入房安歇。」

長孫信手裡的紙揪成一團，拂袖就走，沒好氣地低低自語：「我遲早要被山家的人氣死。」

長安，趙國公府。

神容剛回來，解下披風交給紫瑞，緩步走向前廳。

尚未進門，裴夫人紫衣華裳，髮上金釵熠熠，已從廳內親自迎出來，見到她安然無恙，先撫了下胸口，又牽住了她手，蹙眉道：「還好妳平安回來了，誰給妳的膽子敢去關外探地風的，是要嚇壞我不成？」

神容扶住她的臂彎，往後瞥一眼：「母親不用驚慌，二表哥還在呢。」

裴少雍就在後面跟著，聽到這話，笑著上前見禮：「姑母，我將神容接回來了。」

裴夫人見到他便笑了：「你此時怎還顧著一路護送到府上，應當入了長安就趕緊回府去才對啊。」

裴少雍不解：「為何要趕緊回府？」

「想來你是還沒收到消息了。」裴夫人笑道：「你大喜盈門了，據說聖人看了你的策論很滿意，要傳召你錄用呢。」

神容不禁意外：「那便恭喜二表哥了。」

裴少雍已怔在當場，聽到她的聲音才回過神來，一時喜不自禁，又難以相信：「這是真的？」

裴夫人含笑點頭：「今日剛出來的消息，你姑父自朝堂中帶出來的，豈能有假。」

裴少雍這才難掩般笑起來，看向神容：「太好了，阿容。」

神容也笑了笑：「二表哥該趕緊回去了。」

裴少雍一臉朗然笑意，又看她一眼，匆匆轉身走了。

裴夫人不免感慨：「這孩子看著溫和老實，不想有此文采，能叫聖人看中。想來運氣也是好，聽說今年增選，多錄了十來人。」

神容心想如此手筆，應是聖人拔除了先帝老臣後，有心培植自己的勢力。不過與她沒什麼關係，長孫家如今立了功，自然也成新君身側之力了。

母女二人相攜入廳，剛說了幾句閒話，一個下人進門來，將一封信送到裴夫人跟前：「主母，幽州來信。」

神容剛在榻上坐下，端了盞茶湯，輕輕掀眼看過去。

裴夫人伸手去接，一邊問：「我兒寫來的？」

「幽州團練使。」

神容的茶盞停在唇邊，眼珠微動。聽到這個稱謂，那男人的臉似已浮現在眼前，竟是他寫的。

裴夫人頓時變了臉色：「什麼？」

神容不動聲色地看著，茶湯是什麼味道，已然沒有在意。

然而緊接著，卻見裴夫人板著臉，將那封信撕了兩下，揭了案上香爐，直接扔了進去。

神容慢慢放下茶盞，仔細想想，卻也不意外：「母親就不好奇信裡寫的是什麼？」

裴夫人道：「若是政務，當由幽州刺史寫信給你父親，他管的是軍政，與我長孫家本關聯不上；若是私事，我與他沒有任何私事好談。」說罷拍拍她手背，「妳不用管他，回到了長安，自然也不會碰見那豎子了。」意思便是不想再與他有任何瓜葛了。

神容不知該說什麼，瞄案頭一眼，爐中明火躥起，捲起火舌，煙冒出來。

裴夫人喚她：「別被煙薰著，先回去歇一歇，回頭再去見妳父親，這不足為道的事不必放在心上。」

紫瑞進來，先將爐中殘煙滅了，又來攙扶神容。

她起身，走到外面，紫瑞攤開手心，將燒殘的一小片紙遞給她：「少主。」

神容捏在指尖看了一眼，只看到「允見」兩個遒勁的字，不知寫的是不是「但請允見」。

這信幾乎算好了時日在她歸來後送到的，如此迅疾，出乎意料。如今長安的信無法送回去，看來他並不是要聽回音的，寫了便是決心要來登門見了。

神容將紙片捏起，心中沒來由地緊跳兩下，暗暗想：這男人，簡直膽大包天。

除了山宗的這一封信，之後很久，再也沒有其他信送入趙國公府。久到兩個月都快過了。

神容坐在裴家的園子裡，聽著身後紫瑞小聲稟報近來所知：「聽聞河東至今還是沒通。」

「嗯。」她輕輕應一聲，回來這麼久，河東的整頓卻還沒結束，料想山中的採礦冶煉早該有所得了。具體如何也只能想想，如今長安和幽州就像是被澈底隔絕開了一般。

至於山宗的那封信，上面到底寫了什麼，她到現在也沒能弄清楚。又覺得以那男人張狂的做派，很可能對她母親開門見山。

一旦想到這個，就不免心會急跳，她一手撫了下懷間，才能繼續若無其事地端坐。

園子另一頭，有兩個裴家表親遠遠走來，正對她招手：「阿容，快進廳來，燒尾宴要開始了。」

神容聽見，起身過去。

裴少雍得中制舉後，一直忙於答謝入官事宜，直到今日，裴家才得空大宴賓客。初任新官，坊間認為這就如同魚躍龍門，取天火燒去魚尾，得登天門之意，宴請賓客的這場宴便名為「燒尾宴」。她今日就是被請來赴宴的。

宴客廳中已是滿堂賓客。

神容被安排在親屬之列，身邊左右都是裴家的表親，對面便是她堂姊長孫瀾的小案。

大表哥裴元嶺還沒到，只有長孫瀾一人坐著。姊妹二人許久沒見，奈何挨得不近，她只能朝著神容柔柔地笑。

一盤盤珍饈流水一般送至各人面前的小案上。歡聲笑語裡，裴少雍錦衣玉冠，被幾個人簇擁著走了進來，頓時惹來眾人喝彩叫好。

這是慣常的熱鬧，越是叫好越是祝賀之意，神容見怪不怪，只看了兩眼。

裴少雍一臉的笑止也止不住，撇開笑鬧他的幾人，直走到神容跟前，上下打量她。

今日因要赴宴，神容特地妝點過，眉黛唇朱，如翅般的釵簪在她高綰如雲的烏髮間，一襲抹胸襦裙，只是這般坐著也說不出的動人。他不自覺看了又看：「阿容倒是也恭賀我一句。」

神容便抬頭朝他笑了笑：「那祝二表哥步步高升。」

裴少雍笑意更濃，直至又被鬧他的人笑著拖開，請去上座。

裴家的長輩們要在主廳宴請朝中官員，他剛從那裡敬了一番酒過來，這廳中全是平輩親眷，今日他是首要的，自然當坐首位。

裴少雍在上方坐下，仍不忘看了看神容，才想起請眾人開宴。

觥籌交錯之間，裴元嶺走了進來，一身光綢的圓領袍，進門便笑著與眾人互相道賀。經過神容案前，他停了一下，意味不明地笑了笑：「阿容今日來早了，來之前當在街上多走一走才是。」

神容不禁好笑：「大表哥這是從何處來，分明自己來得晚，倒說我來早了。」

裴元嶺笑道：「有事忙罷了。」一面笑，一面走去長孫瀾身旁坐下了。

神容覺得他好似有些賣關子似的，又看他一眼，長孫瀾朝他無奈搖頭，小聲嗔怪他來晚了，好似對他沒轍一般。

裴元嶺只是笑笑，低低安撫她兩句。

神容看見，沒來由地想，大表哥雖在長輩跟前穩妥，有時候也挺隨性而為的，難怪會與那男人是舊交，他分明要更加隨性妄為。想到此處，她心中一頓，低頭舉箸去夾菜，心想沒事又想到他做什麼，故意不再想。

宴席至半，有個僕人從門外躬身進來，將一份燙金冊子雙手送到了上方，朗聲道：「請二郎君定下『上燒尾』菜目。」

席間頓時安靜下來，神容也朝上方看了一眼。

裴少雍此番被新君冊封為蘭臺郎，以後可以出入宮廷為新君起草文書，出謀劃策，算起來已經是一步登天的大好開端。如他這樣的，辦燒尾宴時，也要奉上一桌送往宮廷，以謝聖人。答謝聖人的菜目，自然是不得馬虎的，還要擬定冊子交由宮廷檢視對照。一般這是由新官夫人來做的，如今裴少雍還未成婚，自然是送由他本人親定。

裴少雍接了那冊子，卻沒翻開，朝下方神容看去，臉上笑容靦腆起來，手捏著那冊子，看過左右，尤其是朝裴元嶺那裡看了一眼，轉頭又看神容，小心翼翼般道：「或者……就由阿容替我定吧？」

神容剛擱下筷子，聞聲怔了一怔，抬起頭。

裴少雍已將冊子交給僕人，送了過來。燙金描邊的冊子遞在眼前，廳中諸位親眷不約而同地看了過來。

神容不動聲色地看了一瞬，轉眼朝上方的裴少雍看去，忽而淡淡一笑：「二表哥知道我對這些不擅長，這是有心捉弄我。」

裴少雍愣一下：「不……」

「倒是小看二表哥了，剛得中就學會了擺架子，想叫我在大家面前出醜也就罷了，還想叫我去聖人跟前獻醜。」神容打斷他的話，冷淡著臉起身：「看來我得找舅母去告狀才行。」

裴少雍見她不由分說就往外走去，險些要去追，看到在場還有眾人正看著，又生生坐了回去。

一聲朗笑，裴元嶺舉著酒盞道：「叫你不要捉弄阿容非不聽，她何嘗是個好欺負的？活該你被告狀，就等著被母親罵吧！」

原先詫異的眾人頓時紛紛笑出聲來。

長孫瀾正看著神容離去的門口，此時才回味過來，端莊地笑了笑：「還是我來幫二弟定吧。」

那份冊子交到她手上，才算過去。

裴元嶺替弟弟圓了個場，朝上方看去，皺了一下眉。

裴少雍看到他的神情，眼神閃了一下，也皺了皺眉，往門口看去一眼，不知神容明白他意思沒有。

神容一直走出裴家大門才停下，回頭看一眼，輕輕抿住唇。

裴少雍與她一同長大，對誰都是一副溫和面孔，雖與長孫家走動最多，更親近些，卻從未有過任何不妥之舉，這次是做什麼？將本該由他未來夫人去定的東西交給她去定，根本說不過去。

「少主要離宴了？」紫瑞從她入席後就出來門口等著，見她忽而出來，忙迎了過來。今日趙國公夫婦也在受邀之列，此時還在裴家的主廳中，紫瑞沒想到她會這麼快就走。

神容快步走向馬車：「這便回去。」方才席間的事，她寧願是自己會錯了意。

天還沒全黑下，斜陽西垂，長安大街上依舊人聲鼎沸。

馬車當街駛過時，神容心不在焉地往窗格外看，鱗次櫛比的鋪面倒退過去，路人三三兩兩經過，梳著總角的孩童相逐。

她再想一遍方才宴席間的事，還是覺得怪異，一隻手去撥窗格上的薄紗。餘光裡，忽而閃過幾道馬上的身影，她手一頓：「停下！」

馬車一停，紫瑞在外問：「少主有何吩咐？」

神容揭開車簾往外看，什麼也沒看見，緩緩坐回去：「沒事。」

方才明明看見了幾個身著甲冑的兵卒，那種黑皮軟甲的裝束，是幽州軍所裡才有的。她心想可能是看錯了。

馬車繼續往前行了一段，又停了。

護衛在外的東來道：「少主，有人攔車求見。」

神容稍稍傾身，挑開車簾，護衛旁露出個女子身影，挽著斜斜的髮髻，一身羅衣彩裙，細細的眉眼看著車裡，笑著向她福身：「說好了他日在長安再見的，今日便見到貴人了。」是杜心奴。

神容看了看她：「這麼巧，倒像是等著我的。」

杜心奴笑道：「哪裡瞞得過貴人，其實是裴大郎君叫賤妾等在此處請您的，本以為要等到晚上，沒想到此時就等到了。」

那還不是因為她提早離開了裴家。神容問：「有何事？」方才在宴席間聽她大表哥賣關子似的打趣了她幾句，說叫她在街上多走一走，莫非就是指這個？

杜心奴掩口笑：「請貴人隨我走一趟就知道了。」

神容想了想：「那上車帶路吧。」

杜心奴道一聲「冒昧」，提衣登上車來，請她一同前往。

並不遠，沒出裴家所在的這一坊。馬車拐至一間僻靜的院落前，杜心奴先下去，口中道：「到了，這裡是賤妾的住處。」

神容搭著紫瑞的手下了車，跟隨她走入院門，進去時聽見裡面隱隱約約的箜篌聲，不禁看杜心奴一眼。

杜心奴機靈地察覺出來了，邊領路邊笑道：「貴人可別誤會，以往賤妾憑藉教坊技藝，是迎來送往過不少貴客，裴大郎君便是宴席間伺候認得的，但如今這裡只傳授技藝，早就不做這等謀生了。」

「嗯。」神容隨著她走到一間屋前：「到底為何叫我來？」

杜心奴抬手請她進門：「貴人請進去稍等。」

神容朝裡看一眼，示意東來和紫瑞在門口等著，提衣進門。

屋內保留著當初請貴客們賞樂取樂的擺設，一張張小案，四周垂著幔帳。她走到裡面，一手剛挑開一道幔帳，忽而察覺身後多出道身影，立即轉身，一隻手已伸過來，握住她的手腕輕輕一拉。

神容一驚，朝那身影撲過去時，另一隻手推了過去，隔著幔帳一下推在男人結實的胸膛上，不覺一怔，緊接著腰上一沉，反而被拉過去抱緊了，整個人撲入對方懷中。頭頂傳出一聲低低的笑：「是我。」

礙事的幔帳被一隻手撥開，露出男人英朗的臉，山宗正盯著她。

神容不可思議地看著他，不知是不是剛才被嚇了一下的緣故，心還在快跳著：「你真來了？」

山宗聲低著：「難道還有假？」

神容打量他，他仍穿著慣常的黑色胡服，模樣與在幽州分別時一樣。毫無預兆，他就這麼出現了。「你怎麼來的？」

他嘴邊牽出一抹笑：「我說過總會有辦法。」

神容頓時想起在大街上看到的那幾個兵卒，竟然不是看錯了，想來她大表哥早就知道了，所以才會與她那樣說。

她輕輕一動，才發現自己還被他結結實實抱著，輕聲說：「你要一直這樣說話麼？」

山宗鬆開手：「是怕妳剛才亂叫，東來還在外面，驚慌什麼？」

神容挑眉：「我若真叫呢？」

他笑，抬一下她下巴，拇指在她唇上抹過去：「那就只有堵住妳的嘴了。」

神容唇一下熱了，只臉上還不甘示弱地盯著他。

山宗拇指上蹭了她唇上的唇脂，看著她頭上的釵飾，臉上精緻的妝，那雙眼在挑著他，頭低了下去：「打扮成這樣，去哪裡了？」

神容想起先前宴席上的事情，不太想提，觸著他的鼻尖，纏著他的呼吸，穩了穩神說：「沒去哪裡。」

第二十四章　護金

外面忽而傳來一名兵卒的稟報聲：「頭兒，已交接完。」

山宗的頭還低著，話被打斷，便不問了，蹭了下神容的鼻尖，帶著笑直起身：「知道了，先回官驛去等著。」

兵卒退去，他的手在她腰後帶一下，帶著她穿過礙事的幔帳，在案後坐下。

神容問：「交接什麼？」

山宗挨著她坐下，一手搭在她身後：「我是帶著任務來的。」

神容此時才留心他胡服衣擺上沾染的塵灰，馬靴上也是，便知他此行一定是日夜兼程而至。

「什麼任務？」

杜心奴早在案頭上備好了酒水，山宗端了酒盞飲了一口，彷若潤了個喉，才說：「你哥哥已煉出了第一批金，雖數目有限，但畢竟是首批，要遠送至長安，總得有人護送。」

神容眼角微挑，這才知道他為何會來，否則便是又破了他那不出幽州的規定了。

「果然，我也推斷他該煉出來了。」她想了想又問：「那我哥哥如何說？」

山宗揚著嘴角：「他當然是不高興的。」

長孫信煉金一個月便有所得，有心儘早送呈給新君過目，特找趙進鐮商議送金入都事宜。趙進鐮如今既然知道山宗所想，自然而然就提出讓他走這趟。

長孫信雖不樂意，卻也沒穩妥可靠的人可用，那日在山中遇到山宗，沒好氣地在他跟前道：「難怪你口口聲聲要助我早日煉出第一批金，原來早就打好了主意！」

山宗想起，又笑一下，他的確早就打好了主意。

神容料想也是，這麼久沒來信，可能對她那日留下的話也心有不滿。想起信，她瞄山宗一眼：「你的來信，我母親並沒有看。」就不直說已經燒了。

山宗稍稍換了個坐姿，一手搭在她身後，一手擱在膝頭，眼垂下，「嗯」一聲：「大約也能猜到。」

神容眼神動一下：「你在信裡究竟寫了什麼？」

「寫了該寫的。」山宗說著，忽而慵懶一笑：「放心，我只寫了那是我一己之願，沒寫妳對我做的那些，就是裴夫人看了信，也怪不到妳頭上。」

神容頓時咬了咬唇，蹙眉看他：「什麼叫我對你做的那些，我對你做什麼了？」

山宗眼底沉黑，落在她身上，她耳邊幾根髮絲微亂，是剛才在幔帳間掙紮之故，他搭在她身後的手伸過去，撫了一下，聲音低沉：「妳對我做過什麼，還要我幫妳回憶一下不成？」那些故意的撩撥，那些對他使過的花招。

神容只覺他臉上神情又邪又壞，偏頭避開了他的手：「你少得意。」耳邊被他手指碰過的地方已經熱了。

山宗手搭回去，想起裴夫人沒看他的信，眼神停留在她的側臉上。他還有什麼可得意的，現在是她得意的時候了。

直到外面天已黑下，杜心奴才又回到這間屋子的門外。尚未開口詢問還有無要伺候的地方，裡面的人已經出來了。

神容先出來，往後瞄一眼，山宗緊跟著走了出來。她理一下臂彎裡的披帛，往外走了。

紫瑞和東來立即跟了上去。

杜心奴看了看她的背影，向山宗施禮：「莫非郎君與貴人相談不快？」

山宗沒回答，只是笑了笑，跟上神容的身影。

神容登上車時，便聽見車外一聲馬嘶，窗格外露出山宗打馬接近的身影。她怔一下：「你要與我一同走？」

山宗頷首：「有何不可，走吧。」

馬車隨即動了起來。

神容看著他在窗格外的身影，長安街頭的燈火明暗交替，愈顯得他馬上坐著時的腰身緊窄，踩著馬靴的腿結實修長。她看了好幾眼，心想真是隨性妄為，當這裡是他的幽州不成。

本以為到去官驛的那條路時他就會改道，沒想到沒有。山宗就這樣騎著馬，護著車，直到了趙國公府附近。

神容吩咐停車，朝外看，輕聲提醒：「你還不走？」

暗暗的燈火掩著眼前青石鋪就的路面，山宗在馬上，目光看著前面趙國公府所在的方向，低沉說：「急什麼？」

神容順著他的視線看了一眼，看到前方隱約的一個人影。

「有人，」她擔心被人看見，低低說：「你該走了。」

山宗忽而腿一跨，下了馬，接著眼前車簾一掀，他直接進來車裡。

神容被摟過去時毫無預兆，他的嘴已結結實實堵住了她的。她的心瞬間被提了起來，下頜忽被他的手輕輕一抬，他的唇緊跟著落在她頸邊。腰上沉沉的，從腰側直到腰後，是他的手撫了過去。

神容輕喘著，又提醒他一回：「有人。」

「那妳就別出聲。」他聲沉沉地在她耳邊。

神容頸邊轟然熱起，這種細細密密的吻就像張網，她難捱又不甘地低語：「還提我對你做過的，你分明對我做過的更壞。」

山宗吻在她耳邊：「在我跟前，妳就非不肯認輸是不是？」

「偏不。」神容呢喃，陡然心頭一撞。

是他含住她的耳垂，又猛然吻了下來，有意一般用了力。等到神容忍耐不住，差點要真出聲時，山宗才終於放過了她。

「我先走。」他聲音低得只有彼此可聞：「回頭再見。」

神容還在急喘，昏暗的車內看不出他神情，只覺得他的聲一直沉著，似與往日不太一樣。

眼前車簾一掀一落，他俐落地出去了。

幾乎同時，馬車繼續往前駛去。

山宗翻身上馬，身隱在路邊暗處，看著神容的馬車往前，眼掃向前方那道剛剛見過的人影，到此時那身影還在那裡徘徊著沒走。錦衣玉冠的一道人影，那是裴少雍，山宗一眼就看見了。

儘管神容之前沒說從何處而來，他也大概猜到了，聽裴元嶺說過，今日有裴少雍的燒尾宴，她是從宴席上過來的。山宗沉沉的目光掃過那人影，又看神容的馬車一眼，才調轉馬頭離去。

馬車在趙國公府門前停下，神容才緩下急切的呼吸，車外鴉雀無聲，她便也當做什麼都沒發生過，免得被看出來。

「阿容。」

忽來喚聲，神容立時回了神，揭開車簾探身出去，裴少雍從趙國公府門前匆匆走到了車邊：「妳可算回來了，我一直等到現在。」

紫瑞在車邊放下墩子，扶神容下來。

這短短的一瞬，神容心裡已過了一遍，甚至還朝山宗送來的方向看了一眼，沒見到他的身影才定心，鞋踩到地時，臉上已帶了絲笑：「二表哥等在這裡有事？」

裴少雍宴席間所著的圓領錦袍都沒換便來了，打發了隨從，獨自在這裡，輕聲道：「我剛送姑父姑母回來，聽說妳還未歸府，擔心妳對之前的事心有不快，又擔心妳誤會我的意思，必須要等妳回來。」

神容往敞開的大門口走：「二表哥言重了，有話不如進來說，你是表哥，豈能在府門前怠慢。」

裴少雍攔了她一下：「不敢驚擾姑父姑母，我只想與妳說幾句。」

神容只好抿唇，往後看一眼。

紫瑞馬上會意，悄悄推一下旁邊的東來，又叫大門口提燈守著的僕從退回去。左右隨從將馬車引去了後門，大門口很快只剩下他們二人。

神容走上府門前高闊的臺階，停下腳步：「二表哥說吧。」

裴少雍藉著府門前高懸的燈火看她的神色，她側臉對著他，耳邊頸邊似有一抹微微的紅，他沒太看清，欲言又止，好一會兒才道：「我今日在宴席間不是在捉弄妳。」

神容的臉轉過來，頓了一頓，眼神淡了，反而更顯出冷豔：「那就更不該了。二表哥往後不要做這種事了，若是真捉弄我倒也沒什麼，不捉弄我卻還如此行事，實在說不過去。」

裴少雍愣了一下，她已直接走入府門。他餘下的話一個字也沒得到機會說。

神容提著衣擺，快步走回自己房內，反身就合上了門。她希望會錯了意，偏偏沒有。

慢慢捋了一遍頭緒，她又蹙了蹙眉，忽而心思一轉，想到山宗，難道方才他看到了？

這點小動靜並沒有驚擾到國公府內。

次日，紫瑞來伺候神容起身時，特地提了一嘴：「少主可以寬心，主母和國公都還沒聽到風聲。」

神容沒問她是指山宗的事，還是指裴少雍的，也不想細說，只隨口應了一聲。

紫瑞正替她繫著襦裙上的絲條繫帶，門外來了個僕從，說請少主去見國公。

神容看了一眼，是她父親身邊的侍從。

紫瑞聽見，不禁小心地看了看神容。

「沒事，」她說：「我去看看。」

趙國公在書房裡坐著，身著深絳色的寬袍便服，一張白面無鬚的臉被襯出了微微的冷肅。

神容進去時就看到這情形，回來這麼久，父女二人幾乎日日見面，就她此番去幽州關外探來的地風也討論過許多回了，但哪一回都未曾見過他有如此嚴肅的臉色。她心思輕動，近前兩步，屈膝：「父親找我。」

趙國公像在想著什麼事情，聽到她的聲音才看過來：「嗯，坐吧。」

神容只聽到這一聲，沒了下文，愈發覺得古怪，在他旁邊的軟榻上坐下。抬頭時，卻見她父親拿起了手邊的一封拜帖，只一眼，她掃到了封面上剛勁有力的兩個字，心中一緊。

山宗。

「幽州送來了首批冶煉而成的黃金，已交接完繳入了國庫，聖人應會擇時日嘉許。」趙國公拿著那封拜帖道。

神容淡淡點頭，雙手擱在膝頭：「那就好。」

「押送這批黃金入京的是誰，妳應當猜到了。」

何止猜到，她分明已見過了。神容不語。

趙國公將那封拜帖扔在桌上，起身，在她面前來回走動：「山宗，我沒想到這小子還敢遞拜帖來求見，你知道他想幹什麼？」

神容捏著衣擺，輕輕啟唇：「他想幹什麼？」

「他想登門求娶妳。」

神容頓時心跳急了，他果然敢。

趙國公慢慢踱著步，雙手負在身後，臉色仍嚴肅：「他說在幽州與妳重逢後就有了此意，我還沒告訴妳母親，免得她不快。先將妳叫來知會一聲，妳也不用擔心。」

神容想起了山宗在杜心奴處說的話，他確實將她在此事裡摘乾淨了，全成了他一人的事。現在她父親還反倒在寬撫她。她掀起眼，語氣很平靜：「那父親可會見他？」

趙國公拿起那張拜帖，看了上面的落款一眼，擰眉又丟回去：「便是不提他當初所作所為，如今他竟還想以幽州團練使身分來求娶，也是異想天開。沒有見他的必要。」

裴元嶺在酒樓裡坐著，飲了口酒，看向身旁：「不愧是你山崇君，可真是敢啊。」

山宗坐在那裡，一隻手轉著手裡的酒盞，垂著眼，漫不經心：「沒什麼敢不敢的，既認定了就得去做。」

裴元嶺笑著搖頭，上一回來長安就看出他與阿容有些貓膩，果然是，這一回來了便直接說要再把人娶回去。天底下唯有他山大郎君有此魄力。

「我那位趙國公的姑父可不會見你。」

山宗酒盞端起，一口悶入喉中，咽下去，才說：「確實沒有回音。」

裴元嶺看了看他的神情，他從方才就在等著消息，豈能看不出來，笑了笑道：「依我看，倒也不是沒有轉圜，待你回去山家，請動山上護軍與楊郡君一同登門，好生為過往的事賠禮道歉，要再與我重新做回連襟也是有可能的。」

山宗咧了下嘴角，又轉一下酒盞：「幽州團練使便不配做你的連襟了？」

「那倒不是，但有山家做倚靠的團練使和沒山家的可不一樣，世家聯姻天經地義，長孫家豈能毫不在意門楣？再說如今長孫家又立下大功一件，很快就會受賞，到時候就更比當初榮耀了。」裴元嶺自然而然地說完，意識到不對，笑沒了：「怎麼，難道你沒有回山家的打算？」

山宗放下酒盞，撐著小案起身，拿上自己的刀，一言不發。

「崇君，」裴元嶺跟著起身，一把拉住他：「山崇君，你老實說，我上次問得是不是對的，你可是身上藏了什麼事？」

山宗拿著刀鞘撥開他的手，笑著說：「我上次說的才是對的，你請我喝酒便是要套我的話，少想些有的沒的。」說完逕自轉身出去了，彷彿剛才只是隨口的一句玩笑。

裴元嶺快步追出去，直到酒樓大門外，忽而看到一人穿過三三兩兩的行人當街而來。

山宗已走出去一大截，腳步停了一下，看著對方。

「大哥，我來找你。」來的是裴少雍，對裴元嶺說著話，眼睛卻看著山宗。

山宗目光銳利，在他身上掃了一眼，便逕自從他身邊走過。

裴少雍被那一眼看得皺眉，盯著他走遠的背影，握起手心，回頭問裴元嶺：「他怎會與大哥在一處？」

裴元嶺看遠去的山宗一眼，也不追了，向他走近兩步，低聲道：「你這個蘭臺郎難道沒聽聞消息？長孫家在幽州發現了大礦，如今煉金有所得，就是由他護送來京的。」

裴少雍聲悶著：「聽說了，但他親自來此，又豈會只是為了押送黃金。」他還記著神容在周均處維護他的事情，到了河東又半途返回幽州的事情，如今山宗說現身就現身了，指不定就是緊跟著她來的。

裴元嶺道：「你既然明白，以後就該收斂些，更不可當眾再試探阿容。」

裴少雍不可思議地看著他，張了張嘴，低聲道：「大哥與他倒比對我這個親弟弟還親，難怪總對我和阿容的事不看好了。」

裴元嶺無奈地搖搖頭，半嘆半笑：「我的確對你和阿容的事不看好，我問你，阿容當日在宴間對你那試探之舉回應如何？」

裴少雍的臉色僵了一下，她讓他以後都別再做這種事了。

「阿容是什麼樣的秉性，你我皆知，她不是那等任人擺弄的，向來有自己的主張，如她這般的女子，不是你能掌控的，這過往多年，我以為你早該看清了。那日她將你的話當做捉弄揭過，便是顧全兩家顏面，仍當你是表哥。」裴元嶺說著指一下山宗離去的方向：「至於那一位，已試圖登長孫家的門了，你現在該有數了。」

裴少雍聽著他這番話，默默握住手心，到最後一句，震驚地睜大了雙目：「什麼？」從幽州帶回的擔心彷彿得到了印證，他早有所覺，姓山的莫非是想回頭了。

山宗緩緩穿過人來人往的大街，停了下來，看向側前方的一間鋪子。

兩層樓閣的鋪面，他還記得，是他當初第一回送神容返回長安時停留過的地方——當時裴元嶺提議讓她代買個禮物贈給裴夫人，裡面是賣女子胭脂水粉的。

他走過去，剛到門口，牆側就閃出了人影，腳步輕響到了身側。是東來，悄然而至，向他抱拳，而後便默默守在門邊。

山宗剛才就是看到他身影才來的，朝裡看一眼，走了進門。

此時過午，鋪中沒有客人，分外安靜，連櫃上的也不在。臨窗所設的案席處，一張小案邊，垂著細密的竹簾，簾邊墜著一縷一縷青色的穗子，掃在坐在那裡的女人裙擺上。

山宗走到那裡，刀鞘伸出去，一寸一寸撩起竹簾。

神容的臉自雪白的下頜，嫣紅的唇，到鼻尖，再到長長垂著的眼睫，如雲的烏髮，在他眼裡完整地露出來。

她似在走神，霍然發現他的刀鞘，才掀起眼睫看到了他。

「正想去找妳。」他低低說，眼睛還在看她的臉：「沒想到妳先找到我了。」

神容想起他先前在車裡說過回頭再見，其實也只能是這般悄悄見罷了。她抿一下唇，輕聲說：「我父親無心見你。」

山宗薄唇抿成一線，點一下頭，開口說：「到現在沒有回音，我便也知道是這個結果了。」

神容站起身：「只是這事，我說完就得走。」

山宗刀鞘一挑，自己矮頭進了簾內，貼在她身前，垂下的簾子剛好擋住了二人上半身，外人不得見。

「這麼趕？」他問。

神容眼裡正落入他一片胡服翻折的衣領，黑漆漆的繡著精細的暗紋，她有些懊惱地說：「我近來出門不太容易。」

當時在書房裡，她父親並沒有給她再開口的機會，便叫她在府內待著，少出去走動，以免遇上山宗。她臨走前本想與她父親說一些話，想想還是忍住了，因為可能說多了，往後連幽州也會被她父親拒之門外，她可能就徹底無法再去幽州了。現在也不過是找理由出來的罷了。

「因為我。」山宗說：「看來只要我還在長安，趙國公都會防著我。」

神容蹙了蹙眉，心裡沒來由的一陣煩躁：「你活該！」

「妳說什麼？」他盯著她。

「我說你活該，說錯了？」神容抬頭對上他沉沉的目光，沒好氣地推他一下。誰叫他當初說和離就和離，如今落到這一步都是他自己造成的。

這一下根本沒什麼力道，山宗卻還是隨著她這一推退讓了兩步，她便自他跟前過去了。

他揭開竹簾出去，看著她帶著東來已離開鋪門前，臂彎裡的輕紗披帛在門邊一閃而過，不禁自嘲地一笑，確實是他活該。

直至天黑時分，山宗才往官驛走。

大街上燈火延綿，人來人往，只有長安城始終如一的熱鬧。他摸著腰間的刀鞘，心裡沉沉浮浮，想起鋪子裡的神容，心更沉，如有石墜。

回到官驛，天已澈底黑了。

館內的驛丞匆忙上前向他搭手見禮：「山團練使出去一日了，可算回來了，快請，有人正等著您呢。」說著就牽住他那匹黑亮的高頭大馬，往馬廄去了。

山宗提刀而立，目光看過左右，發現院中好像多了其他人的馬匹，不動聲色地往裡走。

走到客房，他腳步驟停，拇指抵住刀柄。眼前客房的門是虛掩的，留了一道縫。

他左手推開的瞬間，右手拔出了刀，門內坐著的人一下站起，他的刀已指過去，又收了回來。

屋內一燈如豆，站著身襲深黛圓領袍的裴少雍。方才的刀已穩穩地指住他的脖子，拿走後他的臉還有些發白，腳下不可遏制地後退了半步，皺著眉站定了。

山宗收刀入鞘，拋在桌上：「就是你在等我？」難怪驛丞很客氣，原來是新得新君賞識的蘭臺郎到訪。

裴少雍開口就道：「我為阿容而來。」

山宗掃他一眼，竟然笑了：「是麼？」

裴少雍覺得他這一句滿不在乎，又看到他那笑，似乎根本沒把人放在眼裡，頓生不忿：「我只問你，你想幹什麼？」

山宗倏然掀眼：「這話是不是該我問你？」

裴少雍振一振神：「當初是你負了阿容，如今你又想動什麼心思？」

山宗臉色漸沉，眼底幽深：「我今日心情不佳，勸你在我跟前少說為妙，儘早回去。」說完還自解開緊束的袖口。

裴少雍氣血上湧，一口氣道：「阿容原本該是你的妻子，何嘗輪得到別人來操心。山宗，這可是你自己斷的，你如今又憑什麼想回頭就回頭！」

山宗解著護臂的手用了力，燈火間手背青筋凸起，扭頭看他，又生生忍回去了，忽而冷笑：「你在怕什麼？」

裴少雍驚愕地看著他：「你說誰怕了？」

山宗冷聲：「倘若你不怕，就不會來找我，而是去找神容了，你怕什麼，怕她拒絕你，還是怕我出手你就沒機會了？」

裴少雍無言，原本朗然和煦的臉，如今青白交替。

「我說過了，我今日心情不佳，勸你儘早走。」山宗扯下的護臂隨手丟在桌上，一把聲低沉得駭人：「只要神容眼裡沒你，你在我這裡就不值一提。」若非念在他是裴元嶺的弟弟，神容的表哥，就憑方才那幾句挑釁，他可能已經無法開口了。

裴少雍察覺了，他根本不是可以理論的人。他忍著一口氣走到門口，手還因氣憤而緊握著。

「等等。」山宗忽然叫住他，勾著嘴角，眉眼威壓：「你記好了，神容本就是我的，還輪不到別人來鑽空子。」

午後，紫瑞如常走進神容房裡伺候。

神容正攤著書卷在整理當初去關外探得的地風，其實已經做過了，全然是在打發空閒。

紫瑞近前道：「少主可要出去走走？」

神容搖頭：「算了，免得我父親過問。」她父親昨日還差人來問了她這兩日情形，她便乾脆連房門都不出了。

將書卷收起後，再無他事。神容在桌邊坐著，忽而問：「他如何？」

紫瑞回：「山使應當還沒走，不過聽東來說任務已畢，就不知還能留多久了。」

神容抿抿唇，想起鋪子裡與他那匆匆幾句，一時什麼話也沒有。

忽聽門外有人笑著接了話：「阿容在說誰如何？」

神容抬頭看去，長孫瀾一襲寬逸的杏黃襦裙，輕笑著走了進來。

「阿姊怎會來？」她站起身。

長孫瀾道：「我來叫妳一同去東市品新到的嶺南紅茶，已與母親說好了。」

神容本還想婉言謝絕，聽了後面便笑了一笑：「好吧。」

長孫瀾先去門外車上等待。

待神容更衣描妝完畢，出門登上車時才道：「阿姊今日若也是來為別人搭橋的，那我半道便要下車了。」

長孫瀾聞言一愣，隨即吩咐外邊馬車上路，一邊道：「妳指二弟是不是？上次的事，我也看出妳對他無意了，今日妳放心隨我走就是了。」

神容的確以為是裴少雍，若是他的安排，那半道她便下車，就當是借堂姊的車出門了，「阿姊還是別提了，只當沒有這事，免得二表哥往後難以說親。」

長孫瀾點頭：「這是自然。妳的事，我已聽妳大表哥說了，不是二表弟，沒想到還是那個舊人。」

神容在車中端正坐著，不做聲，她會知道是意料之中的。

長孫瀾看她的神色一眼，拉過她的手，說著姊妹間的私話：「他如今只是一州團練使，對別人而言可算作高官，但我看父親的意思並不滿意，加之山家如今又鋒芒收斂……最提不得的還是當初和離那事，料想此番他來此的目的是絕對達不成了。」

神容臉色淡下去，又想起那日在鋪子裡與他說的那幾句話，低哼一聲：「那也是他自作自受。」

長孫瀾笑起來：「妳既如此說，又何必再回頭看他，大可以將他拋開就是了。」

神容手指繞著腰間的絲條，心想這才是可恨之處，明明氣憤，當時卻還是返去了幽州那趟。

「想得美，我才不會叫他好過。」她輕聲自語。

不是他叫她報復他的麼？

長孫瀾沒聽清，卻被她出神般的模樣弄得笑了笑。

馬車到了地方，正在東市一條大街旁，沿街商旅百姓往來不斷，偶爾穿行過一兩輛貴人車駕。

下了馬車，長孫瀾挽住神容的手臂，與她一同往裡。

神容進去前往兩邊看了看，沒看見熟悉的身影，人已隨長孫瀾走往二層雅間，口中問：「莫非來這裡是大表哥的安排？」

長孫瀾邊踩階梯邊道：「真是什麼也瞞不過妳，否則我如何知道妳的事，可他又不與我說全。」

神容看她一眼：「什麼沒說全？」

「我正是不知道才無從說起。」長孫瀾輕嘆一聲：「妳大表哥只說有些事自己也是胡亂猜想的，並無根據，叫我不要在妳跟前亂提。我雖想問，但想他可能的確不願與我多說。」說到此處，臉色似有些悵惘。

神容停住，再三看了看她的神色，並不知他們夫妻間的情形，也不好多言，只能寬撫：「阿姊不必多想，我看大表哥一直對妳很好。」

長孫瀾回神般笑了笑，點頭：「無事，我們一直很和睦。」她說著指一下前方，「妳先去，我去選茶。」

神容又看了看她，才往前走去。

此時雅間窗邊，裴元嶺站到現在，才算等到了街上打馬而來的山宗。

他帶著兩三個兵卒，不知是從官驛而來還是從官署而來，明明已到街尾，卻沒直接過來，反而停了下來，像在等著什麼。

裴元嶺瞇起眼細看，才算看清遠處有車馬過來了。是趙國公府的馬車。

山宗下了馬，刀拋給身後的兵，大步走過去。

裴元嶺不禁手搭上了窗沿，眼睜大了一分。那輛馬車裡坐的是趙國公。

左右百姓避讓，唯有山宗一步不停地走到馬車旁，筆直站立，身如松柏，面向馬車抱拳。大概說了什麼，但聽不見。

馬車不過是放慢了一瞬，便毫不停頓地自他身旁駛過去了。

裴元嶺看著那道緩緩放下手的身影，孤絕凜凜，如松已入冬。

想著他可真夠膽大的，居然就這樣去攔趙國公的馬車，看著看著，卻又皺了眉，認識山宗多年，從未見過他這般模樣，當年的天之驕子，從不至於要到當街求見這個地步。即便如此，趙國公也沒給他機會。

裴元嶺忍不住嘆氣，忽覺有人，轉頭看去，神容就在他身後側站著，眼睛看著窗外，臉上沒有神情。他立即堆出笑來：「原來阿容已經到了，我竟剛發現，妳看到什麼了？」

神容眼睛動一下，轉過身去：「什麼也沒看到。」

「我還道妳看到什麼了。」裴元嶺笑著看看她：「妳先歇一歇，我稍後再來。」

神容隨口應一聲，聽著他的腳步聲走了出去。

裴元嶺快步到了樓下，直往後院，恰好趕上打馬過來的山宗，無奈道：「叫我做此安排，卻又到此時才來。」

「有點事，」山宗走過來，腳步停一下：「她人呢？」

「到了。」裴元嶺朝上指一下：「不過方才見了一面，好似臉色不好。」

山宗「嗯」一聲，什麼也沒說，越過他進去了。

裴元嶺盯著他的背影看了看，覺得他難得的沉默，不知是不是因為方才的事。他這回突然開口請自己幫忙把神容帶出來，大概也沒料到路上會有遇到趙國公車駕經過這一出。

神容一直沒坐，走了兩步，垂著頭到了門口，眼前霍然出現一雙男人的馬靴，一抬頭就對上雙沉定定的眼。

山宗走到這裡，遇了個正著。

「我就知道是你。」神容的聲音不自覺放輕，卻又故意不去看他。

山宗盯著她別開的臉，細細打量她，她身上穿著直領的高腰襦裙，坦著如雪的頸邊，腰肢細軟，不覺聲也低下：「還氣著？」

「我氣什麼了？」神容挑眉，仍不看他。

山宗看著她故作雲淡風輕的模樣，就知道她還是嘴硬，順著她的話說：「是啊，妳氣什麼，我此時才是出氣無門。」

神容頓時轉過了臉：「你憑什麼氣！」

山宗嘴邊掛著抹笑，彷彿就是在激她回頭一樣。

神容差點又要說「那是你活該」，想起剛才街上所見，終是沒說出口。

其實她都看見了。他自然有那個膽識去攔她父親的車駕，但以往在她跟前多耀武揚威，如今就有多收斂，就如同他當時認真求娶的那次。

她回想著剛才車駕經過，他站在那裡依舊筆直的身影，不知道他當時在想些什麼。

忽來手臂一勾，她腰被摟了一下，一下貼至他身前。

山宗叫她回了神才放開她，低頭看著她：「發什麼呆？」

神容一直沒聽他提起這事，只能當不知道，卻又想起了堂姊的話：「你這次來長安，註定是沒有結果了。」

山宗喉間一動，眼底沉沉，「我這次任務不能停留太久，大概確實如此了。」正因知道時間不多，他才會直接去攔車，但若趙國公都不肯見他，裴夫人就更無可能了。他只在心裡過了一遍，看她時又咧了下嘴角：「放心，是我要娶妳，這些自然是我來解決。」

神容被他的話弄得眼神飄了飄，心裡一緊一鬆，如被隻手輕揪了一把：「巧舌如簧。」

話音剛落，外面傳來上樓的腳步聲。神容聽見，猜想是堂姊或者大表哥來了，立即走開一步，退離他身前。

山宗眼見彼此瞬間拉開幾步的距離，默默抿去了臉上的笑。他們之間若不能正大光明，就永遠都會這樣。

外面上樓的腳步聲由遠及近，一路急切，直到門外：「頭兒，幽州軍務。」是個兵卒。

山宗目光掃向屋門，快步出去。

神容怔了怔，跟著走出去，那個兵卒已經匆匆下樓去了。

山宗手裡捏著個冊子，收入懷中，轉頭朝她看來：「我需即刻去處理軍務。」

她的眼神在他身上轉了轉，覺出不對：「可是有事？」

山宗看了看她，眼似比平常更顯幽沉：「沒事。」說完便要下樓，下去兩步，腳步一停，驟然返回，捧著她的臉低頭親了下來。

神容唇被重重一揉，混著滾燙的呼吸，尚未回神，他已鬆開，對著她的雙眼喘了口氣，又轉身繼續下樓走了。

裴元嶺緊跟著就上來了，朝下方看了一眼：「這是做什麼，好不容易叫我帶妳過來，他這便走了？」

神容抿住滾熱的唇，下了幾步臺階，外面已看不到他的身影了：「嗯。」

明明還有話沒說完的模樣，忽而就走，她始終覺得應是有事。

半個時辰後，神容被長孫瀾的馬車送回了趙國公府。

進了府門，正遇上她父親站在廊上。她不禁想起先前所見，山宗被冷落在街頭的事，走過去喚了聲：「父親。」

趙國公問：「今日隨妳阿姊出去了？」

「是。」

趙國公點點頭。

沒想到裴少雍也在，正站在廊柱側面，走近了才發現。

神容看到他身上穿著簇新的官袍，踩著六合靴，如常喚：「二表哥。」

裴少雍看了看她：「我今日是來傳令的，聖人收到首批金十分滿意，已著我擬旨封賞，又覺礦山重要，要下令幽州團練使儘早回去了。」

趙國公只「嗯」了一聲，到他這年紀，已能寵辱不驚了。

神容心裡有數，這是遲早的，所以山宗才說這次任務不會久留。她看了父親一眼，覺得他應是輕鬆的，山宗要走了，不用防著了。

「父親處理吧，我先告退了。」她轉身走了。

裴少雍看她的身影遠去，忍不住猜測她是不是因為山宗之故，轉頭又看趙國公，好幾眼，終於忍不住問：「聽聞山宗求過登門，姑父如何說？」

趙國公一下想起的卻是先前被那小子當街攔車的事。若是別人，會覺得莽撞冒失，但他自簾內往外看了一眼，卻只看到山宗挺直的脊背，沉定的眼，彷彿他不得不來，理所應當地要來一般。

「可惜了，」趙國公負手身後，嘆息一聲：「我當初很是看好他，誰知他婚後會做出那等事，如今隔了幾年再見，竟有些看不清楚這是什麼樣的人了。」

裴少雍還記得他在官驛裡放過的話，那股狠勁，根本不像世家出身的。

「確實看不清，」他低聲道：「聽檀州鎮將周均說過，他曾臨陣失信，這樣的人，娶了又拋開也不是稀罕的了。」

趙國公頗為詫異：「竟有此事？」

裴少雍愣了一下，方才說這些是有些氣憤的，說出來後又覺不妥，皺眉道：「我也不知真假，只是聽到這說法罷了。」

趙國公緩緩走動兩步，「戰事歷來都有記載，是否有此事很容易知道……」話到此處，卻又一頓，趙國公想起來，上次查到那小子官職便廢了好大周折。此事他一直沒與神容提過，稍一沉吟，對裴少雍道：「你如今既然是蘭臺郎，應當有機會去查證，子虛烏有的事，不應當提。」

裴少雍愣了愣，垂頭稱是，暗自記下了。

第二十五章　密旨

一匹快馬如風一般，在荒無人煙的僻靜小道上飛馳，直至迎上大隊而來的兵馬，急急勒停。

馬上的是趕著報信的兵卒，停下即報：「頭兒，百夫長胡十一和張威帶隊，按您預留的法子，在關城前抵擋住了！」

山宗勒馬半道，身後是隨他此行送金的兵馬，沉著眼點頭：「擋到我回去為止。」

兵卒立即抱拳，調頭又去傳信。

山宗揮手，後方兵馬齊動，繼續往幽州方向速行。他卻停了一下，往身後遙遙的長安城闕看了一眼。

只一眼，他就回過了頭，策馬疾馳，踏塵而去。

東來沿著趙國公府的迴廊，快步走向神容住處。

至門外，恭謹喚：「少主。」

神容走出來，看他垂著頭，額上有細密的汗，便知他剛從外面回來，兩手輕輕握住：「他走了？」

「是。」東來答，聲音放低：「未等長安官署的命令到官驛就走了，但山使留了話給少主。」

神容蹙眉，越發覺得有事，不然他不會走得這麼急：「說吧。」

「他說，在幽州等妳。」

神容立時耳後發燙，這一句從別人口中傳達，便出奇的直白，心卻往下落了落，低低說：「他憑何認定我還能再去幽州？」這一趟他無功而返，她恐怕再也沒機會去幽州了。

東來道：「屬下不知，但山使就這麼說的。」

神容聽他這麼說，簡直可以想像出山宗說這話時的神情，一定又是萬分篤定的。她思來想去，還是覺得不太對，越過東來走了出去。

到了她父親的書房外，正遇上她父親出來，一身肅正的官服，頭罩烏紗進賢冠，應是剛下朝回來不久。

「父親，」神容快步走近：「我想知道河東一帶解禁沒有？」

趙國公停下道：「沒有，妳問這個做什麼？」

神容猶豫一下，還是說出了心裡的隱憂：「哥哥這麼久沒有來信，我有些擔心。」她總懷疑幽州出了事，否則山宗不會不等命令到就提前走，當日叫大表哥特地將她帶出去相見，卻連話都沒說完便離去了，當時來的分明是幽州軍務。

趙國公眼角擠出細細的紋路：「他確實許久沒有來信了，雖眼下無法互通，來報個平安也是應當的，何況剛煉出首批金，更應來信才是。」

神容也正因此覺得不對，她起初覺得是因為她留的那張紙叫長孫信不高興，所以沒來信，但金已煉出，礦山現世，帝王封賞之際，總該有消息來。

忽來一個僕從稟報：「國公，宮中來人送賞了。」

趙國公聞言立即整衣，對神容道：「今日朝上聖人已加了國公府采邑，不想眼下又來送賞了，我先去答謝，有事不妨稍後再說。」

神容只好先放下這點擔心，讓開兩步。聽聞新君不喜排場，以往但凡有宮中來人，無不是全家恭迎，在他那裡，從未有過，如今也只有她父親出面即可。

待她父親已走遠了，她想了想，還是決定悄悄跟去看看。

一個頭戴高帽的內侍站在前廳內，正在與趙國公說著話——

「聖人已令幽州團練使速返，是為礦山安穩，也是有心召長孫侍郎回京當面受賞。」

桌案上擺著幾只漆盒，打開著，隱約可見兩柄碧綠通透的玉如意，幾斛明珠，大約是賞給府上女眷的。

神容悄悄立在窗外看了一眼，對此番話有些意外，國中歷來的規矩，凡召至當面受賞的，都是帝王極其重視的。看得出來這一批金及時送到，讓新君很是滿意。

果然，便聽她父親道：「聖人恩德浩蕩，自當遵從。」

內侍道：「趙國公不必客氣，特地來此傳訊，其實是傳一句河洛侯的話，待侍郎回京之際，礦上當有人接手領頭，屆時河洛侯可著人協助。」

此言一出，神容眼睛一動，往廳裡看去。

她父親雖臉色未變，面上的笑卻頓了一頓，隨即道：「河洛侯有心，礦上有工部官員在，理應可以自行料理。」

內侍搖頭：「國公有所不知，聖人如今十分重視那礦山，為求穩妥，河洛侯才會有此提議。」

趙國公略一沉吟，又笑道：「那不如就由我親自走一趟。」

內侍忙豎手阻攔：「萬萬不可，何至於要國公親力親為，聖人絕不會允。」說罷施禮，離去了。

趙國公朝窗戶看來：「妳都瞧見了，進來吧。」

神容離開窗邊，走入廳內：「父親認為河洛侯為何要在此時提出協助？」

趙國公皺著眉：「我看河洛侯平時為人君子，倒不像是那等半道橫插而入要攧人功勳的，卻又不得不防。」

洛陽的河洛侯當初扶持新君登基有大功，舉足輕重，輕易不可得罪。如今金礦隨著運送入京的這一批金現了世，他卻突然有心協助。這所謂的接手是僅僅幫著長孫信看一段時間，想分一杯羹，還是全權接過，實難預料，也就很難斷定他的意圖。朝堂詭譎，剛受賞便來此一出，不管怎樣，都不是個好消息。

神容默默理著頭緒，不知幽州情形，也不知她哥哥如何了，更不知山宗此時到哪裡了，在忙什麼，現在又來了這一出。

她沉思一瞬，卻陡然回味過來，看了看她父親，輕輕啟唇，「其實父親若不放心，我可以去接替哥哥，正好也看看他情形如何。」話說完時，心口已不可遏制地緊了緊，她暗暗捏住手指，又補一句：「只要父親相信我。」

趙國公面白無鬚的臉對著她，看了好一會兒，嘆息一聲：「妳知道我歷來是最信妳的，否則第二次就不會准妳去了。」

確實，趙國公其實也想到了，屆時只消呈報宮中已派人在場，附上她的礦眼圖，總比那些半道接手的人可靠，聖人雖年少卻不是愚昧之徒，也就能將河洛侯的「好意」給順理成章地婉拒了。

神容心中微動：「父親還是在意山宗。」

趙國公道：「那小子既對妳有心求娶，我怎能不在意。」

神容動了動唇：「那……難道就讓河洛侯的勢力滲透入我長孫家？」

趙國公頓時眉心皺成了川字，她看得清楚，這正是他不願的癥結所在。

許久，趙國公又看她一眼，垂眼感慨：「其實整個長孫家都知道，這金礦問世的功勞，妳居首位，妳也是最適合去那裡的人，我本不該阻攔。」

「我不在意那些。」神容的語氣滿不在乎：「我只會這個，便一展所能罷了。」這家裡不管她經歷了什麼，總給她遮風擋雨，不曾讓她受過半分委屈。便是現在，她的父母所做的決定也無不是在為她著想，她又豈會在意什麼功勞。

神容說到此處，忽而會意，看著他：「父親是鬆口了？」

趙國公無奈而笑：「我確實有些擔憂妳哥哥，也確實信妳，只怕妳母親是不會放心的，還好她不知道那小子前陣子做了什麼。」

神容明白：「母親從來不是不體諒緣由的人，只不過還是因為我的事罷了。」

趙國公點頭，良久不語。

一刻後，紫瑞和東來在房門外等到了返回的神容。

她進屋之前，停一下：「他就留了那句話給我？」

東來垂著頭：「是，就說在幽州等少主。」

方才在前廳裡，最終商議的結果，是趙國公的一句話：「還是待到河東一帶解禁了再說。」

神容便知道，她父親還是鬆口了。她心裡有一處忽而冒出個念頭，山宗是親手交接了那批金的，他是不是早料到新君會當面召賞她哥哥，所以才會留下一句在幽州等她。若是這樣，這男人的心思也太深了。

她往北看，全然不知幽州現在如何了，也不知他到何處了。

幽州，橫踞山嶺的關城之上，深更半夜，漫天星子，周遭卻瀰漫著一股煙火嗆鼻的氣息。

胡十一和張威帶著人守在關城上，關城外的下方是剛剛退去的一波敵兵，留了十來具屍首。

「他娘的，這次怎麼來了這麼多！」胡十一呸一聲，吐出一口帶著煙塵的唾沫星子。

山宗練兵常有預備之策，就是為了應付這種突然而至的侵擾。過往這些年一回沒用過，便是之前有一股精銳想摸混入關，也是圍網狙殺便剿滅殆盡了。沒想到他這回押著金子去了趟長安，對方倒有些肆無忌憚了，只能用上應對之策。

胡十一和張威連日來數番用了火攻，才將這波敵兵暫時掃退了。

張威滿頭滿臉漆黑，先下令城上的兵滅了火把隱藏人數，接著一頭靠在城頭上喘粗氣：「頭兒以往說過，這種情形還會再攻一波，不能掉以輕心。」

胡十一抹把臉：「你說打建立屯軍所以來，就沒跟關外的開過戰，頭兒這是從哪兒知道這些關外的進攻路子的？」

「咱們跟著他這幾年是沒開過戰，難保他以前沒有過啊！」

胡十一反應過來了：「是了，我被那些關外的狗賊給搞懵了。」

張威摸黑灌口水：「軍報送去長安多日了，頭兒肯定會急行軍趕回來，指不定快到了。」

胡十一搶過他的水囊，也灌一口，喘氣說：「那有什麼，在他回來前便將這些狗賊給滅了。」

二人剛歇了不到半刻，忽聞尖銳笛嘯。胡十一拔地而起：「他奶奶的，果然還有一波！」

張威馬上調人：「快去！是礦山的方向！」

長孫信坐在礦眼附近，忽聽到那聲笛嘯尖銳刺耳，頓時驚了一下，又沒好氣地擦了擦額上的汗。他被困在這望薊山裡有好幾日了，對這四處示警之聲已聽了多次，還是不太習慣。

倒不是出不去，而是不能貿然走。這裡現在不太平，好好的冶煉著礦，忽然關城四處受到了侵襲。

軍所前陣子送出消息往長安時，他其實已與那幾個工部官員避開了。隔幾日，恢復安定了，又回來繼續冶煉。不想一回來，對方又捲土重來，還變本加厲了。

連日下來四周都不安定，那日原想再出山迴避，沒想到忽來飛矢，在他們眼前有兵中招倒地不起。霎時沒人敢出去了，他身為工部侍郎，也不能罔顧下屬性命，強行要求他們出山，就只得在此先待著。

那群重犯都被押在下方採礦的坑洞裡，下面久了會悶，他和官員們只得出來透風。

不遠處火光一陣一陣，火油燒著的大甕正在抵擋這一波。還是有人混進來了，尖銳的笛嘯一陣一陣。有火把在附近閃動，看起來是軍所的人在往這裡趕。

長孫信知道每一波抵擋都會有危險，起身迴避，卻見那群人直奔這裡而來，比平時快了不知多少。

「侍郎小心！」不知後方哪個工部官員喊了一聲。

長孫信已來不及迴避了，這到眼前的不是軍所的人，而是十幾個披頭散髮手持寬彎大刀的敵兵。一旁守著的軍所兵卒迎了上去，近身搏鬥。

長孫信這才沒被一刀砍倒，馬上便往坑洞跑。

遠處張威帶隊而來，急急叫：「侍郎快躲好！」

長孫信暗叫不好，叫他什麼侍郎，那群人不得卯足了勁來抓他！

果然那幾個混進來的敵兵一邊搏鬥，一邊又有人往他這裡來了。

張威趕來，阻攔了那幾人。

長孫信順利避開，倒離了坑洞一大截，反倒無法下去迴避了，只得退去那幾個官員藏身的山壁處。

胡十一那頭在叫支援，張威還在這頭擋著，這一波有些棘手。

長孫信正憂慮，忽見張威旁有幾道利影射來，似是箭矢，在他周圍纏鬥的敵兵倒了好幾個。

遠處有兵喊：「張百夫長，換策抵擋！」

張威回：「誰下的令？」

「頭兒！」

高聲未落，馬蹄聲已至。

飄搖的火光裡，山宗策馬而來，一躍而下，只看得清一個模糊頎長的身形，抽刀就解決了兩個眼前的敵兵，沉聲問：「長孫信呢！」

長孫信還未答話，張威已大喜過望地指了一下：「在那兒，頭兒！」

山宗大步走至：「帶上你的人，馬上跟我走。」

長孫信愣一下，反應過來，也不含糊，朝左右揮手：「走走走，快走！」

工部那幾個官員跟著長孫信，長孫信跟著山宗，直到出山道邊。

山宗身邊迅速聚攏來幾個兵，牽著馬送過來。

長孫信也來不及問他長安那些事了，匆匆坐上馬背，一身都是汗。

山宗上馬，親自帶人護送：「走！」

一行人的馬在黑暗裡深一腳淺一腳地出山，委實快不了。山宗在長孫信左側，幾乎並駕而行，忽然一手按在他背後。

長孫信猛然低頭，差點臉貼到馬背，嚇了一跳，一抬頭，卻看到他手收了回去，從手臂上拔了什麼隨手扔了。

「那是什麼，剛才是你救了我？」他不太確定那是不是飛矢。

山宗抽出刀，故意說：「你如今不同一般了，救你也是應該的。」

長孫信被他一下噎得說不出話來，奈何他這是救命之恩，只能忍著。

也沒時間給他們說話，馬已出山。

山宗目力過人，眼觀四方，不知是不是因為受了傷的緣故，聲音很低：「別回幽州，往檀州走，或者再遠點去河東暫避，待這裡解決乾淨了再回。」

長孫信大驚失色，只不過黑夜裡看不出來：「竟有如此嚴重？」

「不嚴重，」山宗沒多說：「反正你也要被召回京了，只當先趕些路好了。」

長孫信還沒問他如何知道，就被嚇到的官員們催著往前。

山宗叫兵馬繼續護送，要走之際，又說一句：「若寫信回去，別告訴神容這裡的情形，在她來之前我就解決了。」

長孫信愕然回頭一看，眼前只剩下他疾馳回山裡的身影。

他居然說阿容還會再來？

天青白半亮時，又一波燃著火油的箭矢射了下去，關城下燒灼了一大片，如蟻隱沒的敵影往山林間漸漸退卻。

被煙火薰得灰頭土臉的胡十一小跑著回到了礦眼附近，喘著氣報：「頭兒，這波好不容易叫他們撤了！」

山宗坐在大石上，衣袖捲起，嘴裡叼著根白布帶子，往小臂上纏，裹住了手腕處一截斑駁的刺青後，收了個頭，拉下衣袖：「嗯，還是按我昨夜定好的辦。」

昨夜他一返回就調整了對策，抵擋關城侵擾時，又下令暫閉幽州城門，從這山裡，到整個往來道上都要洗一遍。

胡十一心定不少，擦了擦臉：「都已傳令下去了，這群狗玩意兒，這回混進來不少！」

山宗說：「有飛矢不一定人多，是想叫山裡自亂陣腳，拿關城地圖來。」

胡十一立刻從懷裡掏出地圖，在他眼前攤開。

張威從另一頭過來，和胡十一挨著擠在他跟前：「頭兒還有什麼安排？」

山宗指了個幾個地方：「這幾處出過飛矢，趁天亮帶人去多洗幾遍，把他們的後路封死。」

張威主動帶隊去辦了。

胡十一又抹下臉，抹出一道黑灰印子也渾然不覺，從懷裡摸出紙包的軍糧，剝開，掰下一塊乾硬的肉乾遞過去：「頭兒，你這一路趕回來還沒歇過，又受了傷，要不找個軍醫看看，歇上一會兒？」

山宗接了，掃了面前的山一眼：「沒事，守好這座山就行了。」

胡十一心裡有數，這可是金礦，那長安宮裡頭的聖人現在肯定看重著呢。想到長安，倒是難得可以趁現在說幾句閒話了：「頭兒，你這次去長安也就待了幾天吧，都幹什麼了？」

山宗捏著肉乾，咧起嘴角：「少廢話，沒什麼好說的。」目的沒達成，自然沒什麼好說的。他咬了口肉乾，想起神容，不知道她聽到他留的話會作何感想，想著想著嘴角就勾得更深了。

胡十一嘖聲，還沒說到金嬌嬌呢，這就不說了，只能看著他的神情瞎猜測。

天光又亮一分，山林間霧氣繚繞。坑洞下，那群重犯被陸續押了上來，這時候才被允許出來放風，解決吃喝方便的雜事。

山宗掃去一眼，鎖鏈聲響，一群人挨個緩行，腳鐐沉重，頭髮又長長了，大多已到了肩頭。只有未申五扭頭朝他這裡看著，雙眼陰沉，左眼白疤扭曲，笑得嘲諷。

胡十一看到了，忍不住想去揍他：「這怪物是不是又想找抽，咱們在這裡拼死拼活，他倒跟看好戲似的！」

未申五居然聽到了，呸一聲，在一叢雜草旁蹲下來：「老子看好戲也是看姓山的！狗東西這回又沒死成，也好，最好他日死在老子手裡。」

胡十一這下是真的忍不住要去動手了，卻見身旁山宗一動，起身抽刀，往那裡去了。

重犯們三三兩兩散布在附近，忽見他抽了刀，全都不約而同看了過來，人人鎖鏈拉扯，神情戒備。

一旁兵卒們執鞭嚴守。

未申五已經繃著渾身做好準備了，一雙眼陰駭地盯著他。

山宗卻直直從他身旁走過，纏著布帶的手露著一截斑駁烏青，拎著刀，往最遠處蹲著的甲辰三走去。

他頓時面露狠色：「你想幹什麼？狗日的！有種衝老子來！」

山宗沒理他，忽然快走幾步，一把按下甲辰三的後頸，刀脫手擲了出去。與此同時，一旁已有兩個重犯鎖鏈一響，想要撲過來。

卻見刀飛去的地方，兩三棵樹外，倒下一個半蹲的身影，披頭散髮。

兩個兵卒快步過去，拖出那個敵兵，對方臂上綁有小弩，上面飛矢已經搭上弓弦。

差一步，這飛矢就會正中離得最近的甲辰三。

山宗大步過去，抽出自己染血的刀，回頭時沉聲下令：「上關城，再擋！」

胡十一這才明白過來是怎麼回事，這群狗賊居然又來了！馬上跟著調人：「跟我走！快！」

山宗提刀而去時，掃了未申五一眼，馬靴踏過山間碎石走遠，一個字都沒跟他說。

甲辰三這才從摔倒的地上爬起來。

未申五半身抬起，剛才以為他要動甲辰三，差點要過去拼死纏鬥，此時才緩緩蹲回去，盯著他的背影，許久，怪笑著呸了一聲。

周圍的其他重犯卻都一聲不吭。

長孫信疾奔一夜一天，到了檀州地界。他本就在山裡困了多日，體力一空，實在抵不住了，馬也累了，不得不停下整歇。

周圍是荒無人煙的曠野，身旁的幾個官員下馬後一屁股坐在了地上，累得直喘息，什麼京官儀態也顧不上了。

跟隨他入山的幾個護衛也一併跟了出來，此時過來了一個，扶他下馬。

長孫信從馬上下來，只能勉強端著往日風範，整了整衣袍，扶著馬背一聲一聲地喘氣。

軍所護送的兵卒給幾位官員和護衛分送了軍糧，也給他遞來一份：「請侍郎吃些。」

長孫信一見就皺眉擺手。他被困這麼多天，不知吃多少回這東西了，這麼硬這麼乾，哪裡吃得下，再餓也不想碰了。

那兵只好收回去了。

長孫信往後看：「後面還有敵兵追著沒有？」

兵卒抱拳：「侍郎放心，離開幽州地界就甩開了。」

長孫信心有餘悸，山宗居然說對了，有幾個漏網之魚摸出了山，往幽州城去的方向都有蹤跡，可能是想混進城。還好他們走的是反向，離開了幽州。

忽見遠處一隊人馬從荒蕪的盡頭遙遙而來。一個官員站起來，急切問：「那可是官兵？」

一個軍所兵卒看了看：「是檀州周鎮將的人，大概是巡邏的，若侍郎決定在此處停留，那咱們就返回了。」

長孫信記起了先前被請去周均府上的事，猶記得那位周鎮將對山宗不滿，大概是不歡迎幽州軍的，也就不奇怪他們說要走了。

他覺得那日神容當面甩了周均一回臉色也有些尷尬，嫌麻煩，乾脆道：「不在這裡停留了，再往前出了河朔大地，直接去河東便是。」

他這麼說了，其他官員只好認命般跟著爬上馬背。

長孫信帶路道：「繞開他們，往那頭有山的地方走。」

在那隊人馬接近之前，他們便轉了向，往偏僻山嶺而去。這條道沒人走過，實在不好走，雜草亂石遍布，混著山林間的荊棘，簡直是他們用馬蹄在開路。所幸長孫信身懷山嶺脈絡的知識，還不至於迷路。

直至天就快黑下，他們才繞過這片山嶺。

穿過荒野間的林子，正要回到官道上，遠處又有一陣馬蹄聲踏來。

長孫信這幾日受驚不小，剛聽清那陣馬蹄聲越來越近，只看清共有十來人陣仗，管他是周均的人還是敵賊，第一個反應便是打馬回野林子裡去。

外面馬蹄聲停了，卻有一匹快馬獨自衝了進來。

兵卒和護衛齊齊抽刀防衛，便聽一道女子聲音喊：「慢著！」

長孫信從馬上一回頭，正對上對方探究的臉，立即往後仰，一臉詫異：「怎麼是妳？」

山英坐在馬上，穿著對襟繡紋胡衣，綁束男子髮髻，正傾身貼近來看他，也很意外：「我方才瞧見林子裡閃出來的人像你，還以為瞧錯了，追來一看，竟真是！你怎麼成這副模樣了？」

長孫信此時狼狽，月白的袍子沾染了塵灰，玉冠束著的髮髻也亂了，又累又餓，人都消瘦了一大圈。

他自己也有數，攏唇乾咳一聲，故意不答：「妳怎會在檀州？」

山英被岔開了話，忘了追問，坐直了道：「我正是來找你的，長安來了聖令，八百里加急送到的，說要召你回去面聖受賞。河東還未通，便由我山家軍代為傳訊。」其實哪裡用得著她親自來，無非是她想藉此機會來悄悄看她大堂哥一眼，山昭想來都沒能來得了。

長孫信頓時想起了山宗的話，竟被他說了個正著。再一想，忽覺真的過去太久了，一邊往林外拍馬一邊道：「快讓我寫封信回去，最好也給我八百里加急送回去！」

山英跟著打馬出去：「現在？」

「找個地方不就行了。」長孫信很急，怕是家裡現在更著急。

山英只好道：「那成吧，你這模樣也的確要休整。」說著往後看了看，「對了，你帶著這些人是要去何處？」

長孫信已經疲累饑餓得不想說話了：「去妳那裡，還能去何處。」

山英覺得不對勁，轉頭北望：「莫不是幽州出什麼事了？」

長孫信勉強打著精神：「妳不是總說妳大堂哥天縱英才，有什麼好擔心的。」說完又輕咳一聲。本想直說的，念在山宗救了自己一回，他既然說不提幽州情形，那便不提好了。

數日後，八百里加急快信從河東出發，送至長安趙國公府。

神容挽著輕紗披帛，坐在軟榻上，親手拆閱了那封信，看見哥哥熟悉的字跡，才算放心。她抬頭，將信遞給一旁等著的裴夫人道：「哥哥來信說已到河東，平安無事。」

裴夫人接過，端莊地笑起來：「那就好。」但緊接著，她臉上的笑緩緩隱去，又笑不出來了，反而嘆了口氣，低頭去看長孫信的信，「他是快回來了，卻又要妳去這一趟。」

神容往對面坐著的父親看去。

趙國公端著茶盞送到嘴邊，也看她一眼。

父女二人都想起了那日商量好的事情。趙國公終究是要開口的，但對裴夫人說了便是意料之中的結果，自然又是惹來一陣不快了。

他放下茶盞，起身朝她點個頭，先出了門。

神容輕輕起身出去，在門外跟上他腳步：「父親，河東雖還未解禁，但既然哥哥已到河東，我也該出發了。」

趙國公停下，看她一眼：「妳既然這麼說，我也不攔妳。」

神容輕聲說：「母親還得靠父親來安撫了。」

趙國公道：「她聽說了河洛侯的事便知道是事出無奈，也沒辦法。這麼多年都是我安撫過來的，還能有誰安撫得住她？」說著竟笑了。

神容也忍不住笑了，難得心裡輕鬆，屈了屈膝，轉身回住處。

走到房門口，她又回憶了下哥哥的來信。那封信裡只說了他平安地抵達了河東，幽州的事什麼也沒提起。

紫瑞走了過來，瞄了瞄她，小聲道：「少主是想起山使了？」

神容回：「誰說的？」

紫瑞朝她的手瞄了一眼。

神容垂眼，發現自己手裡捏著袖口，袖口邊露了一半那崇字白玉墜。她雲淡風輕地塞回去：「準備啟程了。」

紫瑞一愣，趕緊去通知東來。

神容將那玉墜往袖口深處塞了塞，撇撇嘴，心想明明是在想幽州是不是發生了什麼事罷了。

宮廷深處，幽幽殿宇之內，豎著一排一排高大的木架。

架上收藏宮中舊典，厚厚的竹簡一摞一摞，黃絹一捆一捆，久未有人至，已經多處落了細細的灰塵。

暗暗的光從窗稜裡投入，角落裡，裴少雍悄無聲息地站著，輕輕拂去一卷黃絹上的灰塵。

據說先帝駕崩後，所有東西都移到了此處，他出入多次，也沒找到有關山宗參與過的戰事記載，卻找到了這個。

這一卷收在最深處，似乎合上後就再也沒打開過，如今攤了一段在他眼前。他看過去時，瞬間雙目凝固。

眼前一行豎著的字：永鎮幽州，不出幽州。

卻沒有結束，後面還有一句：若有違背，悉聽懲治。

下方落有遒勁手書：山宗。附帶指印。

裴少雍搭在卷上的手難以抑制一般，往後展，卻是空白，直到赫然一個紅印跳出。帝王御印，旁書朱筆刺目的一個「密」字。

他大驚失色，手一縮，心神似已懸在喉間，慌忙將黃絹卷了回去，手忙腳亂塞回原位，險些把架上打翻。

外面傳來腳步聲，他匆匆走了出去。

一個小內侍在門口遇上他，躬身見禮：「原來是蘭臺郎，何故臉色如此蒼白？」

裴少雍訕訕：「走錯地方了。」

小內侍笑著給他指了指：「今聖手卷都在這頭呢，那裡頭是存放先帝聖物的地方。」

「多謝……」

半個時辰後，裴少雍出宮，騎馬直奔趙國公府。

一個僕從快步從府門前迎過來：「裴二郎君到了。」

裴少雍不等從馬背上下來就問：「阿容可在？」

僕從搭手回：「少主出府去了，近日都不在府中。」

「去哪裡了？」

「不知。」

裴少雍在馬背上坐了會兒，默默皺起眉，轉頭打馬走了。

「頭兒，他們退走了！」關城上，張威帶著人，迅速自另一頭趕至山宗跟前。

山宗在城上往下看，大片倒塌被燒的樹木，來不及被清走的敵兵殘骸傾倒其間。他只掃了一眼，轉回頭：「清場。」

張威抱拳，轉身去清點己方士兵情形，搜捕漏網之魚。

山宗下了關城，所過之處是已經動過的陷阱和埋伏，此時也有士兵在清理。他拖著刀，走到礦山裡，背靠上棵樹，才合了下眼。

一個兵卒走過來，捧著水囊遞上：「頭兒。」

山宗睜眼，將血跡斑斑的刀一放，接了水囊拔塞，仰脖喝了一口，又倒了抔水洗了把臉，才算打起精神。

待兵卒走了，他抹了把臉上殘餘的水漬，抬眼就見面前多了個頭髮蓬亂的人影。

是甲辰三。他亂髮齊肩，兩鬢髮白，拖著手鐐腳鐐站在七八步外，忽然開口：「那日的事，謝了。」

山宗盯著他，什麼也沒說。

甲辰三並不需要他開口回應什麼，說完就走了。

遠處，未申五早就盯著這裡，在甲辰三走回去時又看了山宗一眼，這回倒是沒說什麼風涼話。

山宗目光掃過二人，一言不發轉身走了。

忽來一個兵卒急衝到他面前：「頭兒，胡百夫長中箭了！」

山宗立即大步往前。

到了半道，張威打頭而來，後面兩個兵卒以木板擔著背中長箭的胡十一匆忙而至。

山宗看那箭一眼，敵方最後退走前為掩護射出的一波箭雨，沒想到他沒避過，已經趴著昏死過去了。

「回城！」他下令，轉身快步出山。

礦眼附近，未申五和甲辰三蹲著，仍然盯著他。

「他也就這時候像個人！怎麼中箭的不是他呢，呸！」未申五怪哼。

甲辰三沒接他的話。

未申五看他不做聲，齜了齜牙，沒再往下說。

幽州城內，趙進鐮自官署匆匆趕到城門下的屋舍前，已是兩個時辰後的事了。

這陣子山裡出事，他這個首官卻因暫閉城門而無法去山裡親見，此時收到消息山宗率人回了城，趕緊來過問情形。

掛著醫字牌的屋子前守著兩個兵，裡面站著急得直轉悠的張威。

趙進鐮走進去，小聲問：「如何了？」

張威抱拳道：「幾個時辰了，還不知道情形如何。」說著又開始心急地轉悠。

趙進鐮一時唏噓，往裡間看，沒一會兒，門上布簾被揭開，山宗走了出來。

他忙問：「沒事吧，崇君？」

山宗在胡椅上坐下，緩了口氣，伸出一條腿，似放鬆了些，點點頭：「箭取出來了，等人醒就行了。」

「那就好，那就好……」趙進鐮拍拍張威肩，意思是可以放心了。他回頭又問：「那山裡現在如何……」

話及時收住，山宗抱著手臂，已經在椅子上閉上雙目，薄唇緊抿，一張臉微帶疲憊。

趙進鐮朝張威招招手，輕手輕腳走出去。

到了外面，張威才告訴他，雷大和其他幾個百夫長帶人去山裡接替了，山宗不放心，連日清洗山裡山外，軍所的兵馬已經調動過多番，眼下算是安穩的，畢竟抵擋住了，關外的敵兵退走了。說完又道：「頭兒是真辛苦，從長安趕回來後，這麼多天吃住一直都在山裡，沒睡過一個安穩覺，身上還帶著傷，早該好好歇歇了。」

趙進鐮嘆氣：「那還不是因為他任命時就立過話，要必守住幽州，實在是辛苦。」說完朝裡看一眼，乾脆將門也帶上了，讓他好好歇會兒吧。

河東，山家軍駐紮之所。

院中涼亭裡，山英一本正經地傾著身，盯著面前一張大方盤裡的沙土。

這本是堆出河東一帶眾多城池地形的沙盤，平日裡用以直觀演兵，如今卻被一隻手多捏出了幾座山形的走勢。

長孫信收回手，指著其中一道說：「此山走勢，我們稱之為龍樓，高聳入雲。」休整了一陣子後，他已恢復了往日的翩翩風采，說這番話時頗有些不凡氣度。接著又換一道沙土堆指了指，「這一種，稱之為展誥，聳起兩角，山體傾斜，不過這其中的門道要說起來就複雜了，非一時半刻不能道明。」

山英聽得驚奇：「聞所未聞，你們長孫家的本事真是獨到。」

長孫信抖一抖袖，負手身後，面有得色：「告訴妳這些，好讓妳以後對河東山勢多瞭解一些，權作這些時日招待我與諸位官員的答謝，我也不是白住的。」

山英並不在意這些虛禮，抬頭看他，由衷讚賞：「星離，你可真叫我刮目相看。」

她語氣坦然，那雙眼眨也不眨地盯著他，長孫信不知怎麼就不太自在，攏手在唇邊連咳兩聲，心底卻又莫名地很受用，一邊咳一邊竟想笑，到底是忍住了，正色指了指方才的沙土堆：「當日妳遇到我的那片山嶺就是這類。」

山英看了一眼，還沒說話，一道少年身影從遠處快步而來：「堂姊！」

山昭穿一襲銀甲，走到亭外，看到二人皆在，停了下來：「你們在商量事情？」

山英還沒說話，長孫信搶話道：「沒有，你為何如此匆忙？」

山昭被拉回正題，笑著對山英道：「好事，整頓完了，河東這兩日就要解禁。」

山英聞言，頓露喜色：「這麼說，我們山家軍此番協助，是提早完成了河東整頓，也算樹功了。」

「正是，我已叫人快馬報信回山家了。」

長孫信聽著他二人你一言我一語的，心裡暗自盤算，山家當初世家鼎盛，如今也需要在新君跟前表現立功了，這幾年來收斂鋒芒倒是不假。想來這數月整頓都很小心翼翼，也是不易，原先倒是沒看出來。

想到此處又暗自皺眉，心想這與他有何關係，竟還感慨起山家的事來了，算哪門子事！

忽聞報聲，一個山家軍從大院門口小跑而來，報有客至。

長孫信往院門處看，有人走進來，身繫披風，揭去兜帽，熟悉的一抹纖挑身形。他頓時一愣：「阿容，妳還真來了！」

神容腳步盈盈走入院門，看著幾人：「剛到已聽到動靜，我來得竟如此之巧？」

山英和山昭驚喜非常，竟比長孫信還更快地迎了上去。

久未見面，一個開口就要喚「堂嫂」，一個下意識就喊「嫂嫂」，話沒出口，齊齊收住，因為長孫信還在旁邊，知道他肯定又會不滿。

山英最後還是喚：「神容，妳怎麼來了？」

神容解下披風交給身後跟著的紫瑞，露出身上的疊領胡衣，纖姿如柳地站著，看長孫信一眼：「我是來接替我哥哥的。」

長孫信恍然大悟，心想難怪山宗那小子會如此篤定了。

神容走過來：「我有話與哥哥說。」

長孫信看那頭好奇觀望的山英一眼，跟著她走去一旁蔥綠展枝的松樹下。

神容一站定，先低低將來此的緣由說了。

「河洛侯？」長孫信皺眉，低聲道：「難怪妳會來，看來我回去後也要提防了。」

神容點頭，特地告知他，正是這個意思。她看那頭還站著的山英和山昭一眼：「哥哥在這裡待了有陣子了，可是幽州出了何事？」

長孫信始終記得山宗的話，當真是受人恩惠，不好不辦，眼神閃了閃：「左右妳也要去幽州了，屆時不就知道了。」

神容輕輕擰了擰眉，他越是不說，倒越覺得有事了。

河東解禁時，特地發了官令。

當日，長孫信還是不放心，知道神容很快就要去往幽州，特地打發了自己的護衛和那幾個工部官員先行返回，著他們有消息就遞來。

若幽州警情未解，著他們還是在幽州外迴避，他也好讓神容緩一緩再上路。

這日午間，神容從閣樓裡出來，正趕上他安排了人上路，幾個工部官員休養了一陣子，恢復不少，奈何不得詔令隨他一同返京面聖，也只得隨護衛上路。

她半倚在廊前往院門口看。

山英在旁幫忙，點了一行山家軍，吩咐護送他們出河東。忙完了，她忽而轉頭問長孫信：「你把護衛給他們了，自己回長安時要怎麼辦？」

長孫信朝眾人揮揮手，示意他們上路，負著手道：「阿容帶著大批護衛呢，自她那裡分出十數人來不是什麼事。」

「不好。」山英馬上道：「你在這裡的這陣子總是半遮半掩的，我琢磨幽州一定是有什麼情形，神容安全不可馬虎，分她的人做什麼，我帶人送你一程就是。」

長孫信怪異地看她一眼：「妳這又是要保我一回行程？」

山英點頭，忽而想起什麼：「對了，莫要覺得不快，只是為了神容，可不要以為我又是有心在示好你長孫家，打著什麼主意，我就是有心，你不想接受也是徒勞。」

長孫信如被噎了一下：「誰說我不快了？」

「你沒不快？」山英很乾脆：「那便這麼說定了！這樣也好，路上你還能再與我說一說那些山的門道，我覺得你說得分外有趣。」

長孫信被她的話弄得越發怪異，這怪異就好似有種毛躁躁的爪子在心頭撓似的，說不上來，轉頭就走了：「想得美，那可是我長孫家絕學。」

待走到廊前，正好碰上倚在那兒的神容。長孫信嚇一跳：「躲這裡做什麼？」

「哪裡躲了。」神容的目光從他身上瞄到院門外的山英身上：「我是瞧你們竊竊私語，不好打擾。」

「這是什麼話？」長孫信故意板著臉，想走，忽又停下盯著她：「妳之前留的紙條那事我還沒與妳說呢，姓山的去長安可是做什麼了？」

神容淡淡移開眼：「反正他也沒做成。」

長孫信頓時會了意：「那我就是猜對了，他還真敢！」

神容心想他什麼不敢，不敢就不是他山宗了。她也不想多說此事了，回頭喚了聲紫瑞。

紫瑞快步而來，屈膝：「少主放心，已經在準備了。」

長孫信立即問：「準備什麼？」

「啟程去幽州。」神容說。

「妳才剛到幾日，這麼快？」他還在等消息呢。

神容瞄他一眼：「幽州既然無事，我還不速速去接替你看管山裡，難道要等著河洛侯來搶先？」

長孫信張一下嘴，無言以對。

話雖如此，神容還是多耽擱了兩日才啟程。

山昭有心派人護送，都已到城門口，還是被神容婉拒了。

河東剛整頓完，諸事繁雜，少不得有要用到山家軍的地方，山昭只好作罷，站在城頭上目送她出城，想帶一句話給大哥，一時又不知該說什麼，最後還是算了。

之前數月禁令，等到再度親臨熟悉的地界時才感受得分明，因為季節已變化。

趕路幾日後，神容坐在車內，隔著窗紗感覺到了絲絲涼風，往外望，才察覺天已轉涼。

她記得當初剛到幽州時也是類似的季節，當時就知道，幽州每逢秋冬季必然戒嚴，想必此時也是了。

這麼一想，忽然就明白幽州的事了。其實也大概猜到了，能讓山宗那麼匆忙趕回的軍務，要麼內安，要麼外防。

一思及此，神容朝外喚了聲：「東來，牽匹馬來。」

東來吩咐停車，很快自車後方牽了匹馬送至車外：「少主要換騎馬？」

「嗯。」神容搭著紫瑞的手下車，抓住韁繩，坐上馬背後說：「若幽州不安全，騎馬自然是比乘車更便於迴避，你們也要打起精神。」

東來稱是，特地與眾護衛吩咐一遍。

再上路，神容戴上了防風的帷帽，當先打馬而行。

約行出數里，前方道上也有一個騎馬的身影，不太熟練一般，馬頻頻往偏處走，弄得馬上的人也很急，口中一直低低地「吁」著。是個女子，大約是為方便騎馬，穿著素淡的胡衣，馬脖子上掛著個包袱。

神容覺得有些眼熟，打馬接近。

對方聽到馬蹄聲看了過來，竟是趙扶眉。

「女郎？」趙扶眉看了看她，在馬上微微欠身，有些詫異：「一別許久，不想在此遇上。」

神容往前看，已經快到幽州地界，上下打量她：「妳這是要去幽州？」

趙扶眉緊抓著韁繩，斂眉低目：「是，想回去看看義兄義嫂。」

「就妳一個？」神容看了看周圍，只有她一人一馬，好歹也是檀州鎮將之妻，竟然連個護送之人都沒有。

趙扶眉垂著頭，捋一下鬢髮：「我是自己出來的，走得匆忙，所以一人上路。」

神容心裡有點明白了，眼神在她身上和那不安分的馬上看了看，連騎馬都不熟練就如此出來，必定是跟周均有了齟齬，但無心過問人家夫妻間的私事，只說：「那就一同走吧。」

趙扶眉更覺意外，看見她後方跟著的大隊護衛，還是答應了，欠身道：「那就多謝女郎了。」

幽州城下，掛著醫字牌的屋子裡，軍醫剛換了藥退走。

山宗掀開布簾，進去看了一眼，胡十一還趴著不能翻身，嘶啞著聲音哼哼唧唧：「頭兒，我這命算是撿回來了？」

他「嗯」一聲：「這麼多天還不能動，活著就算你命大了。」

胡十一不能慫：「嗨，那群狗賊，死我一個也算賺了。」

「死什麼？」山宗忽然冷聲：「少動不動就說死，還沒真刀真槍跟關外的對陣拼過，這點小場面就談死，就是再難的境地也給我留好你的狗命！」

胡十一被他的語氣嚇了一跳，吶吶稱是。

山宗轉身出去了。

一個兵卒進來時，他正坐在胡椅上暫歇。

「頭兒，刺史留過話，要提醒您回去休整。」

山宗沒理會，坐在椅上，連日來的守山巡城，早習慣了。

他合了下眼，忽聽外面有兵高聲在喚「城外有人」，又霍然睜眼，起身就往外走。

幽州軍連日來在城外排查，早已沒有了敵賊蹤跡，就連那幾個工部官員都安然返回了。

涼風呼嘯，山宗站在城頭上往下看，一隊人馬到了城下，隊伍前方是兩個騎馬而行的女子。只一眼，他就看見了最前面的那個，戴著帷帽，一手揭開來，露出如畫如描的眉眼，立即轉身下去。

神容揭開帽紗，往上望，只看到一排守軍。

趙扶眉在旁道：「女郎不是說幽州應有狀況，為何一路而來沒見有異？」

神容說：「城門上有這麼多守軍，便已是有異，怕是已經解決了。」

趙扶眉仍覺詫異，卻聽城門轟然啟開，守軍出來相迎了。

神容打馬進去，兩個守軍引著她往側面行，她轉回頭時，趙扶眉已被牽引著直往大街而去了。

趙扶眉也在朝她望，對上她的視線，還想問她為何往城下走，卻遠遠瞄見她身後，黑衣烈烈的男人長身而立在遠處，抱著手臂似在等著，目光就凝在她身上，不禁愣了愣，轉回頭，心想從未見過他這般模樣。

神容的馬直接被引到屋舍前才停，馬下兵卒散去，她去看自己的護衛，還未轉頭，一隻手抓住她的馬韁。她不禁看去，另一隻手已接住她，雙臂伸來，就勢一抱，讓她下了馬。

神容下意識摟住他的脖子，看到他的臉才沒驚訝出聲，幾步路，就被他抱入一旁屋內。

山宗勾腳甩上門才放下她，手臂還摟在她腰上，低頭看著她：「妳來得比我想得快。」

神容被他猝不及防的舉動弄得心正快跳，手不自覺搭在他臂上：「都被你算好了。」

山宗低聲笑，剛碰到她的臉，見她嫌癢一般微微蹙眉，騰出隻手摸過下巴，才察覺有些粗糙，是這陣子沒顧上，又勾起嘴角，忍住了：「回頭再說。」

她來了，這幽州連日的陰霾似乎都一掃而空了。

第二十六章　禁幽州

外面，東來和紫瑞帶著護衛們在路邊等了片刻，才見城下遮擋了視線的守軍散開。隨後一個兵卒小跑來傳話，讓他們先行回官舍安置。

東來就明白了，料想少主會被山使親自送回去，於是叫上紫瑞，一同先行趕往官舍。

他們前腳剛走，後腳山宗就和神容一起出來了。

「怎麼是騎馬來的？」山宗看她那匹馬一眼。

神容手裡拿著帷帽，擱在馬背上，瞄他一眼：「幽州最近一定不太平，我已猜到了，原想著若是遇上什麼險情，便立即調頭就走的，自然要騎馬了。」

山宗被她那滿不在乎的語氣弄得勾唇：「是麼，那妳倒還提早來了。」

神容又瞄他，低低反駁：「那不過是因為路上順暢，走得快罷了。」

就沒個不嘴硬的時候。山宗好笑地盯著她白生生的臉，簡直想像不出她服軟是什麼模樣，口中一帶而過道：「最近是有些不太平，不是大事，差不多都解決了。」

正打算帶她走，自大街方向跑來一個兵至跟前稟報，說趙刺史正在前面等著。

山宗看神容一眼，朝街上歪一下頭：「走吧。」

比起城外空無一人的戒備之態，幽州城裡卻是一如既往，毫無變化。

趙進鐮如常自官署趕來城下探視時，正遇上入城的趙扶眉，聽聞她是和長孫家貴女一同來的，便臨街入酒肆安排，差人去將神容和山宗一併請來，算是感謝神容這一路對趙扶眉的照顧。

趙扶眉坐在臨窗的桌邊，身旁就擱著自己帶來的包袱，抬頭看窗外時，恰見山宗與神容一同而來。

他還是如以往一般，胡服俐落，護臂護腰緊束得一絲不苟，這般在大街上走著也是一身的隨性，卻又無人敢接近。離他近的只有神容。

趙扶眉多看了幾眼，發現其實是他走得離神容近，甚至彼此的衣擺好幾次輕擦而過。臨進門時，他一隻手在神容腰後帶了一下，若不是一直看著，幾乎不會發現他這細微的舉動。

「扶眉，」趙進鐮穿著便服，擰眉在對面坐下，壓低聲問：「妳好端端的怎會一個人回幽州來？可是與周鎮將有關？」

趙扶眉還未答話，神容已經到跟前了，目光正往這邊看來。

「女郎到了。」趙進鐮笑著起身：「恰好遇上也巧了，在此為妳和扶眉接風洗塵，也好叫崇君來一併好好歇歇，他近來委實辛苦。」

山宗正好走近，撞上神容轉頭看來的目光，提了提嘴角：「這可不是我叫他說的。」

神容看著他泛青的下巴，心想這就是他說的不是大事？

「自然不是你叫我說的，我說的是實情。」趙進鐮打趣道，先請神容入座，又看看山宗：

「趁此時都有閒暇，我與崇君再安排一些防務。」

山宗的目光從神容身上收回，點個頭，先往外走。

桌旁的趙扶眉早已站起來，看了看二人，他們之間那顯而易見的親暱，不可能看不出來。

神容看山宗出去了，在桌邊落座。

趙扶眉跟著坐下：「想必女郎與山使一定是重修舊好了。」

神容不禁看她一眼。

她笑道：「我也是猜的罷了。」

神容不答反問：「妳自己呢，獨自回來，是與周鎮將生了不快？」剛才進門時就聽見趙進鐮問的話了。原本這一路都沒提起這個，只因是她自己的私事，如今是不想被她問起自己的事，才乾脆提出來，好將她的話塞回去。

趙扶眉還真如被堵住了一般，頓了頓才重新露了笑，點點頭：「我與夫君近來是有些小事不痛快，沒什麼。」

神容堵回了她的話，便不再往下說了，卻忽而瞄見她搭在桌沿的一隻手，手背上凝著塊瘀青，不禁蹙了眉：「怎麼，他竟動手打妳了？」

趙扶眉一愣，順著她目光看到自己手背，明白過來，忙道：「沒有，女郎誤會了，這是我不會騎馬，不慎磕傷的，夫君還不至於是那等粗陋蠻夫。」

神容畢竟被周均得罪過，覺得他行事總是陰陽怪氣，一副別人欠了他的模樣，若不解釋，還真覺得那就是他一氣之下能做得出來的。

看趙扶眉不像說假，她才沒說什麼，緊接著卻又聽趙扶眉低聲道：「是我對不住他罷了……」

她的眼神又看過去，忽有些明白了：「因為他是麼？」他是山宗，彼此心照不宣。

趙扶眉似想開口，臉上堆出笑來，最終卻又默然。

自從上次在鎮將府招待神容返京一行的宴席上，被周均當面挑明瞭她婚前與山宗道別的事，他們之間便有了嫌隙。她後來說過，山宗對她有過救命之恩。但周均只是冷笑：「他對妳是救命之恩，妳對他就全無別的了？」

趙扶眉無言，那是他的仇人，在他眼裡卻成了自己妻子心頭所念，如何能輕易理清，這縫隙自是很難磨平。

神容見她的模樣就知道自己說對了，手指百無聊賴般撫著自己的衣擺。

趙扶眉對山宗的心思早就知道了，以往從沒當回事，現在依然不覺得是什麼了不得的事，可心底又有些說不清道不明的情緒，臉色淡淡地轉過頭去。

山宗在視野裡走了回來，身旁是剛與他談完公務的趙進鐮。

僕人們跟進來伺候，酒菜陸續送入。

他走過來，與趙進鐮坐在旁桌，朝她身上看來。

一旁的趙扶眉抬了下頭，到此時才向山宗見禮：「山使。」

山宗點頭，看著神容，見她一言不發，低聲問：「怎麼？」

神容的眼神動了動：「沒什麼。」

官舍裡好一通準備。

廣源看見東來和紫瑞帶著長孫家的護衛又來了，就知道是誰到了，領著下人們忙前忙後，分外盡心。

等了快一個時辰，才聽見大門外面有馬蹄聲至。廣源站在院角，悄悄伸頭看了一眼，只見郎君與貴人一前一後進了門，與他所想的一樣，心滿意足，特地沒有打擾，遠遠走開了。

山宗推開客房的門，他近來守城偶爾會回官舍留宿，就住這裡。

神容站在門口：「你方才是提前走的？」

那頓由趙進鐮做東的接風很快就結束了，山宗後來並沒有坐多久，就找了理由出來了。

「妳不也並不想留，不走做什麼？」他懶洋洋地笑著進了門，回頭看她：「有事不高興？」

「我有什麼不高興的？」神容淡淡說。

「那就得問妳了，妳有什麼不高興的？」山宗一雙眼牢盯著她。

神容不看他，有心不去想心底那點情緒，正好看了他所在的屋子一眼，下意識問：「你最近都住這裡？」

山宗「嗯」一聲，似笑非笑：「不然我該住哪裡？」他只住客房，那間主屋倒是沒再去過，這麼問倒像是提醒了在那裡使過的壞。

神容頓時掃他一眼，抬手捋過耳邊髮絲，覺得他現在也是在藉機使壞，輕哼一聲：「你就該住這裡。」說著忽而看見屋中桌上，頓一下，「那是什麼？」

山宗看過去，是廣源放在那裡的幾包傷藥。

神容已經走進來，看清楚了，又看到他臉上：「你受傷了？」

山宗無所謂地笑笑：「都已經快好了，胡十一卻是躺了快半月了。」

神容將信將疑，目光從上到下地看他，看不出傷在何處。

山宗被她這目光看著，腳下一動，靠近了。

她眼中清亮，眼角微挑，目光在他身上流轉時，如牽如扯。

「少主，」外面忽而傳來東來低低的聲音：「有信送至。」

神容剛覺出他靠近就聽到這一聲，輕輕轉眼往門外看去，東來不在門邊，大約是有心迴避。

山宗笑一聲：「去看吧。」說著轉身走去窗邊，嘴邊還掛著笑。

神容看著他那笑，心想叫他這般得意，方才就不該管他有沒有受傷。

走去門外，東來果然站在門側，手裡的信函遞了過來：「剛送到的，聽聞用的是八百里加急。」

神容一聽，倒有些重視了，可能是她父親寫來有關應對河洛侯的，所幸河東已經解禁，否則這信豈非要耽擱了。她拿了信，讓東來退去，當即拆開看了。

房內窗邊立著木架，托著盛有清水的銅盆。

山宗此時才終於有空閒取了小刀清理了下巴，拿著塊濕布巾擦了臉和手，一邊拆下護腰護臂，走到桌邊，朝門口看去。

神容手中的信剛剛折起，人還在門口。

「趙國公府的信？」他問，有些漫不經心地推開桌上的傷藥，心裡很明白，若非趙國公出於無奈，就憑在長安決絕拒絕他的態度，不可能再讓她來。

神容看他一眼：「不是，是我二表哥寫來的。」

山宗嘴角扯了一下：「他想幹什麼？」

神容莫名覺出他語氣不好，低頭將信收回袖中，若無其事說：「沒什麼事。」其實不算沒事，裴少雍在信中寫了猜她是又到了幽州，一定要見她一面。

她不知何事至於要他動用八百里加急送到。真有急事，大可以去找她父親；若是私事，她本就已經有心迴避，也只會當沒事。

心裡想了一番，她再往屋內看，山宗站在桌邊，手上忙著，側臉微低，口中低低「嗯」了一聲，並沒有追問，似乎她這麼說了，他也就不當回事了。

神容看去他手上，他右臂胡服的衣袖捲起兩道，露著一小節小臂，剛才說話時就在拆手腕上纏著的布帶。她緩步走過去，心想原來是傷在這裡。

布帶拆掉，山宗又拿濕布巾擦了擦，臨近手背處有個剛長好的傷疤，果然如他所說，快好了。往上露著的小臂上，隱約可見一小截烏青斑駁的刺青。他處理好，看身側接近的身影一眼，把袖口往下拉。

一隻手伸了過來，神容低著頭，手指勾住他的衣袖，抬起眼看他：「這上面到底刺的是什麼？」

山宗盯著她：「妳就不怕？」

「我有什麼好怕的？」神容不僅不怕，還繼續往上掀。

指尖若有似無地刮過他的手臂，結實如刻，衣袖一寸寸往上，大片的烏黑盤繞著撞入眼中。那片斑駁忽而一動，她的手被抓住，山宗貼了上來。

神容往後抵住桌沿，正抓著他那條烏青交錯的右臂，氣息一下急起來：「我還沒看清。」

「是蛟。」他說，聲音低低的，抓著她的手按在那條右臂上，帶著她的手指往上摸。

神容被他抵在桌前，手指摸上去，覺得他臂上似已繃緊，直到衣袖再也無法往上，她的手被他抓著按在靠近肩頭那塊鼓起的臂肌處，呼吸更快，看著那盤繞的青黑紋樣，想問為什麼是蛟，他又近了些。

「膽子這麼大，還想再看哪兒？」他低頭在她眼前，說話時嘴角揚著，眼盯著她，頭輕輕轉了半圈，就像親她時那樣。

神容耳邊霎時嗡然作響，手上觸碰的臂膀似都熱了，他就是在使壞，壞種到何時都是個壞種！她咬了咬唇，忽而另一隻手也搭到他身上，隔著胡服，緩緩摸過他另一邊肩頭，挑眉：

「你在故意嚇我？」

山宗眼底頃刻幽深，幾乎同時唇落了下來。

神容卻故意一偏頭，讓到他耳側，低低說：「我偏就什麼都不想看了。」說完輕輕一掙，自他跟前靈巧地過去，往門外去了，出了門，還回頭又瞄他一眼，才真走了。

山宗一手撐在桌沿，看著她走了，回過頭，不覺低低地笑了笑，居然被她耍弄了一回。

他看右臂一眼，上面似還留有她指尖微涼的觸碰，緩緩拉下衣袖，遮住了刺青。

清早，胡十一拖著受傷的背，傴僂如同老者一般登去了城門上方，勉強打著精神要去巡城上。

一個守軍連忙跑來扶他：「胡百夫長怎麼不繼續躺著養傷？」

「躺個屁，再躺就要長毛了！好歹也是咱頭兒帶出來的，我能那麼不頂用？」

胡十一說完齜牙咧嘴，揉著肩活動一下，往城下望，一眼之後，又扶住城頭仔細地望出去：「那不是頭兒嗎，他從官舍出城去的？」

守軍回：「是，頭兒這兩日都住官舍。」

胡十一瞇著眼，再往他旁邊看，還有個打馬而行的身影，一下就明白了：「我說呢，聽說她來了，不稀奇。」

還能有誰，金嬌嬌唄！

山中霧氣剛剛散去，神容入了望薊山裡。

幾位負責冶礦的工部官員返回後還在城中待命，這裡暫時只有那群重犯還在，正三五一股地在搬運礦石。偶爾有人看到她出現，只是掃了幾眼。

未申五搬著大石經過她身邊，看到她竟只是怪裡怪氣地笑了一聲，一步一沉地走過時，眼睛還盯著她身後的山宗。

神容回過頭：「他們怎麼了？」

山宗走近她身邊，摸著手裡的刀說：「最近還算安分。」

神容有些意外地看了看他們，安分這個詞竟會和這群人連在一起，未免出人意料。「我要接手礦山，還需四處看一遍。」她說著往前。

腳剛動，手就被抓住了，山宗抓著她的手拉到身邊：「妳得由我帶著。」

神容看看左右，沒見有人留意這裡，才跟著他走了出去。

繞了望薊山快半圈，所見地風平穩。神容停下，看著身旁：「你要親自帶著我，可見這山裡現在不安全。」

山宗一手握刀，在周圍山林間掃視的眼轉到她身上，低笑說：「就是安全我也會帶著妳。」

神容心頭微動，眉頭輕輕挑了挑，偏偏臉上裝作毫不動容。

山宗看見她的臉色，也只是笑笑，轉頭繼續掃視。

其實她沒說錯，那日趙進鐮接風之際與他相商的防務，便與這裡有關。關外的已經連續幾年沒有動靜，如今捲土重來，前面那幾次侵擾，很可能只是在試探。他又看神容一眼，還不想叫她憑空害怕，轉頭說：「走吧。」

神容剛跟上去，遠處忽來一聲笛嘯，直衝雲霄。斥候又示警了。

她詫異地去看山宗，他已正色，一把抓住她的手：「走。」

穿過山林沒走多遠，甲冑齊整的張威就帶著他的人過來了：「頭兒，又有敵賊蹤跡！」

「按對策辦。」山宗下令，一面帶著神容往山外走。

神容以前也聽過這種笛嘯，但從未見過軍所人馬如此戒備，被拽的腳步急切，不覺心中有些發緊：「要出山？」

山宗回頭看她一眼：「先送妳回去。」

原來只是要送她出山。「那你……」她說一半又停了。

山宗停步：「我什麼？」

神容輕輕說：「沒什麼。」

山宗盯著她，勾起嘴角：「差點以為妳是要叫我小心。」

她不禁抿了抿唇：「都說了沒什麼。」

山宗斂笑，朝不遠處點了個頭。

東來接到示意，快步而至。

「出山。」山宗吩咐完，將神容推過去：「妳先回城中，我解決了這裡就來找妳。」說完轉身往關城而去。

「少主，請。」東來催神容。

她臨走又朝山宗遠去的身影看了一眼，其實她剛才是想說那句話的。

山中解決著突來的異動時，長孫家護衛追隨著東來，匆匆護送少主返回幽州城，後方還跟有幾名軍所兵卒。

秋風漫捲，天地昏沉。

神容騎著快馬，髮上罩著的披風兜帽都被風吹開。從山裡到幽州城外的一路都沒有人煙，只有被馬蹄踏過的塵土隨風漫揚，如簾如帳。

距離城下不遠時，斜前方忽來另一批人馬，朝他們所在方向衝來。

「少主請往後。」東來立即策馬往前，左右護衛由他指示，分列在兩側保護。

神容在馬上看了一眼，那些並未著戎裝武服，不是兵馬，見到她的人應當就會避開，可居然沒有，他們依然直衝了過來。

東來已經抽刀，就連後方幾個軍所的兵卒都已亮兵，卻聽對面領頭的人一邊衝來一邊大喊：「請長孫女郎隨我等移步！」

「等等。」神容勒住馬，身旁護送的人紛紛停下。她往前細看，那群來人越發接近，認了出來：「他們是長安來的。」

幽州邊界附近，空無一人的官道左右皆是大片荒野，遠處是連綿起伏的山嶺。

神容的馬在此處停下，道旁只有一間土屋，是以前這裡給過往驛馬換食草料的地方，如今棄用，破敗不堪。

那隊攔她路的人早已遠遠迴避，直退入了荒野。東來帶著護衛們跟來後，也只守在道路的另一頭。

神容下馬，看昏沉的天光一眼，已過去很久，不知山裡解決了沒有，一邊想一邊將身上披風繫正，走向那間土屋。

門被「吱呀」一聲推開，裡面一道身影，一手輕掩口鼻抵擋灰塵，一邊在焦急踱步，乍見開門而來的光亮才回過神，抬頭看來，連忙迎過來：「阿容！」

神容走進來，看著他風塵僕僕的身影：「二表哥。」

是裴少雍，圓領袍的衣角黏帶塵灰，連頭上束髮的玉冠有些歪斜。那群攔路的人就是他的人。

這屋中什麼也沒有，一片雜亂，遍布灰塵，神容只能站著，也掩了下口鼻，不知他為何寧可派人去攔路也非要見她一面，淡淡說：「我剛到幽州不久，二表哥便來了，想必是早就上路了。」

「沒錯。」裴少雍道：「我去國公府找過妳，得知妳離府後就立即告假而來，給妳的信妳卻不回，便只能用此方法去請妳了。」

「所以我也只好來了。」神容看他一眼：「二表哥到底為何要見我，不妨直說。」

「我是為了山宗。」裴少雍腳下接近一步：「我知道他想回頭了，他在長安時要登門是要向妳求娶了，是也不是？」

他一口氣倒了出來，倒讓神容蹙了眉：「是，二表哥就為了這個？」

「自然！」裴少雍似有些激動：「憑這我就必須要來此一趟，妳萬萬不可接受！」

神容看他臉色微微泛紅，從未見過他這般模樣，腳下小退半步，低聲道：「二表哥既然已說到這份上，那我也沒什麼好遮掩的，我與他已有肌膚之親。」

裴少雍一愣，隨即就道：「那又如何，妳與他本就做過夫妻，這算得了什麼？何況我朝起自關隴，至今世風開明，多少皇室貴胄不和則離，那不過就是妳過往一段，不足掛齒。」

「是，這些我都知道。」神容說：「我與你說這話，豈會是覺得女子該由這等事被束縛了手腳？我是說如今，不是過去。」

裴少雍一下就明白了，臉上有些發白：「妳是想說，妳已有心接受了？」

神容輕緩地點了下頭。

裴少雍臉上似又白一層，平日裡那張臉暖如旭陽，此刻如墜寒冬，忽又道：「不行！絕對不行！」

神容看著他，眉又蹙起，覺得他今日分外古怪，既然該說的已經說了，只能就此打住了，便動腳要走：「幽州眼下不太平，二表哥說完了便趕緊返回。」

身後腳步聲急切，裴少雍一把扯住她的衣袖。

神容回頭，愕然地看他一眼。

裴少雍急急道：「妳根本不知他是什麼樣的人，妳可知他要永鎮幽州，不出幽州？」

神容很快回神：「早就聽趙刺史說過，倒是沒這般詳細，據說他接受任命時便是這麼定的，不過一個規定，與他為人又有何關聯？」

「若他不是不出幽州，是不能出幽州呢！」

神容倏然抬頭：「你說什麼？」

「我說他不能出幽州！」裴少雍緊緊抓著她的衣袖，快把她的袖口揪皺了，聲音壓得低低的：「他若有私出幽州之舉，就會被懲治！」

神容握著袖口掙開他的手，臉色漸冷：「無憑無據之言，二表哥最好不要再說。」

裴少雍緊抿著唇，看出她根本不信，又往前走近一步：「阿容，我對妳的心意妳一定知曉了，但妳莫要以為我是因此而刻意針對山宗，若我真有此意，就不會特地趕來找妳，大可以直接告訴姑父姑母，甚至上奏聖聽。我無意叫他如何，我只想叫妳遠離他，不要被他騙了！他絕非妳我看到的那般簡單！」他越說越快，生怕她真走一般。

神容臉色沉凝：「那我又如何能相信二表哥，他有什麼不能出幽州的？」

「因為他是罪人！」

神容怔住。

裴少雍陡然低吼出來也愣了，額上甚至有細密的汗，白著臉看著她，咬了咬牙道：「我自宮內看到的，那是密旨，不可外傳。他不能出幽州，是被關在了幽州！只因他有罪！」

在那份黃絹上，最後跳入他眼裡的帝王御印，還有一個朱紅的「密」字，其下卻還有兩個字：特赦。

他聲音有些發抖：「只有罪人身上才會用到『特赦』，而且是重罪。」

神容被他這番話弄得腦中空了一空，走到門邊：「二表哥未免說笑，若真是一個罪人，何以能成為一州軍首？」

「那就得去問他自己和先帝了。」裴少雍想過來拉她：「阿容，妳知道我自小到大從不對妳說半句假話的。」

神容避過他的手，卻也記得這是實話，他的確從未騙過她。但那男人不久前剛和她同入山裡，此刻竟被說成了罪人，誰能相信。

她仍是轉身要走：「我該回城了，二表哥也該回長安了。」

門剛拉開，裴少雍快步上前，又一把推回去，往裡快走兩步：「妳還是要回去？」

神容胸口微微起伏：「我是特地來接替我哥哥的，來這裡見你夠久了，已耽誤了返城，必須要回去。」

「那回去之後當如何？」裴少雍問：「他是罪人，妳也毫不在意？」

神容簡直有些惱怒了：「二表哥莫再說這話了。」

「妳還是不信？」裴少雍睜大雙目，不敢大聲，怕驚擾了什麼一般，又像是害怕：「他真是罪人！」

霍然一聲，門被踹開。神容立即轉頭看去，胸口如被一撞。

挺拔如松的男人手執細長直刀，自門外走了進來，黑漆漆的雙眼看著屋裡。

裴少雍竟然不自覺退了一步。

山宗剛出山就聽說護送的軍所兵馬說了消息，快馬而來，手裡的刀尖還帶著未來得及乾掉的濕潤血跡。他看裴少雍一眼，眉目低壓，眼裡如有鋒刃，一把抓住神容的手，緊緊不放：「跟我走。」

神容毫不停頓就被拉出了門。

山宗甚至沒有讓她騎自己的馬，直接拉著她到了他的馬旁，抱著她送了上去，翻身而上，扯馬就走。

東來在道旁見狀，立即上馬，帶人跟上。

他的動作太快了，神容被箍在他的胸膛裡，臨走前還能聽見裴少雍在後面追出來的呼喊：「阿容！」

尚未能回頭看一眼，只聽山宗的聲音自頭頂冷冷傳來：「送蘭臺郎出幽州！」說罷他手臂一振，馬就快馳了出去。

道上有一排軍所兵馬等著，個個坐在馬上，手中持兵，如同剛下戰場，兵器上尚有殘血，皆在戒備當中，見他上路，齊齊調轉馬頭往前開道。

山宗策馬極快，一路上沒說過話，只有呼吸陣陣拂在她後頸邊，神容知道他大概在她身後稍低了頭。

她忍著什麼都沒說，因為此時不是說話的時候，一隻手不自覺抓緊衣擺，由著迎頭而來的涼風呼嘯而過。

至幽州城附近，看見更多的兵馬。

神容雙頰早已被風吹涼，轉頭看去，接連不斷地有兵馬自軍所方向而來，在遠處分開成兩股，一股往幽州城而來，另一股往山中。

天色更暗了，越發接近的城頭上，守軍似乎增加了許多，有守軍在上方揮了揮令旗，下方城門才緩緩開啟。

山宗摟緊神容，疾衝了進去。

城中也有些不一樣，街道空蕩了許多，看不見幾個百姓，有的店鋪還正在關門，反而多了許多兵卒。

神容隨著疾馳的快馬粗略看了一遍，不知道她去見裴少雍的這段時間裡發生了什麼，好像幽州的情形已澈底變了。

官舍裡，廣源聽到動靜趕出門來迎接。

快馬奔至，山宗一跨而下，將神容直接抱了下來，抓著她的手進門。

廣源當做沒看到，迎他們進府時如常一般道：「郎君和貴人一早就入了山，因何到此時才回，瞧著倒像是趕了一番路的模樣，還是快進屋歇一歇，已備好飯菜了。」

他說的沒錯，他們往幽州邊界這一去一返，幾個時辰就過了，自然是趕了一番路。

山宗拉著神容一直不放，直到送入屋中，榻邊小案上果然已有飯菜，尚有熱氣嫋嫋。他終於鬆開手，一路騎馬太快，胸膛尚在起伏，拋開手裡的刀：「先歇著。」

神容卻忽而抓住他的護臂，自己的胸口也在起伏不定：「你已聽到了是不是？」

山宗停在她身前，臉色沉定：「聽到了什麼？」

「我二表哥的那句話。」

「哪句？」

「你是……」她輕輕抿一下唇：「你是罪……」

話音被吞了，山宗猛然低頭堵住她的唇。

神容唇被重重含住，呼吸一寸寸被奪去，抓著他護臂的手更緊。

山宗放開她，一聲一聲低沉地呼吸，一隻手不知何時又牢牢抓著她的胳膊，像怕她會消失一樣：「是，我聽到了。」

神容呼吸反而更急了，聲很輕：「那份密旨……是真的？」

山宗盯著她，眼底幽深：「若是真的，妳可會後悔？」

神容心頭瞬間急如擂鼓，不可思議地看著他。

山宗緊緊抓著她的手臂，另一隻手移到她的腰上，收著手臂，聲沉得發悶：「可還記得我當初送妳回長安，離開前說的話？」

當初送她回長安，離開前說的話……

神容心中紛亂，許久才想起來，他說過：「妳不慫，那妳就再也不要去幽州，否則……」

否則妳就是真後悔也沒用了。

他盯著她雙眼，又問一遍：「我說過妳就是真後悔也沒用了，就算那份密旨是真的，我也不會放手，所以如今妳可會後悔？」

神容久久無言，當時只覺他語氣裡藏著絲難言的危險，如今才知藏著的是這樣的事。直至手臂快被他抓得沒有知覺，她才找回自己的聲音，始終不信：「不可能……若是真的，你怎麼還能任幽州團練使，你所犯何罪？」

山宗喉頭一滾，緊抿著薄唇，到後來，竟然扯開了嘴角，臉上在笑，眼裡卻深幽如潭，聲落在她耳邊：「妳只要記著，只有那份密旨是真的。」

神容出神地看著他，心潮起伏不定，看見他突出的眉峰低低壓著，那雙唇在眼裡抿了又啟開，似乎話已在口邊，又咽了回去，牙關緊咬，臉側繃緊。

只有那份密旨是真的，那他的罪呢，又是不是真的？

「郎君，有客。」外面廣源的聲音一下傳入，似有些急切。

屋中的凝滯似被撕開了一個缺口，山宗鬆開神容，緊閉著唇，轉身大步出去。

神容的手指離開他的護臂，指尖發僵，才意識到方才抓得有多用力。

官舍迴廊上，站著急喘的裴少雍。

山宗快步而至，面前迎上一個兵卒，貼近耳語幾句：蘭臺郎不願返回，以官威施壓，非要追來。說完迅速退去。

山宗冷冷地看過去：「我讓你走，已是給足了顏面，你竟還敢追來。」

裴少雍面帶汗水，臉色蒼白地走近一步：「你如此不管不顧，是想扣住阿容不成？」

山宗霍然大步過去，一手扯了他的衣領就進了旁邊的廂房。

房門甩上，他才鬆開了手，裴少雍踉蹌兩步，扶著桌子才站穩，聲音低低地道：「你想幹什麼，被我發現罪行開始慌張了？」

山宗逆著光，沉沉站著，竟然森森然笑了：「我的罪，何罪，你可曾親見？」

裴少雍愣一下，沒有，他沒有看到他犯了何罪，只知道他被特赦了。

「雖未知何罪，但你被關在幽州是事實！」

「那你倒還敢入我這森羅大獄？」

裴少雍悚然一驚。

領口一緊，他被山宗一隻手提著拽起來。

「那是先帝密旨，就該永不見天日，你妄動已經犯禁，還想將神容扯進來！」山宗一字一句，聲壓在喉中，力全在手上，烈衣烏髮，渾身一股難言的邪佞。

裴少雍既驚又駭，縱然見識過他的狠勁，也不曾見識過他這般模樣，彷若被激怒的凶獸，若非壓制著，已經對自己動了手，平復一下氣息，仍忍不住急喘：「我是不想叫阿容被你矇騙，她是長孫家至寶，何等嬌貴，怎能嫁給一個罪人！」

「還輪不到你來給我定罪！」山宗手上用力，指節作響，牙關咬出了聲：「馬上走，回你的長安，不想落罪就把嘴閉嚴！我這點容忍是給神容的，我的事，勸你少碰！」

裴少雍被一把推開，連咳幾聲，捂住喉嚨，心中被他的話震驚，久久未平。再抬頭，眼前已經沒有山宗的身影，只剩下大開的房門。

幾個兵卒魚貫而入，手持兵器，齊齊抱拳：「請蘭臺郎上路返京！」

裴少雍想說要見神容，扶著脖子還沒開口，領頭的兵冷肅地重複：「幽州戒嚴，恐有險情，請蘭臺郎即刻上路返京！」

兩聲之後，幾人上前，不由分說，請他出門。

裴少雍被半脅半請地送去官舍外時，回頭朝裡看了一眼，沒看見神容，就連山宗的身影都沒再看見。

天不知何時已經快要黑下，他騎著馬，被這群兵卒快馬圍著，強行送往幽州邊界，與自己的人馬會合。半道所見皆是往來的軍所兵馬，整個幽州城在身後成了一個密不透風的鐵甕，遠處山嶺間還有兵馬賓士的黑影。

裴少雍在被迫遠去前最後一點清明的神思，是察覺到幽州的確戒嚴了。

翌日，天還未亮，紫瑞已經入了房中，只因瞧見房中早早亮了燈。

「少主起身如此早。」

神容坐在妝奩前，對著銅鏡，默不作聲。

紫瑞在旁低低說著話：「昨日聽聞裴二郎君來了一下，隨後就沒動靜了，也不知來此何事。」

神容便明白了，當時山宗忽然中途離去，一定是去見他了。

紫瑞又在小聲地說著外面情形：「山使好似也起得極早，昨夜城中四處調兵，城外也忙碌。」

神容知道山宗起得早，或許他根本就沒睡，半夜尚能聽見他在屋外走動，馬靴踏過門外的磚地，一步一聲，但始終沒有進來。直至後半夜，有兵卒報事，他的腳步聲才沒了。

裴少雍說的事，再無從說起。神容始終記得他離去前的神情，像是想說什麼，又生生忍住了。因為那是密旨，不可外泄。

她無法追問，自他離去後坐到此時，也想不透他因何會背上那樣一道密旨，當初先帝明明極其器重他，據說許多調令都是先帝親手遣派，他怎可能有什麼重罪？

「……後來聽東來說就連山中也有動靜，還聽聞趙刺史將城中官員都齊集去官署了。」紫瑞仍在說著。

神容思緒一斷，忽然回味過來，轉頭問：「妳方才說山中有動靜？」

紫瑞正要拿梳子為她梳頭，停下道：「是，全城乃至山中都有大動靜，聽廣源說了軍所消息，昨日一早山裡先有斥候示警，隨後就這樣了。」

神容當時已出山，半道被攔，趕去邊界見了裴少雍。她記起山宗去找她時帶著一隊持兵跨馬的兵，返城時遇上四處兵馬奔走，彼時全被那突來的消息占據了心神，此時才驚覺應是關外的敵兵有了什麼舉動，站起身道：「他人呢？」

山宗跨馬執刀，立在城下。

城門大開，城外剛從軍所調來的兵馬正齊整而入。

胡十一快步從那間掛著醫字牌的屋舍裡走出來，邊走邊往身上套著軟甲，喚道：「頭兒，讓張威帶人守城，我隨你入山！」

山宗轉頭看他一眼：「養你的傷。」

「沒事，我好了！」胡十一拍拍胸膛，背挺得直直的：「正要去山裡報那一箭之仇呢！」

山宗沒理睬他。

胡十一覺得他今日分外冷肅，話比平日少一大半，只當他是默認了，叫旁邊一個兵牽了自己那匹棗紅馬來，坐上去跟進他隊伍裡。

城外的兵馬陸續全都進了城中，山宗一馬當先，領著自己身後一隊人出城。

昨日山中先有示警，之後果然遇上關外侵擾，與往常不同，山宗覺得他們這次是有備而來，便印證了之前猜想，之前幾次皆為試探，這次才是他們真正動手之時。偏偏在這種關頭，裴少雍出現了。

山宗握緊韁繩，想著神容昨日神情，很快又壓入心底，兩眼平靜地去看前方在青白天光裡漫捲塵煙的前路。

快至那片山嶺時，後方忽來快馬疾馳聲。山宗臉往後一偏，掃了一眼，立即停住，調轉馬頭。

胡十一跟在後面，也循聲往後方看了一眼，嘖一聲。

「你們先行。」山宗發話。

胡十一頓時朝左右揮揮手，跟隨的人馬都有數，跟著他往前迴避。

神容自城中方向馳馬而來，到了跟前，纖挑的身影坐在馬上，臉掩在兜帽中，看著他，輕聲說：「一個被關在幽州的人，還需如此盡心守衛幽州？」

山宗竟然笑了，嘴角勾了一下，說不出什麼意味，扯了扯馬韁，靠近她：「只要我一日還是幽州團練使，這就是職責。」

神容聲更輕：「你既然不能出幽州，那之前一次出關救我，一次去河東追我，皆是私自行為，就都該被問罪了。」

「沒錯，我既做了，就想過後果。」山宗漫不經心，雙眼沉沉地落在她身上，甚至說得上浪蕩，彷彿事到如今，已不介意再多幾樣罪名：「妳想說什麼？」

神容心中翻湧，說不上來什麼滋味，淡淡說：「沒什麼想說的。我只信我親眼所見，若你真有罪，也當事出有因。」

山宗看著她頭上兜帽被風掀開，露出冷淡的臉，長長的眼睫垂著不看他，彷彿帶有幾分怒意，卻不知是對誰。他手一伸，扯著她的馬韁拉到跟前，馬匹緊靠著，彼此臉近在咫尺，胸膛中有一處發緊，臉上卻有笑：「妳是來叫我定心的。」

神容別過臉：「你自會安心對敵，還用得著我給你定心。」

山宗盯著她的側臉，低語：「妳這樣，就不怕我此後再也離不開妳？」

神容立時轉過臉來，瞥著他，看似更惱怒了，卻沒在他臉上看到往日的壞笑，這一句竟不像是玩笑，唇輕合輕啟，終究還是沒說什麼。

山宗鬆開韁繩，看她身後跟著的東來和一行護衛一眼，再看向她，覺得該走了，此時不是說這些的時候，她能這麼說已經夠了。

忽然聽到城頭方向開始擂鼓，連接遠處關城也有隱約鼓聲傳來，他頓時凜神，當機立斷扯動韁繩：「妳來不及返城了，跟著我。」

神容聽到動靜就變了神情，連方才說了什麼都拋去了腦後，一夾馬腹跟上他。

一行快馬馳入望薊山。

這裡早已不是昨日情形，四處都是赫赫甲兵。四周多出一隊一隊由軍所百夫長親率的兵卒，穿梭不止。

山宗大步走上山中關城時，四面沒有笛嘯，卻有如雷鼓聲陣陣，急切激烈，催人心神。

神容跟著他腳步，直覺不對：「還是先前那般？」

山宗走得太快，回頭抓住她的手帶了一下，繼續往上，聲音低沉：「不，這是報戰的鼓聲。」

神容驚訝地抬頭，報戰，那豈不是要開戰了？腳下已跟隨他上了關城。

城頭上，兵卒快步遊走，在搬運兵械。

胡十一先到，轉頭看來，一臉震驚：「頭兒，你快來看看，那些是什麼，莫不是我看錯了！」

山宗臨城遠眺，獵獵大風呼嘯而過，連綿山嶺之外是莽莽蕩蕩的關外大地，一片烏泱泱的黑點密集地聚集，橫在天邊，隱約幾道高舉的旗幟翻飛，伴隨著轟隆聲，只有軍中的人聽得出來，那是刀兵敲擊鐵盾聲。

他瞇了瞇眼：「你沒看錯，那些是他們的兵。」

胡十一道：「那怎麼可能，這群關外狗賊，何時有那麼多兵馬了！」

話音未落，傳來一聲急急的呼報聲，一名兵卒迅速登上關城，抱拳稟報：「頭兒，斥候粗探，對方約有十萬兵馬！先鋒所指，直衝城中方向關城！」

「十萬！」胡十一眼睛都瞪圓了，看著山宗：「頭兒，咱們軍所只有兩萬兵馬，如何應對！」

神容一直在旁聽著這突來的劇變，默默捏著手指，不出聲打擾，此時聽到他的話才抬頭，朝山宗看了一眼。

「慌什麼。」山宗轉身，沉著臉：「傳各隊百夫長去望薊山裡等著。」

兵卒飛快去報信，胡十一才定神，去指揮城上士兵。

山宗抓著神容的手，直下關城，腳步迅速。

神容一直沒有說話，直到城下，走入林間，身旁再無他人，才忍不住問：「什麼叫只有兩萬兵馬？」

山宗沒有回頭，聲沉如鐘：「妳沒聽錯，幽州軍的確只有兩萬。」

「那你的盧龍軍呢？」神容覺得奇怪：「我記得光你手底下的盧龍軍就有三萬人馬，不對，不只三萬，是五萬？」

他霍然停了腳步：「五萬。」

她立即接話：「那五萬盧龍軍呢？怎會只有兩萬！」怎樣也不至於只剩兩萬，兩萬兵馬如何守住偌大幽州？

山林遠處只剩下戰前兵卒爭相奔走的腳步聲，除此之外，連風聲都吹不入，這周遭竟詭異的顯出一絲靜謐來。

山宗抓著她的手一動也不動，神容才發現他的側臉是繃著的，從下頜到頸邊如同一根扯緊的弦，鼻梁高挺，浸著亮起的天光，描了一道黯淡的邊。

許久，他深沉的眉眼才轉過來，看著她，用只有她聽得見的聲音，輕輕笑了一聲：「我早已沒有盧龍軍了。」

第二十七章　盧龍

神容被他抓著的手指動了一動，直覺他話中意味不同尋常，連語氣也輕了下來，難以置信地問：「何意？盧龍軍怎會沒有了？」

山宗手上用力，手掌緊緊包裹著她的手指：「我只能說這些，如今敵軍已至，追究這些也沒有用了。」

神容心中微怔，人已被他拉著繼續往前。

他只能說這些，這語氣，與他說起那份密旨時一樣，不是不說，而是不能說。

望薊山裡，坑洞附近已經聚集了數十位百夫長，正列隊等著。

大約他們也收到了消息，偶爾人群裡有幾聲有關來犯敵兵的討論，許多人眉頭緊鎖，有的口中還罵罵咧咧。

山宗帶著神容走過來，鬆開她的手，低聲說：「在旁邊等我，別走遠。」

神容點頭，她從未親身經歷過戰事，這種時候只能聽他安排，在一棵樹下站定，看著他走去了那群百夫長當中，瞬間被人圍住。

她抬起頭，遠遠去看眼前那座望薊山。只有這座山巋然如舊，不知世事瞬息萬變，外面已有十萬兵戈相指。

東來快步走至她身後，低聲詢問：「少主，可要著人報信國公府？」

神容搖頭：「不必，此時幽州全境戒嚴，帶信出去不妥，徒增府上擔憂罷了。你帶人留意望薊山地風，即便開戰，也要確保此山無事。」

東來稱是，聽她語氣平靜，悄悄看她臉色卻有些發白，目光就朝著不遠處正在安排應對的山宗，一如往常沒有多問，領命退去了。

神容看著前方，山宗手中直刀已經出鞘，泛著寒光的刀尖指在地上鋪開的一張地圖上，一步一步繞著地圖走動，寥寥數語，在場的百夫長接連領命而動。

胡十一匆匆趕來時，正逢上雷大領命而走，在場已經沒剩幾人，幾乎這裡所有百夫長手上的兵力都派出去了。

他上前稟報：「頭兒，他們的先鋒開始接近了，果然往關口來了！」

山宗握緊刀，面沉如水：「領兵的是誰？」

胡十一罵：「藏頭露尾的一個王八羔子，掩在後方，不曾探到！不過探到他們挑著的旗幟上寫了『泥禮城』三個漢字，去他娘的泥禮城，如此囂張，那是咱們的薊州城！」

薊州陷落十幾載，城池早已被契丹人強行改成契丹名泥禮城，他們一定是故意的，以漢文書寫其名而來，是刻意挑釁。

山宗換手持刀，一面下令：「由你帶人守在山中，隨時聽我安排。」

眼下張威領兵守著幽州城，胡十一後悔今早突發奇想跟他換了跟來這山裡了，因為關口一旦破開，幽州城就岌岌可危。本還想去支援他，聽到這命令撓了撓頭，只能按捺住了：「我看他們來勢洶洶，頭兒可要變動對策？」

「不變，」山宗說：「他們一定會先行試探，按我方才命令，輪番調度應對，不要暴露兵力。」

胡十一方才可是親眼見了他們先鋒的勢頭，浩浩蕩蕩而來，根本絲毫不將關城放在眼裡一樣，不免有些憂慮：「肯定嗎，頭兒？」

「肯定，我已知道對方領兵的是誰。」

「誰啊？」他下意識問。

山宗冷笑一聲：「泥禮城，那就是如今占據薊州的孫過折。」

胡十一第一次聽到這個名字，驚訝道：「漢人？」

「契丹人，只不過有個漢名罷了。」

胡十一更詫異了：「頭兒你如此瞭解這契丹狗，莫非是與他交過手？」這些年不曾與關外開戰，他自然一無所知。

「沒錯，交過手。」山宗說完就冷聲發話：「廢話少說，應戰！」

胡十一馬上打起精神，半句話不再多說，親自去傳訊布戰。

山宗此時才走到樹旁，神容還在那裡站著，直到此刻都很安靜，臉上不見慌亂，儘管她已知道他手上僅僅只有兩萬人馬。

看到他過來，神容便將身上的披風又繫緊了些，先一步走到他跟前：「你要去應戰，我留何處？」

她比自己想得還要配合。山宗指一下眼前的山：「妳對山中熟悉，就留在這裡，若聽到戰鼓急擂，就找地方躲避，附近都有人守著，不要出山。」

神容明白他意思了，本也在意料之中：「不好對付是麼？」

山宗看她一眼，沒有直言：「如果戰鼓沒有急擂，就說明抵擋住了，如果擂聲急切……」

他話頓住，忽然伸手，把她摟到身前。

神容撞入他的胸膛，抬頭迎上他低下的眉眼，聽見他沉著聲說：「不管如何，先顧好自己，就算是像往常那樣再躲進山腹裡一回，也要安然無恙。」

她點頭，沒來由地心口發緊：「我記住了。」

山宗鬆開手就走了。

她甚至沒來得及再多說一句，轉頭就看見他大步而去的背影，手裡的刀寒光朔朔，身形凜凜如刀出了鞘。

漫長的關城起伏延綿，盤踞山間，護衛著整個幽州邊境。山間連鳥都不再露頭，只剩下兵卒不斷地在四處奔走。

兩個時辰後，東來才回來，腳步迅疾，在樹下找到坐著的神容。

他一邊取出隨身攜帶的水囊奉上給她，一邊小聲稟報：「屬下探完地風後，特地去了下關城附近，關外敵兵進攻關口了，不過攻來的人不多，每攻一番便被擊退了，已經攻了好幾番。」

神容拿著水囊，沒有喝，不知道山宗去了哪個地方的關城，是不是就是在關口處，因為離得遠，秋風吹不進這深山，居然聽不到多少動靜。

但聽東來所言，說明山宗判斷得沒錯，那個叫孫過折的契丹將領，第一步果然是試探，被他算得分毫不差。

「地風如何？」神容問。

東來回：「地風平穩，應是當初少主去關外處理過的緣故。」

神容卻輕輕蹙了眉：「我只擔心關外的忽而攻來，目的裡就有這座礦山。」

東來道：「看目前情形，他們眼裡只有關口，應是衝著幽州城而來。」

神容點了下頭，心裡依舊難以輕鬆，兩萬對陣十萬，對方又是有備而來，關城之後有幽州城，還有礦山，以少對多，很難面面俱全地顧及。

「過去很久了，少主該用些水糧了。」東來從懷裡取出剛剛自兵卒處拿來的軍糧，紙包著黑乎乎的肉乾，雙手遞過去。

神容強迫自己拿了一塊放進嘴裡，知道此時保存體力的重要，沒人顧得上她了，她得自己顧好自己。

乾硬的肉乾在嘴裡似乎如何也嚼不動一般，她卻小口吃得很細。心裡是想靠這個來分個心，卻又總忍不住去想那男人的處境，甚至忍不住去想他不知所蹤的盧龍軍……

忽然間，鼓聲乍起，急切如雷。

她頓時轉身看過去，周圍是緊握兵戈駐守的兵卒，遠處是隨風搖曳的樹影，頭頂不見天日，大片灰壓的雲往下墜，看不見那段關城，秋風呼嘯在高高的樹頂，那陣鼓聲始終急切未停。

「走。」她還記得山宗的交代，站起身，冷靜地往前走。

東來跟上她的腳步，直到了坑洞口。

坑口守著幾個兵，見到她過來，立即放好木梯。神容踩著木梯往下，入坑洞迴避。

下面比平時要暗，坑壁上的火把已經燒滅了兩支，無人有空閒來換，但這下方聽不見那遙遠又急切的鼓聲了。

東來跟下來後，快走幾步在前為神容開道。

到了坑道的岔口，神容停了：「不用走了，這裡夠深了。」

東來站定，小聲問：「少主可是在擔心？屬下可以再去上方探一探山使的消息。」

神容在半明半暗處站著，看不清神情：「不要妨礙他們作戰。」

幽深的坑洞裡，忽然傳出一聲怪笑，東來立即循聲拔刀防範。

這聲音，不是未申五是誰。

神容藉著微弱的光亮看過去，他自岔口坑道裡伸出蓬頭垢面的腦袋，連臉都看不清楚，只有左眼上的那道白疤最清楚。

「小美人兒也躲下來了，看來這回那狗東西是擋不住了！」未申五是半靠在這岔口邊的，人就那麼坐在地上，身子藏在黑洞洞的坑道裡，只露出個腦袋，說完又怪笑，像個駭人的鬼影。

神容不想理睬他，刻意迴避開兩步，去聽上方的聲響。那陣急切的鼓聲居然還在擂著。坑道裡，隱隱傳出哼哼唧唧的聲音，混進了那陣鼓聲裡，是未申五，他竟哼起小曲來了。

東來橫刀警告：「閉嘴。」

未申五呸一聲：「老子知道那狗東西快死了高興，哼個曲兒慶賀，你小子算什麼東西，敢管老子！」說著自顧自接著哼。

東來腳一動，被神容攔住：「等等。」她走回去，聽著未申五哼的曲，一連兩遍，才聽清——

「舊一年，新一年，一晃多少年，中原王師何時至，年年復年年……」

「你怎麼會哼這個？」她不禁問。

未申五那駭人的腦袋又伸出來，怪聲笑：「老子怎麼不會，一個遍唱大江南北的破歌，會的人海了去了！小美人兒若喜歡，老子再給妳哼一段兒？好慶賀妳那不是東西的前夫快被殺了！」說著又怪笑，喉嚨裡怪聲像是鈍刀割破布一般破碎難聽。

神容只記得當初在關外，和山宗一起見到的那個瘋子哼過這個歌謠。在別人嘴裡聽來是期盼回歸故土的辛酸，在他口中卻只有嘲諷，再聽到他後半句，她聲便冷了：「縱然你與他有仇，他如今抗擊的就是占據故城薊州的敵賊，你哼著這樣的歌謠，卻還咒他死？東來！」

東來頃刻上前，一腳踹了上去。

還要提起他再動手，未申五這回居然沒還擊，鎖鏈一拖，「哐噹」一聲響，朝神容探身：「詎，這麼說，這次來的是孫過折？」

東來手不禁停了一下，轉頭看神容。

不僅是未申五，岔道口裡，坑道深處，其他重犯的鎖鏈聲也響起，其他人陸續貼近了過來，卻藏在黑暗中，只是一道一道蹲著的黑影。

神容微微蹙眉：「你還知道孫過折？」

「自然了，」未申五齜出森森利牙，狠聲道：「老子們跟姓山的有仇，跟那改姓孫的契丹王八更是有仇，倒希望他們一起去死乾淨了才好！」

神容覺得他前言不搭後語，形如癲狂一般，想要細問，他卻又自顧自哼起歌來，還更大聲了，哼兩句又道：「小美人兒，怎樣，不喜歡老子再換一個香豔的給妳唱！」

東來又一腳踹了上去。

就這一會兒功夫，神容忽而覺得不對，外面好似突然安靜了，剛才示警的急鼓已經沒了。她快步往坑道外走，洞口處一縷光照下來，她只下來這一會兒，上方天色卻更灰暗一分。

走到坑洞口時，忽而聽到了急促而來的馬蹄聲。她踩著木梯上去，看見坑口還站著兵卒，知道來的是自己人，放心出了坑洞。

一隻手伸過來，隔著衣袖托扶了她一把，神容站定就看過去，不是山宗。

是胡十一，他黝黑的臉上全是汗，肩背上還有血跡，不知道是自己的傷裂開了，還是沾染了別人的。

神容聲不覺低了：「只有你回來？」

胡十一抹把汗：「頭兒還在抵擋，只不過換策略了，我奉命回來防守。」

她暗暗鬆了口氣：「那情形如何？」

胡十一忽然一下磕巴了，先摸鼻子，又撓下巴：「不太好。」

神容回頭看了高聳入雲的山峰一眼，便已明白幾分：「你回來防守是來守這座山的，到底如何了？」

胡十一陡然一拍腿：「算了，就知道瞞不過妳，那群狗賊已全力攻來，放了話，一夜就要拿下幽州！他奶奶的，城和金礦，他們都要！」

神容不禁捏緊手指，他們果然是朝礦山來的。

黑夜已至，關城上四處燃著火把，綿延了一排。

關城外面，兩山夾對，聳立著十數丈高的山崖，此時崖下蔓延了更亮的火光，遠不見盡頭，如火蛇狂舞，夾雜著不斷攻來的咆哮和嘶喊，直襲下方關口大門。

百夫長雷大帶人接替前一批軍所兵馬已經好幾個時辰，搭著額，往下遠眺了一番，迎頭便是一陣箭雨呼嘯而至。

一隻手拖著他一拽，才叫他及時避開。

旁邊兵卒紛紛以盾牌遮擋，也難免有人中了招，忍著不喊，以免被下方敵賊知道方位，接著就被旁邊的兵卒快速拖下城去處理。

雷大喘著粗氣轉頭：「頭兒，咱這空城計快唱不下去了，他們人太多了，就算拿火把迷惑他們，也不是長久之計，咱往日為何就不多募些兵呢！」

山宗剛鬆開他，靠著關城坐下，垂下手裡的長弓，一隻手撐著自己的刀，一聲不吭，彷彿沒聽見他的話。

幽州以往因有節度使，下轄九州二縣不向朝中交賦，也不問朝中要兵，兵馬皆由自己徵募，與其他邊關要塞和各大都護府一樣。這規矩直到如今也沒變。然而幽州在他建立屯軍所這幾年間，卻始終只有兩萬兵馬，從未多募過一兵一卒。

雷大以往不覺得有什麼，如今戰事起了才覺得有兵的重要。關外的也很古怪，就算是奚和契丹二族聯軍，這些年斥候探來探去，卻從未聽說過他們有這麼多的兵馬，這回是見鬼了不成！

沒聽見山宗開口，他也顧不上說這些了，抹把臉，又起身去應戰……

關口間山勢險峻而逼仄，並非開闊的平地，要想攻開關口，安圖利用攻城木或投石車都難上加難。

但他們人多，不斷地試圖攀上關城，前赴後繼，多的是可以耗的。嗚哇亂嚎的嘶喊聲從下方瀰漫上城頭。

山宗霍然起身砍倒一個剛攀上關城的敵兵時，迎面的關城上響起急切的笛嘯。緊接著，連笛嘯也斷了。

雷大急奔過來：「頭兒！他們上來了，咱們沒人能頂上了，這一段要擋不住了！」

山宗撐著刀喘口氣，當機立斷：「撤走！於關城內側山道沿途埋伏！擋不住他們進來，也不能讓他們長驅直入，拖住他們大部！」

軍令一下，對策又變，雷大聲如洪鐘地稱是，帶著眾兵卒迅速撤下關城。

山宗臨走前朝關城外仍不斷湧來的漫長火蛇掃去，那腹處高高挑著的一杆旗幡，粗獷的獸皮旗，若隱若現的「泥禮城」三個字。

他冷冷看了一眼，轉身大步走下關城。

神容靠在礦眼附近的一棵樹幹上，身上蓋著自己的披風，周圍是東來著人圍擋起來的一圈布帳。

胡十一還帶著人在周圍守山，她合上了眼，強迫自己入眠。

周遭靜謐，夜晚大風呼嘯，似乎送來了遠處的廝殺聲，隱約飄渺，不知來自何方。

神容分不清是夢還是真，好像有人廝殺過來了，他們要搶奪望薊山，金礦剛剛現世，才冶出首批金，她是來接替哥哥鎮山的，不能有失……

迷迷糊糊間倏然睜開了眼，才發現的確是夢。神容偏過頭，眼裡落入一道坐著的身影，不覺一怔。

那身影肩背寬闊挺直，一手撐著刀，不知何時進來的，似乎一直看著她。

「醒了？」是山宗。

她坐正：「你回來了？」

「嗯。」山宗聲音有些低啞，伸手在她頸後托了一下。

她被堅硬粗糙的樹幹硌出的不適在他手掌下一撫而過，後頸處的溫軟碰上他乾燥的掌心，微微麻癢，說明是真的。

遠處亮起了一簇火把的光，有兵卒快步朝這裡走來。神容這才漸漸看清他的模樣，暗自心驚，他臉頰上沾著點滴血跡，近在咫尺，能嗅到他黑烈的胡衣上瀰漫著一股血腥氣。

她想問怎麼樣了，只見他轉頭朝那簇接近的火把看了一眼，掀開布帳，起身出去了。神容沒多想便拿下身上的披風，跟了出去。

外面依舊是四處穿梭的守軍，那個持火的兵卒快步到了跟前，口中急急報：「頭兒，他們的先鋒已入關！」

神容心中一沉，去看山宗，他的臉在隨風飄搖的火光映照下忽明忽暗，眼底沉沉：「繼續拖著他們後方大部。」

兵卒領命而去。

山宗的目光落在遠處，側臉如削，低聲說：「妳已知道了，沒能擋住。」

神容靜默一瞬，穩住心神：「你趕回來，是要親自坐鎮此處？」

山宗頷首。

她無言，關口破了，需要他親自坐鎮，這裡一定危急了。

忽又有一個兵持火來報，大聲疾呼：「頭兒，敵方先鋒襲擊幽州大獄！」

神容看見山宗薄唇抿緊，微微合了下雙目，又睜開。

這一瞬間，胡十一從斜刺裡直衝過來：「頭兒，我領人去支援！」

「不去。」山宗說。

「啥？」胡十一急了：「難道任由他們去攻大獄？」

「他們的目的就是要吸引人去支援，好讓大部順利入關。」山宗拖著刀一動也不動地站著，聲音沉啞：「讓他們去！」

胡十一頓時說不出話來，抱了抱拳，去傳令安排。

驀然一聲鞭子抽響，坑洞附近，那群被允許出來放風的重犯蹲著。未申五半身探出，絲毫不顧鞭子的警告，惡狠狠地瞪著山宗：「姓山的，你居然不管大獄，那咱們的四個兄弟呢！」

他們聽見了。

山宗往前一步，自然而然將神容擋在身後：「那四個早被我移走了，根本不在大獄。」

「呸！老子會信你？」未申五差點要衝過來，被兵卒按住了。

山宗垂眼看著他：「信不信由你，我沒心情與你說第二遍。」

未申五被拖回重犯堆裡，還要再動，手鐐的鎖鏈被後面的甲辰三扯住了。

他回頭道：「幹什麼，難道你信他？」

甲辰三看他一眼，聲音低啞滄桑：「信，你又不是第一日認識他，這種時候，他沒必要騙咱們了。」

周圍重犯皆一片靜默。

未申五驟然間靜了下來，再去看山宗，只恨恨地哼了一聲。

山宗已轉過身，手在神容腰後一搭，帶著她走至樹下。

神容朝那群重犯看了一眼，忽覺他轉過了頭，在火光交織晦暗不明的夜裡，他英朗的臉依然沉定，雙目深邃黑亮：「這回會不會怕？」

她鬆開緊握的手，輕輕啟唇：「這是我的山，沒什麼好怕的。」

一如既往的嘴硬，也一如既往的大膽。山宗注視著她，低低笑了：「沒錯，這是妳的山，別怕。」

神容點頭，以為夜色裡他看不見，又開口「嗯」一聲，再無可說的。

不知多久，遠處出山的山道外，隨著夜風送來了清晰的嘶喊聲。一個兵卒飛奔而來：「頭兒，幽州大獄被攻破！他們又往軍所去了！」

胡十一從遠處匆匆趕回：「頭兒，這次我去支援！」

「不去。」山宗迅速下令：「將軍所剩餘兵馬全都調出，去防守幽州城，他們的目的不是軍所。」

胡十一滿腔怒火，被那群狗賊侵襲了老家，哪有比這更憋屈的，但抬頭見山宗映著火光的臉沉冷駭人，只能咬牙忍耐，抱拳又去傳他命令。

夜深時，仍不斷有飛奔來報的兵卒。

無數地方傳來了廝殺吶喊，可能是來自於關口，可能是來自於關內。

神容已不知站了多久，看身旁的山宗一眼，他到現在幾乎沒怎麼動過，如一尊塑像，唯有下每一道軍令時清晰又迅速。

她從沒有想過有朝一日會與他一同應對戰事，也從沒見過他這般模樣。

忽來一通沉悶鼓響，遠遠自幽州城方向而來。她回了神，循聲轉頭望去。

沒多久，兩匹快馬疾奔入山，當先馬上下來個穿著圓領官服的官員，領著後方一個護送的兵卒，一路跌跌撞撞地跑到礦山裡。

「山使！」是幽州官署裡的官員，走得太急，險些摔一跤，剛站穩就搭手道：「幽州城告急了，他們派了使者去城下遊說，趙刺史讓下官來稟明山使定奪！」

山宗如松般站著：「他們攻城了？」

官員道：「沒有。」

「那何來告急？」山宗冷冷說：「讓他們的使者來見我。」

官員似嚇了一跳，連忙稱是。

然而不等官員去傳話，山外已經能看見幾道火把的光亮時閃時現。一道聲音由遠及近地傳來，生硬的漢話，吐字不清：「契丹使者，求見幽州團練使。」

胡十一剛回來便聽到這消息，第一個咬牙切齒地衝過去：「來，咱都列陣等著，讓他滾進來見！」

山道兩側列兵以待，礦山裡，看守重犯的兵卒有意往前橫站開，遮擋了坑洞。

一個披頭散髮、長袍左衽的契丹男人走了進來，到達山裡時，手裡的寬刀上還沾著血，被赫然兩把刀攔住，才緩緩放到地上，空著兩手，皮笑肉不笑地道：「我誠心而來，請山使相商。」

胡十一看到那把染血的刀已經快氣炸了，手按在刀上，忍了又忍，回頭看身後。

山宗先看身側一眼，他身側還站著神容。

遠處東來快步而來，在神容跟前擋了一擋。

神容會意，隨東來往側面退開幾步，半藏在樹影裡，遠遠看著。

山宗這才掀眼，看向那使者：「相商什麼？」

使者連禮都沒見，一雙吊梢眼露著精光，面帶得色：「奉泥禮城城主令，來給山使傳幾句話，關口已破，你們已經抵擋不住了，不如儘早投降。只要幽州肯降，交出礦山，我契丹首領可不動幽州城百姓分毫，幽州以後依然由山使統領，也封你個城主做做，如何？」

神容扶著樹看著，不覺蹙了眉，那頭此起彼伏的輕響，別說胡十一，就連兵卒們都接連按了刀。

忽聽一聲低低的嗤笑聲，她轉頭，看見未申五蹲在坑洞口，正嘲諷地盯著前方，不知是在嘲笑使者，還是山宗。

她冷冷瞥了一眼，去看前方，山宗拖著刀，挺拔地站著，彷彿這裡就是他的中軍大帳，哪怕他的背後是坑洞口的那群重犯，周遭的守軍就快派完。

「誰說我們抵擋不住了？」他忽然說。

使者輕蔑地笑一聲：「幽州不是當初了，沒有轄下九州兵力，我們聯結大軍而來，如何抵擋得住？不如趁早投降。我們城主特地傳話，山使還想再嘗一次兵馬無回的後果嗎？」最後一句如同毒蛇吐信，說完他陰沉沉地笑了。

一聲鎖鏈輕響，神容倏然回神，看見未申五竟又動了，似乎想撲上前去一樣，這次惡狠狠的眼神卻是衝著那個使者。

胡十一正有火沒處發，快步過去，一把將他拽了回去。

這點動靜前方毫不在意，那個使者甚至沒朝這裡看一眼，只是不屑地看著山宗。

她去看山宗時微微一驚。

山宗手裡的刀輕輕點了兩下地，壓著雙眼，目光森冷如刀：「否則呢？」

使者似被激怒了，冷喝一聲，夾雜了句契丹語，狠戾道：「否則便是攻城攻山！待我大部進入，屠城焚山，到時可莫說沒給過你們機會！」說完轉身就走，撿了剛放下的寬口彎刀，刀口沾染幽州軍的血到此時仍然未乾。

山宗手中刀一振，霍然邁步而上。

使者察覺時大驚，立即回頭拿刀去擋，被他一刀劈落腳下，後頸被一把扯住，眼前瞬間多了柄細長冰冷的直刀，駭然道：「你……你想幹什麼？兩朝交戰，不斬來使是自古的道理！」

山宗扯住他的後頸，刀抵著他頸下，雙目森寒：「老子的刀就是道理。」刀鋒過，血濺而出。

他一把將對方屍首推去漆黑的山道，轉身時提著瀝血的刀，猶如修羅：「把他的人頭送給孫過折，告訴他，幽州不降！」

霎時間四周兵卒齊聲高呼，震徹群山。

神容只看到個大概，早已被東來刻意往前遮擋了大半，心中仍被懾住了。直到轉頭時，才發現就連那群重犯都無聲地盯著那一處。

山宗走到胡十一跟前：「將所有兵器取來。」

胡十一正解氣，馬上派人去辦。

一堆兵器哐噹作響，被悉數扔在坑洞口，在周圍的火光裡泛著寒光。

山宗沉聲說：「你現在可以帶人去支援幽州城了。」

胡十一愣一下：「那山裡怎麼辦？」

「這是軍令，首要是城中百姓，去！」

胡十一看他沉著的臉一眼，只能抱拳領命，匆匆帶著兵卒離去。山中只剩下寥寥無幾的兵卒，還有坑口附近的重犯。

山宗扔了刀，拿了扔在附近的開山鐵鎬，大步過去，面前是蹲著的甲辰三，他忽而揮臂，一下砍在甲辰三的鎖鏈上。

鎖鏈應聲而斷，他直起身：「我知道你們想我死，但你們也可以一雪前仇再來要我的命，除非你們想就此死在孫過折的手裡，再任由他蹂躪幽州百姓，像對薊州一樣。」

甲辰三抬起頭。所有人靜默又詭異地盯著他。

山宗盯著他們，丟下鐵鎬：「若願意，砍開鐵鐐，拿起武器，隨我作戰；不願意，就此出山，反正這裡的兵也不足以困住你們了。」

「隨你作戰？」未申五冷笑：「你方才不屈服那股勁兒確實叫老子們佩服，但你不要以為老子們就會對你刮目相看了。」

「我不需要你們的刮目相看，」山宗幽幽說：「我只在意結果。」

未申五臉色漸沉。

山宗轉頭，大步過去牽了馬，翻身而上，看著他們：「若還能戰，就聽我號令！」

重犯們紋絲不動，忽而甲辰三拿起鐵鎬，奮然斬斷身旁未申五的鎖鐐。

「老子就是死也不能死在孫過折的手裡。」他丟開鐵鎬，嘶吼一聲：「老子還能戰！」

其他重犯頃刻間都動了，鐵鎬聲響，鎖鐐盡斷。

未申五咬牙，陰笑得眼上的白疤都在抖：「成，一個不走，誰也不走，反正都是仇人！戰就戰！」

神容緩緩走出兩步，看著眼前這不可思議的一幕。

忽聞山宗在馬上一聲高呼：「盧龍軍何在！」

重犯們如同猛獸出籠，周遭卻有一瞬的凝滯。

山宗胸膛起伏，又是一聲冷喝，聲震山野：「盧龍軍何在！」

甲辰三猛然一把撕去右臂破爛的衣袖，大呼：「盧龍軍在！」

剎那間，每個人都撕去了右臂衣袖：「在！」

就連未申五，喘氣如牛，也狠狠撕去衣袖。

「盧龍軍在！」

神容震驚地看著他們，他們每個人的右臂上，都清晰地紋著「盧龍」二字的刺青。她近乎茫然地看向馬上的山宗。

他們竟然都是他的盧龍軍……

後半夜，秋風捲著廝殺吶喊聲在河朔大地勁吹而過，未曾停歇。

一支披頭散髮的關外騎兵自攻往幽州城的先鋒中分出，直往高聳綿延的山嶺而來。熊熊火把的光幾乎照亮了半邊山外天地，馬嘶人嚎，手中彎刀揮舞，故意把威嚇的咆哮送入山中。

使者被殺，幽州不降，他們即刻攻城攻山。

山中毫無動靜，只有零星幾點火把的光亮在照著。遠處混著風聲而來的，只有幽州城頭上急促不停的鼓聲。

一聲契丹軍令，披頭散髮的騎兵下馬，直撲山中那點光亮。

漫長的山道上，進去就如同被裹進了濃稠的墨裡。打頭的尚未摸清楚走向，眼前忽來寒光一閃，只看清一道勁瘦的少年身影，已經睜大眼睛倒了地。

那是東來，一擊殺敵後，迅速折返深山。

後方敵兵立即朝他急追，喝叫聲不斷，忽而一腳踏空，方知陷入了陷阱。迎頭幾道駭人的黑影逼近，刀過頭落。

三五一股的人馬接連入了山，威嚇的咆哮卻變成了不斷的慘嚎。

很快山外一聲怒吼，入山的敵兵不再分散，聚齊直衝而去。

等著他們的是一片淺溪旁的山腳谷地，忽來亂飛箭矢，只有一陣，但就在他們聚攏去旁邊野林間避箭時，林中突有人影遊走而來，鎖鏈聲響，刀光映著火光送至。

一刀之後斬殺數人，他們就及時退去，隱入山林。敵兵甚至來不及去追，又來箭矢。

鎖鏈聲響，人影又現，再殺數人，疾退。

終於，有敵兵意識到是入了漢軍的陣門了，大聲用契丹語喊著提醒同伴，往山外退去。

「陣合！」後方，山宗的聲音傳出，冷冽如刀。

鎖鏈聲響，人影遊走，抄向退路，落在後方跟不上及時退走的幾人被悉數斬殺……

望薊山的坑洞附近，火光飄搖。

神容看見那僅剩下的兵卒們收了射箭的長弓退返回來，東來也領著護衛們回來了。她自樹後走出，看著不遠處那群身影。

陣開，人影自林間迅速遊走，交替而出，出刀者旁必立人掩護；陣合，一擊即退，至狹窄的山間空地，攏而防守。

看似雜亂無章，實際絲毫不亂。光是這樣看，也可以相信，這些人的確是他的盧龍軍。

身前馬蹄聲疾至。山宗霍然策馬到她面前，扯韁橫馬，上下看了她好幾眼，彷彿在確定她無事。

神容到此時才算完全回神，轉頭去找那些不遠處穿梭殺敵的身影，輕聲問：「只有這些人，能擋住？」

山宗胸口起伏，手中帶血的刀指一下天：「他們能以一當百，至少關外想一夜就拿下幽州是沒可能了。」

神容抬頭看天，風湧雲翻，青灰天際退去，天已亮起。

「呸！」山林間陸續走回那群身影，未申五拖著斬斷的手鐐腳鐐，朝著這頭陰陰地笑：「你別的不行，練兵可要看得起自己，老子們只能以一當百？老子們能以一當千！」

其他跟在後面的人應和著他的話怪聲地笑，居然多了平日裡不曾有過的痛快。就連跟在後面寡言少語的甲辰三拖刀回來，吐出口血沫子，都笑了一聲。

忽來一陣破空尖嘯，如疾風勁掃，山宗迅速按馬跪地：「伏地！」

下一瞬間，神容被他一把摟住，按倒在地，臉埋在他的胸膛，人結結實實落在他臂彎裡。

聲過後，他才鬆開她抬頭。

剛才幾乎所有人一瞬間都匍匐在了地上，此時周遭樹木上落滿了飛射而來的箭羽。

未申五張嘴吐出一口塵土：「狗東西們這是急了！」

那是山下盲射而來的一陣。

一個兵卒小跑過來，喘著氣報：「頭兒，他們約有先鋒數千在山外，其餘先鋒都去攻城了，關口處還有衝進來的在往此處不斷增兵！」

山宗摟著神容站起來：「他們準備清山強攻了。」

神容按一下急喘的心口，摸到懷裡的書卷，忽而想到什麼：「他們想要金礦，但不知道礦眼，應當不會真焚山。」

「不會，所以只會集結兵力強攻。」山宗看頭頂越發亮起的天一眼：「天亮了，只有利用山勢來抵擋了。」

「沒錯。」神容又摸一下書卷。

山宗忽然低頭，對著她的雙眼。

她看未申五他們一眼，迎上他的目光：「可還記得東角河岸，他們當初遇險的地方？」

那群人齊刷刷地扭頭看了過來。

「記得。」山宗揚起嘴角：「好得很，就是那兒了！」

他轉頭看東來一眼。東來看看神容，會了意，快步上前聽他吩咐。

頃刻間，兵卒們拿木板草料遮蓋了坑洞口。

東來帶著長孫家的護衛們衝往山道，刻意地高呼：「快！他們要殺進來了，快隨我保護金礦！」

山外，敵兵已經大隊入山，衝破山間霧靄，光腳步聲幾乎遍布山林，乍聞此聲，追著聲音而去，只為得到礦眼。

無人知道他們的後方，那八十道人影已緊隨其後地跟上，如同鬼影。

神容還在原地站著。

山宗翻身上馬，俯身一伸手，抓住她的手臂：「上來。」

神容被拉著踩鐙上了馬背，他自後擁住她，策馬即走，踏上高坡。

東角河岸，望薊山拖拽的一角靜默垂墜於此。後方追來的敵兵約有數百之眾，後方還另跟有兩股，呈品字形圍抄而來。

東來帶著護衛們迅速跑至河岸和山脈中間的下陷之處，雜草遍布，數丈見圓，坑窪不平。敵兵追來時，他們正奮力砍去雜草，用刀鑿著那裡土質的山壁，山壁上的一個豁口已經可容兩人通過。隨即回頭發現追來的敵兵，護衛們頓時四散而逃，東來則立即往豁口裡鑽去。

披頭散髮的敵兵們聽領頭的招手一喝，頓時直撲豁口，認定了那裡就是礦山的礦眼。

連續衝進去的人沒有出來，反而傳出了駭人的驚呼慘叫聲。後面的敵兵收腳，有的伸頭想進去看一眼情形，身後忽來飛箭，從山林雜草間射來，逼迫他們躲避，不得不鑽入，又是慘嚎。

箭一陣就沒了，終於有剩下沒進去的趴在豁口邊看清了裡面的情形，那裡面居然是個深不見底的泥潭，如桶一般，此時他們的人全落在裡面，掙紮慘嚎著被泥潭吞噬。

東來攀在豁口邊的山壁上，躍出來時，外面還剩了足足快兩百來人，全困在這一方坑窪中，居然接連倒了下去。

自後而來的八十個人像是橫捲過來的，殺敵時眼都不眨，似乎藏了無盡怒火，命都不顧一般，凶狠萬分，刀是武器，連砍斷的鎖鏈也是武器，眼裡只有殺，眼都已殺紅，盡是怪聲。原先還抵擋的敵兵漸戰漸退，四處濺血。

攔在最後方的還有一人，是剛從馬上下來，持刀而立，胡衣烈烈的山宗。

一聲急切的號角聲吹響，自山間往外退離，漸漸飄遠。

持弓的兵卒飛快跑至東角河岸，急報：「頭兒，他們退出山外，重新整兵了！」

追來的數百人盡滅，後方兩股敵兵終於學乖，及時退出去了。

山宗在河邊清洗了刀，抬一下手，兵卒退去。他起身，往旁邊看，神容正坐在一旁的大石上，聽到兵卒的話，朝他看了過來，白生生的臉被風吹紅，奪他的眼。

山宗盯著她，聲不禁放低：「暫時沒事了。」

神容剛放鬆一些，又蹙了眉：「只是暫時？」

山宗看天一眼，從夜到日，從日升到日斜，這一通抵擋，幾個時辰過了，像她這樣嬌貴的人，到此時水米未進，都是因為跟在他身邊，才經歷了這一通戰事。

他笑一下，點頭：「如果沒猜錯，整兵之後還會來攻。」

神容臉上依舊鎮定，只是稍稍白了一分。

山宗看著她的臉：「現在只有一條出路了。」

神容立時抬頭看他。

他提著刀，幽深的眼底蘊著光，聲音沉沉：「孫過折擅長蠱惑人心，忽然有了十萬兵馬，一定是他利用什麼條件聯結了其他周邊胡部，或許就是金礦。他會連夜派來使者，無非也是想拖延時間讓大部進關，可見這十萬兵馬未必是鐵盟。」

神容想了想：「那你打算如何做？」

「只有突襲。」他說。

河邊一聲怪哼，似笑似嘲，是蹲在那裡清洗的未申五。幾十個人蹲在河邊，河水被他們手裡刀兵上的血跡染紅了。

未申五扭頭看過來，齜著牙笑：「突襲？就憑這山裡僅剩的百來人，你有什麼把握？」

山宗冷然站著：「不試試如何知道？」

未申五頓時呸一聲，臉上露出狠色：「既然一去就可能回不來了，老子們為什麼要跟著你去拼，真當老子們服你了？還不如現在就要了你的命，先報一仇再說！殺了你，老子們再出山去殺孫過折！」話未落，人已旱地拔蔥一般躍起，刀從水裡抽出，鎖鏈聲響，衝了過來。

頓時其餘的人全都圍了上來。

山宗眼疾手快地拉著神容擋去身後，刀鋒一橫，隔開他：「動我可以，她不行。」

未申五退開兩步，陰笑著握緊刀：「放心，小美人兒若是被傷到了，老子賠她一條命，她是你心頭肉啊，不動她能動到你？等你死了，她就沒事了！」說著刀剛剛又要舉起，臉卻陡然陰沉了，因為已聽見左右張弓的緊繃聲，兵卒們已經跑來，拿弓指著他們。

東來抽刀在旁，和護衛們緊盯此處，隨時都會衝上來。

霎時間，彼此劍拔弩張，互相對峙。

「這就是所謂的盧龍軍？」神容被擋在山宗身後，握緊一隻手的手心，冷冷看著眼前這群人，克制著漸漸扯緊的心跳：「既然是盧龍軍，因何變成這副模樣，什麼樣的仇怨，非要在這關頭要他的命？」

未申五陰狠地瞪著山宗笑：「是啊，老子們怎麼變成這幅模樣了，這就得問妳男人了！」

神容下意識去看山宗，他只有肩背對著她，驀然挺直，始終牢牢擋在她身前。

「問你呢，怎麼不說話了！有種就告訴她啊！」未申五狠狠磨了磨牙：「反正都要死了，還藏什麼，告訴她！你的盧龍軍已經投敵叛國了！」

周遭一瞬間死寂無聲，只餘下一群重犯粗重不平的喘息聲。

神容不禁睜大雙眼，以為自己聽錯了：「什麼？」

山宗終於動了，握刀的手用了力，手背上青筋凸起，雙眼幽冷地盯著未申五：「盧龍軍不可能叛國。」

未申五的臉僵了一下，不只是他，其他人也都明顯愣了一下，甲辰三一雙渾濁滄桑的眼盯著山宗。

「你居然還有臉說盧龍軍不可能叛國？」未申五很快又陰笑起來：「說得好聽，你又做了什麼！為了洗去罪名，轉頭就將咱們送入了大牢！咱們八十四人成了叛國的重犯，你自己搖身一變成了幽州團練使！任由盧龍軍的弟兄們再也回不來了！就憑這個，老子們就可以殺你十次！」

神容無聲地看著山宗，什麼也說不出來，心底只餘震驚。看不清他的神情，只能看見他肩頭微微起伏，握刀的手骨節作響，不知用了多大的力。

未申五看一圈左右，眼上白疤一抖一抖，又看到神容身上，忽然無比暢快一樣：「小美人兒，終於叫妳看清他是什麼樣的人了，別怕，老子們當初眼也瞎了，如今終於能報仇了！」

神容身上一緊，抬起頭，是山宗將她擋得更嚴實了，幾乎完全遮住了她。

周圍弓箭瞬間又拉緊，指著這群人。

忽聽一聲冷笑，她怔了怔，是山宗，卻聽不出什麼意味。

他抬起頭，盯著未申五，眼都血紅了，語氣森冷：「說得對，反正就快死了，那好，我也沒什麼好遮掩的了。」他一隻手伸入懷裡，摸出什麼扔了過去。

神容瞄見了，是那塊破皮革，當初他們一起在關外那個鎮子附近見到那個瘋子，交到他手上的破皮革。

甲辰三撿了起來，忽然眼神凝住了，抬頭看著山宗：「哪裡來的？」

山宗說：「關外。」

甲辰三的手抖了抖：「你一直在找他們？」

山宗驀然又笑，聲卻冷得發緊：「他們是我的兵，我不找他們，誰找！」

未申五一把奪過那皮革，喘著粗氣，眼神在山宗身上掃來掃去，遊移不定：「老子不信！他還會這麼好心，在找其他盧龍弟兄！」

「信不信由你，」山宗冷冷地看著他：「我說了，我只在意結果。你們是要在這裡等死，還是跟我出去搏一搏，留著命再去找他們，自己選！」

忽然間其他的人都退後了一步，手裡的刀垂了下來。未申五眼裡通紅，如同凶獸，卻又被甲辰三摁住了。

「他說的沒錯。」這的確是唯一的出路了，曾是軍人，甲辰三很清楚。

他從未申五死緊的手裡一把抽過那塊皮革，紅著渾濁的眼，丟還給山宗：「老子信你，如果他日發現有半句假話，老子第一個殺你！」

山宗接住皮革，緊緊捏著。

甲辰三扯過未申五：「走。」

八十人全部退去，周圍持弓緊繃的兵卒們才退開，早已被剛才發生的事驚駭到什麼也說不出來。

東來也只瞄了少主一眼，帶著護衛們悉數退去。

山宗此時才鬆了刀，轉過身，一把攬住神容。

神容在他懷裡微微發顫，此時才看清他手裡那塊破皮革，又灰又髒，上面繡了兩個字，已經磨損得發了白，赫然就是盧龍二字。

「他們說的是真的？」

山宗緩緩鬆開她，眼底紅絲尚未褪去，喉間滾動：「我曾在先帝跟前立下重誓，此生不再對別人提及盧龍軍半個字，否則不只是我，聽到的人也要獲罪。如今看來，大概這就是天意。」

神容忽然明白了，他為何當時說只能說這些：「你被特赦的罪，就是這個？」

他竟然低笑了一聲：「這是最重的一條。」他低下頭，「妳只需知道盧龍軍不可能叛國，終有一日我會將他們帶回來。」

她一瞬間全記起來了，當時去關外那個鎮子，他說他要找的不是一個人，原來就是要找他的盧龍軍，「他們……還在麼？」

山宗忽然沉默了，頓了頓，才說：「這已是第四年了，只找到這點線索，我信他們還在。」

神容再也說不出話來，只能看著他異常冷靜的臉。

難怪當初他說去過關外的事是彼此間的祕密。或許不是這一戰，他仍然還守著帝前重誓，永遠不會將那群盧龍軍的身分暴露出來。

灰白的日頭徹底西沉時，山外的敵兵似乎也整兵結束了。

遠處關口拖延了夠久，廝殺聲還在蔓延，幽州城的鼓聲急擂不止，聲聲不歇。未申五和甲辰三對視一眼，彼此眼中通紅盡褪，起身備戰。

二三十個兵卒牽著山裡僅存的戰馬過來，自馬背上卸下一堆軟甲扔給他們。

是之前拿箭指著他們的兵卒，也是平日裡持鞭看守他們的兵卒，但如今，他們即將同上戰場，一同突襲。

「頭兒有令，穿戴整齊，等他一刻。」

甲辰三看了一瞬，彎腰撿起，手指摸了摸那軟甲，那上面的皮革，還比不上山宗之前扔出來的那塊厚實。

他忽然發現，如今的幽州軍，裝甲遠不及當初盧龍軍完備，但他們依然沒有退，縱然只有這些人，還願意跟著山宗血戰到底。

未申五拿著破布條纏上右臂的盧龍刺青，看見他第一個套軟甲，白疤一聳，怪笑：「再披戰甲的滋味如何？」

甲辰三撿了一件當頭丟給他：「穿上，這次我信他。」

未申五臉色數番變化，終究咬牙套了上去。

山林間暮色籠罩時，山宗還在東角河岸處，胡服裡綁上了軟甲，束帶收緊，一隻手緊緊綁縛著護臂。

神容站在一旁，靜默無聲，只看到他護臂有一處似沒綁好，不自覺伸手撫了一下。手旋即被他握住了，她抬頭，終究忍不住問：「有沒有援軍？」

「有。」

她有些不信：「真的？」

「我說有就會有。」山宗托起她的下巴：「妳不是一直都很膽大？」

她蹙眉：「我沒怕。」

「那妳敢不敢更大膽一些？」

神容眼神落在他臉上：「什麼？」

山宗眼底沉沉：「不等去長安了，我們即刻就成親。」

神容一怔，人已被他拉了過去。

他指一下前方的望薊山：「這座山就是妳我的見證，妳我今日就在這裡成親。」

她盯著他：「你當真？」

他勾唇：「當真。」說完衣擺一掀，跪下來，拉著她一併跪下。

高聳的望薊山在暮色裡靜默，周圍煙塵血腥氣瀰漫，東角的河在身旁奔騰而過。

山宗豎起三指對天，風裡只有他清晰的聲音：「今日在此，山為媒，水為聘，我山宗，願迎娶長孫神容為妻，天地共鑑。」

神容心裡急促如擂，轉頭看他，瞬間就被他一把摟住，唇被堵得嚴嚴實實。

山宗含著她的唇，親得用力，雙臂一托，抱著她站起，直抵著一旁的大樹才停，狠狠吮過她的舌尖。

神容渾身一麻，像被提起了全部的心神，軟在他懷裡一口一口地呼吸。

山宗與她鼻尖相抵，喘著氣：「若我沒能回來，就當這是我一己私為，隨妳處置；若我回來了，此後妳就是我夫人。」說完鬆開她，大步離去，迅速翻坐上馬背。

神容氣息不定：「山……」

只來得及說出一個字，馬蹄疾去，人已隱入暮色。

第二十八章 幽州變

夜幕將將籠蓋四野，山外，披頭散髮的關外騎兵整結完畢，火把接連亮起，烈火熊熊。

山脈太廣，山勢不明，連番受挫，讓他們愈發摸不清裡面的情形，究竟山裡還有多少守軍，還有多少陷阱機關，一時間投鼠忌器。

當中領頭的契丹首領坐在馬上，喘著悶氣，惱恨地低吼著一句一句的契丹語，手裡的寬口彎刀揮舞，憤恨不甘。

大軍來襲，好不容易攻開了幽州關城的關口，卻到現在還沒能拿下這片山，這已經違背了主帥的命令。之前的連番侵擾試探，如今的一夜拿下幽州，全都成了空口笑話，待關外的大部到來根本無法交代，還會受到嚴懲。他們必須拿下這座山，不惜一切代價！

「姓山的漢狗沒什麼可怕的！」首領以契丹語怒叱：「他親自鎮守山裡也不足為懼，殺了他，金子和女人都是你們的！」

驀然一聲怒吼，契丹語的「殺光」狠戾尖銳，敵兵們火把高舉，彪悍的咆哮應和聲倡狂地送入山林。

首領重整了士氣，繼續罵著狠話，要將幽州軍碎屍萬段，血債血償，手裡揮舞起彎刀，下令全軍攻入，再不行就真放火焚山！

敵兵橫在山外，彎刀對著山林，即將大軍推入，就在此時，卻發現山中毫無動靜了，連原本那點火光都沒了。

周遭寂靜了一瞬，這一瞬，似乎連呼嘯的寒風都停了。而後靜謐的山林一點一點震顫了起來，不是山在震，而是馬蹄聲激烈，有馬蹄聲衝了出來。

首領頓時高喝戒備，一支疾馳的黑影已從眼前山林裡衝出，迅疾如電，黑影如風，看不清人數，也看不清來向，直衝而來，突又轉向，似乎企圖橫越突圍。

一股敵兵馬上追擊而去，橫列的敵兵陣列被扯拽出去一角，隊形被打破。

只這一剎那，突圍的人馬卻忽又折返，不要命一般，竟主動直撲回來迎戰。

契丹首領大聲喝罵，敵兵橫刀而上，火光都被吸引過去時，山裡方向卻又再度震盪而來一陣劇烈馬蹄。

從未見過的烈馬急速，飛奔直衝敵陣，敵兵們還未回神，他們已如尖刀直刺而入。

馬過處，接連倒了幾個敵兵，破開一道小口，就這眨眼一瞬，後方又衝來一匹快馬，黑衣獵影，一刀揮過。

快馬幾乎沒有停留，這一瞬間極快的配合，快到甚至不給反應時間，敵兵們以為他們只是試圖衝出重圍，頃刻又要去追。

然而嘶吼咆哮聲中，卻見當中馬上的首領已經雙眼圓睜，一動不動，猛然頭上氈帽滾落馬下，連著頭顱。

下一刻，便有契丹語高喊起來：「首領死了！姓山的突圍了！他們的援軍要到了！」

軍心渙散，勢如山崩。慌亂中，敵兵們跨馬，爭相退往幽州城下，與大隊先鋒會合。

「怎麼樣，弟兄們，老子剛才那句契丹話喊得如何？」茂密山腳野林裡，鎖鏈輕輕一響，一個重犯一手按著馬，蹲在野叢間，喘著粗氣小聲問。

一旁甲辰三趴著，同樣喘著氣：「還不賴，裝得挺像回事。」

未申五呸地一口吐出沾了血的唾沫，黑暗裡，盯著最前方持刀蹲地的一個挺直模糊的背影，不用看也知道，他的刀上還留著砍下那個契丹首領頭顱的淋漓鮮血。

這只是一小片谷窪之地，每個人都在壓抑地急喘，每個人周身都是血腥氣瀰漫，但凡那群敵兵還有人統領不亂，就能回頭將他們包圍盡滅。

但看來，他們準備不夠，只想著快速拿下此山，並無萬全備策，死了首領就亂了陣腳。

這一招是最快最狠的一招，差一步配合，哪怕只是手腳慢半步，都可能會滿盤皆輸，但他們成功了。

甲辰三朝那模糊的背影看一眼，低聲道：「他判斷的分毫不差。」

未申五隻古怪地笑一聲，什麼也沒說。

直到外面再無動靜，一個兵卒捂著突襲裡中刀的手臂回來，鑽入野草，喘著氣稟報：「頭兒，幽州城沒擋住，城門破了……」

利哭嚎。

頓時四下寂靜，連喘聲都停了。遠處再無城頭擂鼓聲傳來了，卻似乎能聽見風裡送來的尖

幽州城破，這裡攻山的敵兵也去了，關口處能拖住大部的軍所兵卒一定也所剩不多，還會不斷有敵兵增來，城中都是手無寸鐵的百姓，那裡會有何等慘狀，可想而知。

山宗抬頭看了黑黢黢的天一眼，緊緊握著手中刀：「差不多了，援軍應該快到了。」

未申五低罵：「你他娘的少唬人，你突襲都沒人了，哪兒還能來援軍！」

「當然有。」山宗冷笑一聲：「檀州。」

一個兵卒立即出聲：「可是檀州的周鎮將素來……」

「他會來的！」山宗霍然起身：「上馬，去關口，現在才是真正的突襲！」

火油刺鼻的煙灰被大風吹過，塵沙彌漫肆捲，掃過幽州城被強行破開的城門。

熊熊火光映照城頭，在城頭上坐鎮的趙進鐮被剩餘的守軍護衛著，退在城頭一角，前方是剛剛登上城頭，披頭散髮手持彎刀相向的一隊敵兵先鋒。

「趙刺史，送你一份大禮。」先鋒首領頭戴氈帽，操一口生硬的漢話，桀桀冷笑，手一揮，兩個女人被敵兵拉扯著一把推了過來。是何氏和趙扶眉。

趙進鐮大驚失色，慌忙伸手去接，已有守軍拖著她們迅速搶了過來。

「我們特地把他們從刺史府接來與你團聚，你看，你們是要一起上路，還是改口投降。」

何氏縮在趙進鐮懷裡低低嗚咽，一隻手被趙扶眉緊緊握著，哆嗦不止。

契丹人衝入刺史府殺了十幾個護衛就把她們硬生生拖了過來，她著實被嚇到了。

但這模樣在敵人眼裡看來不過是臨死哀鳴，那首領不耐煩地催道：「給你這個機會，是叫你去勸降山裡，只要金礦一到手，給你們留個體面的全屍。否則……」對方生硬地拖著音調，毫不在意地陰笑，「你會死得很慘，你這兩個女人會死得更慘，整個幽州城都要陪葬。」

說完恫嚇地大笑，身後的兵也跟著笑，笑得不懷好意。

守軍們橫兵指著他們，喘氣如牛，這點兵力，撐到此刻已是負隅頑抗，誰都知道他們的意思。

幽州不降，一夜拿下幽州的夢破了，他們的怒火自然是要拿幽州城來抵，越是反抗，報復越重。如果不是有礦山，或許城破的那刻，屠城就開始了。

趙進鐮扶著妻子，抖著手拍一下趙扶眉手臂，顫聲低語：「莫要擔心，山使說了，會有援軍來，你夫君會來，周鎮將會來。」

趙扶眉低垂的頭抬起來，強忍著還是在打顫：「什麼?他怎麼可能來……」

於公，這裡是幽州地界，輪不到他插手；於私，他與山宗有仇怨，且如今因為自己，還又加深了一層。

「是，我也是這麼說的，但山使說他會來，會來的，妳還在這裡，他怎會不來。」趙進鐮克制著，其實心裡也沒底，但縱然到這一刻，他是首官，也要穩著人心。

當日在為神容接風時，酒肆外，山宗與他商議軍務時做過最壞的設想——倘若之前皆是試探，關外忽然來襲，幽州城被攻擊，就立即報信檀州，因為還有一座礦山要防。屆時就說他的幽州軍抵擋不住，哪怕周均只是要看他一敗塗地的無力，也會率軍前來。

趙進鐮當時問他：「那豈非要你踐踏自己顏面來求援。」

山宗不以為意，甚至還笑了：「為將者，任何人，任何物，皆可為兵，仇人也是兵。更何況，周均歸根結底仍是個軍人，是一州鎮將。」那是他的原話。

那個契丹首領見趙進鐮不說話，反而竊竊私語，已沒了耐心，咕噥一句契丹語，刀朝這群將死之人揮了一下，看他們如看螻蟻。

身後的兵剛要上前揮刀，一個披頭散髮的敵兵跑上城來報：山中突襲了，那邊首領被殺，攻山的騎兵全趕來城下了。

首領破口大罵廢物，正要為他們贏得勸降的時機，居然就這麼退了。

緊接著，又有一人來報：關口也遇到突襲了！

首領陰沉著臉，怒不可遏，卻還算鎮定，大聲叫囂了兩句契丹語，頓時城下一隊敵兵跨馬離去支援關口，剩下的敵兵抽出彎刀，砍向守軍。

前面的守軍倒下時，城上陡然迎接了一陣箭矢。

城下大街上，胡十一帶著殘部從暗角裡衝出來，嘶著聲怒吼：「一定是頭兒去突襲了，張威，殺他們狗日的！」

城上的敵兵被吸引而去，趙進鐮緊緊摟著何氏，一手拽著趙扶眉，被且戰且退的守軍護縮至城頭，忽見遠處火光大亮，風裡送來了馬蹄聲，越來越近，越來越清晰。

廝殺從城門下方蔓延到了城中，大街上，敵兵衝開各家各戶，店鋪庭院，火把亂扔，開始屠城。

尖叫混亂聲中，暗角裡還有剩餘的守軍在頑抗，拖拽著他們的兵力。

兵戈聲烈，城外的馬蹄聲已清晰可聞。

城下敵兵察覺到時衝出去，迎頭就是一陣箭矢不管不顧射來，頃刻倒下一片。

熊熊火光裡，一排兵馬衝向破開的城門。

趙扶眉在混戰的城頭角落裡避無可避，忽而一箭貫穿面前揮刀的敵兵，濺了她一身血。

她勉強扶著城頭往下看，兵馬陣中，一人打馬而出，白面細眼，身配寬刀，正雙眼陰沉地盯著城頭：「檀州軍前來支援幽州！」

是周均，如山宗所料，他真的來了。

「援軍到了！」城中霎時回應聲四起。

胡十一帶領剩餘的幽州軍殺出一條街角，和張威會合，練兵千日，反應迅捷，不用多言就知道奮力將敵兵推回城門，送入援軍刀口。

關口處，僕屍遍地，仍不斷有敵兵在往裡衝。得天獨厚的地勢使得關口狹窄，對伏擊有利，兩側茂密山林裡不斷飛去暗箭，人影遊走搏鬥廝殺，儘管如此，剩下的軍所兵卒也已寥寥無幾。

而關口外，火光依然亮透山嶺，幾乎可以照遍關口一路染了血的山地。

又是一陣敵兵再衝進來時，遠處馬蹄聲踏著風聲迅疾而至。忽然間多出百條人影，馳馬而至，直迎向衝入的敵兵。

有藏在暗處等著伏擊的兵卒藉著火光看清了來人，忍著驚喜沒有喚出那聲「頭兒」，卻見他身後跟著的一群兵馬駭人無比——衣衫破敗地套著軟甲，蓬頭垢面形同鬼怪，幾乎已看不出人樣，居然是山中那群重犯。

偏偏個個殺人如麻，毫不停頓，甚至還有人狂肆地怪笑。彷彿無比痛快，鮮血都無法沖淡的痛快。

「收兵回撤，掩護後方，引一隊援軍過來！」山宗迅疾下令，手裡的刀揮出，直貫一個騎兵的心口。

埋伏的兵卒聽令撤向後方，雖然不知道哪裡會有援軍。

頭頂正是天亮前最暗沉的時刻。

山宗橫擋在關口，胸膛起伏，俯身一刀斬向橫衝而來的快馬，連帶後方倒下一片，落地就已被其他人的刀斃命。

趁眼前清出一條血路，山宗甩去刀尖殘血：「聽我號令，一擊即退，放他們入關。」

「頭兒！」一個兵卒驚愕的急呼咽在風裡。

「退個屁！老子還沒殺夠！」未申五惡狠狠地罵。

「這是軍令。」山宗看著關口外接近的火光，幽幽說：「放他們進來，讓我看看孫過折這十萬大軍到底是鐵盟，還是風一吹就散了。」話音未落，人已率先振馬，疾衝出了關口。

烏泱泱的兵馬如同潮水，湧著火光自遠處莽莽蕩蕩逼近關口，當中一杆粗獷的獸皮旗高舉，「泥禮城」三個字隨著火光時隱時現。

忽然黑洞洞的關口裡衝出人影。

「箭！」契丹語的軍令剛下，弓還未拉滿，他們已迅速竄上兩側山嶺。

馬走斜坡，難以久行，只一段，踏著細碎滑落的山石塵土陡然衝了出來，但已足夠他們避開箭陣。

快馬自兩側衝入，凌厲的幾刀，換得幾聲慘嚎。瞬間，又撤馬回奔。

這次沒有迴避，而是直直地衝回了關口。

怒吼聲起，敵軍海湧一般追向關口。

山宗殿後，回馬斬殺兩人，遙遙往後看一眼，策馬疾走。

潮水般的大部兵馬中，一道馬上身影自獸皮旗下露了臉，髡髮垂辮，披著圓領盔甲，面朝著他的方向，手裡彎刀一指。那是契丹貴族才會有的打扮，是孫過折。

大部領頭的人馬毫無阻攔地進了關口，夜色裡，緊追著那一串人影不放。

過了山地，是大片無遮無攔的荒野，再往前就是幽州城。

城中分出來支援關口的敵兵剛走到這裡，就被山宗安排回撤掩護的軍所兵卒吸引，一路追擊。

兵卒故意往回城方向撤，如山宗所說，竟真遇上了援軍……

轟隆的馬蹄踏過幽州荒野，暗箭不斷。

有人中箭了，但只有一聲悶哼，就沒了聲，依然按照計畫頭也不回地往前疾奔。

熊熊火光在前方亮了起來，一排漫長的邊線，如同結了張網，等著他們來鑽。

後方如雷的蹄聲忽然斷了，只剩風吹著塵灰送過來。

山宗勒馬回頭，百丈之外，敵兵人馬已經全都停下，馬嘶踟躕，如同被一隻手生生扯拽住，凝在濃稠如漿的夜色裡，形同對峙。

隨後，他們開始後移。

直到急切的號角聲吹響，才有人意識到他們是撤兵了。

「頭兒？」一個軍所兵卒難以置信地出聲。

「不奇怪，詭計多端的人，最害怕別人的詭計。」山宗冷冷笑一聲，看著那頭遠去的火光：「派人去探，看他們是真撤退還是假撤退！」

兵卒快馬而去。

後面未申五怪笑：「居然叫你蒙對了，那孫子的十萬大軍果然不牢靠，這就嚇跑了！」

十萬大軍在手，卻被毫不畏懼地正面襲擊，還是山宗親自帶人襲擊，本就可疑。追來後又看見遠處火光乍現，是誰都會想到那是援軍到了，還必是重兵，才讓山宗有了這樣的底氣，讓他可以不顧一座金礦和一城百姓的性命，以身做餌地吸引他們前來。

越是想得多的人越容易懷疑，也越容易猶豫。

山宗轉頭，看向遠處那排檀州軍的火光，直到此時才鬆下肩頭。這殊死一搏，只有他自己知道冒了多大的凶險。一旦有失，萬劫不復。

望薊山裡，寂靜得一點聲音也沒了。

坑道裡，沒有一絲光亮，神容在黑暗裡靠著山壁坐著，一口一口嚼著乾硬的軍糧。

「少主，」幾聲腳步輕響，東來低低的聲音傳過來：「外面沒有動靜，沒有人入山，山使應該成功了。」

「肯定麼？」她輕聲問。

東來無言。無法肯定，只是推斷。

神容沉默一瞬，咽下最後一口軍糧，一隻手緊按著懷裡的書卷，忽而冷冷開口：「如果他們進來了，就鑿破這下面坑道，避入山腹，就算破了礦脈的地風，把這裡埋了也不能落進他們手裡。」

東來想說那是她好不容易耗費多次心力才穩住的地風，思及如今情形，只能低低稱是。

過了一瞬，她又問：「為何幽州城的鼓聲斷了？」

東來低語：「不知。」

神容心沉到了底，或許幽州城早已破了。

「少主！」外面忽而傳來一聲護衛急切的低呼。

東來迅速奔出，很快又返回：「少主，快，外面有馬蹄聲。」

神容立即起身，被他扶住手臂，摸著黑往坑道深處走。

尚未到底，冷不丁聽到一聲隱約的喚聲，神容一下止了步，回頭看向坑洞口，緊接著鬆開東來，往那裡走。

至坑口下稀薄的光亮裡時，果然聽到了隱約的馬蹄聲，似乎只有一匹，還有隨著馬蹄聲送來的一聲呼喚：「神容！」

神容怔了一下，踩梯上去：「我在！」

不知他有沒有聽到，出坑口，涼風迎頭吹了過來，護衛們早已退去。神容轉著頭，半暗半明的天色裡什麼也看不分明，心口突突直跳，懷疑自己是不是聽錯了。

腳下走出去幾步，轉頭四顧，身後有了急促的腳步聲，越來越快，一回頭，男人挺拔的身影已在眼前，人瞬間被緊緊抱住了。

神容鼻間全是血腥味，手緩緩摸到他的背，一片黏膩的濕，也不知是汗還是血，心跳如飛：「成功了？」

山宗持刀的手上鮮血已經瀰漫過護臂，唯有抱她的那隻手還算乾淨，沉沉喘著氣，低笑一聲，聲已嘶啞：「當然。」

幽州城裡，喊殺聲漸止。

關口再無敵兵增來，身著灰甲的檀州軍如潮一般直灌入了幽州城，與著黑甲的幽州軍裡應外合，很快就反據了上風。

周均握著自己的寬刀，親自帶人殺上了城頭，掃視左右，這上面敵兵已除，受傷的幽州軍正被抬下城頭。看到這城上守軍的數量，他陰沉著臉皺了下眉，繼而轉過身，遠遠從城上看下去。

下方，何氏正被人護送著自街角離開，趙進鐮在火光裡蒼白著臉，官袍染塵，卻指揮官員們去安撫百姓。

他來回找了一圈，才看見趙扶眉。城下剛被幽州軍控制住的角落裡，趙扶眉手裡拿著一塊布巾在那兒蹲著，不仔細看差點看不見。

周均眯起細眼看了好幾眼，才發現她是在給一個腿上中刀的兵卒包紮，手上有些忙亂，但他記了起來，聽說她婚前是會些醫術的。

趙扶眉包紮好了，站起來，抬頭朝城上方看，似乎看到了他，垂下頭，手裡一塊布揪了起來。

周均看她一眼，回了頭，在高架的戰鼓旁坐下，等著他的兵馬來報戰況。

兵馬還沒來，眼前多出一截熟悉的素淡襦裙衣擺，沾了點點乾涸的血跡，一隻手伸過來，遞來一塊布巾。

趙扶眉上了城頭，站在他跟前，將那塊布巾往他眼前送了送：「夫君手上好像受傷了。」

周均細眼看去，一如既往地陰沉著臉，他的手背上的確在入城時被敵方劃了一刀，流了點血，動都沒動：「一點小傷，我還沒那麼不濟。」

趙扶眉手縮回去，勉強笑了笑：「夫君能來馳援幽州，我委實沒想到。」

周均忽而涼絲絲地一笑：「由此可見這世上能救妳的也不是只有山宗，我也能救妳。」

趙扶眉愣了一下，想起了城頭上那及時飛來的一箭，又想起了當年幽州戰亂，她全部死於戰火的家人，還有當初那橫空出世平定此處戰火的一道黑烈身影，最後是不久前，他自城外打馬出來的身影，捏著手裡的布巾，看著他青白陰沉的臉，點了點頭：「是，這回是夫君救了我。」

周均朝她看去，她已斂著衣擺在他身側蹲下，捧起他那隻握刀的手，將布巾包了上去。他的細眼看了看她垂下的臉，終是沒有抽開。

從披著火光到披著青灰的黎明，破開幽州城的敵兵先鋒一直得不到關口處的增兵來援，終於被徹底清出城門之外，如今收攏殘部，急急往關口逃竄。

城下飛奔而來一個檀州軍，大聲稟報了消息，周均才帶人下城。

檀州軍來援不過幾個時辰，體力尚足，數千人的一隊兵馬緊跟著出城追去。

到了荒野之中，瀕臨幽州連綿起伏的山脈附近，風沙漫捲，前方遠處赫然顯露了一道道坐在馬上的身影，遠看不過近百人，大多蓬髮雜亂，拖著鎖鐐，如同深山裡鑽出的野鬼，卻剎那間快馬襲來，不退不避，剛猛遠勝千軍。

那個契丹首領大聲呵斥，帶著剩餘的殘部狂奔衝向他們，迎頭的兵彎刀剛揮舞上去就被削倒在地，只剩快馬衝出，甚至看不清他們如何出的刀，只能聽到一陣陣狂肆飲血的放聲大笑。

「跑啊孫子，再跑！老子們還沒殺痛快呢！」

首領大驚，後有追兵，前有攔路，再也顧不上其他人，卯足了勁甩開他人，獨自衝向關口方向。

掩護他的人馬被拖住了，迎頭又有一匹黑亮戰馬直奔而來，他一抬頭只看到一雙黑沉的眼，瞪大眼喊出一個「山」，刀光帶著寒風襲過，胸口一涼，戛然而斷，人摔出馬背，直撲倒地。

檀州軍頃刻趕到，上去包圍了剩下的殘兵。

後方周均快馬緊跟而至，勒停下來，陰沉著白臉，盯著前方攔路處策馬而來的男人，看他拎著手裡的細長直刀，一身玄黑胡衣早已浸染斑斑血跡，顯然是早就計畫好了在這裡等著了。

夜間就有檀州軍稟報了先前的事，引他一支援軍出去，隨之敵方大部追擊而入又退去，此時在此處攔截。

「我來幽州支援，倒像是被你團團利用了一遭。」周均陰沉道。

山宗勒馬在他身前，撩著衣擺擦去刀上血跡，故意忽略了他的話：「檀州軍的功勳，我會記住的。」

周均只不屑地一笑：「我出兵不過是顧及我與幽州還有姻親。」

「嗯。」山宗隨意應一聲。

周均而朝他後方那群似人似鬼，剛剛停歇的兵馬看了一眼，總覺得在哪裡見過，細長的眼裡露出古怪之意。

「該回城了。」不等他說話，山宗已策馬去了一旁，迎往山脈方向。

那裡緩緩打馬而出一行人，神容帶著東來和護衛們被他接出山裡後，就在附近山坳處等著，此時清除了這絲後患，才出來。

看到周均在，神容才知道山宗之前說的援軍是誰的，不禁看了他兩眼，眼珠輕轉，似沒想到。

周均眼神在她和山宗身上一掃而過，什麼也沒說，又看向那群蓬頭垢面的馬上身影。

天已澈底亮起，幽州城戰火已歇。

神容攏著披風，緩緩打馬進入那道被破開的城門時，山宗扯著馬轀往她身前擋了擋，有意遮擋她視線：「最好別看了。」這種場面他已經看過太多，這次已經是十分好的結果，心裡再無波瀾，但她未必親眼見過，怕她不適。

神容微微偏了頭，還是看了看四下。煙塵在晨光裡飛散，瀰漫著一股火油燒焦東西的氣味，兵卒們穿梭清理著，大多是檀州軍。

城頭下角落裡到處是累得睡著的守軍，遠處大街上醫舍開了門，裡面的夥計在幫著抬傷兵進去安置。

從城門到進城的這一條長街都被水沖洗過了，能看出這一段是作戰最嚴重的一段，也是損毀最重的一段，旁邊的房屋有被燒灼的痕跡，院牆半塌，但沒見到有什麼百姓傷亡的跡象。

再往裡，居然看起來還算安穩，想必敵兵還沒能往裡破壞，就被剩餘的幽州軍和趕來的援軍拖住了。

兩萬兵馬對陣十萬大軍，固守不退不降，幽州城還能保全，已是萬幸了。

「報——」城門外忽有快馬飛馳而來，一個兵卒飛快地打馬奔至，躍下馬向山宗抱拳，聲音格外洪亮：「頭兒，關口外的大部陸續退了！」

霎時間幽州城呼聲四起，連累倒下，帶著傷的兵卒掙扎著起了身。

胡十一不知在哪頭的角落裡放聲大喊：「我就知道這群狗賊打不進來！」喊聲裡帶上了哭

腔。

幽州城歷經多次戰亂，從軍到民，哪怕沒有親身經歷過也無數遍聽說過，早已堅韌，這種時候剩下的不是哀戚，反而是擊退敵兵後的豪情。

山宗下了馬，聽那兵卒細細報了過程——

敵兵大部在追著他們進關口來時就沒有全部進入，退出關外後似乎就有了分歧，有的還在重新集結，好像還有重新進攻的打算，但天亮時陸續有一隊一隊的兵馬撤走了。最後那豎著泥禮城旗幟的兵馬在沒等到先鋒撤回後，才終於退去了。

他聽完只點了個頭。果然沒推斷錯，孫過折一定是聯結了其他胡部兵馬，一擊不中，聯盟潰散。

「善後，休整，將我帶回來的人妥善安置。」

接連幾道軍令下完，兵卒領命而去，他伸出雙臂，從馬上接下神容，帶著她往城下走。

整個城中像是一瞬間鬆下了。幽州官署裡的官員都派了出來，到處是忙碌著善後的身影，清點傷亡兵卒，著人修繕被毀壞的城門。一小股一小股的兵馬迅速從各處跑來報信。

山宗帶著神容走到城頭下的一間屋舍外，這片刻功夫，又從一個兵手裡接過幽州大獄的獄錄。大獄被攻破後，許多犯人都被帶走了，也可能是逃了，清點之後擬了名單上來，包括抗敵傷亡的獄卒。

山宗顧不上一身血跡塵灰，看了一遍，抬頭就見附近一群休整的兵齊刷刷地盯著一處。

他的眼掃過去，未申五和甲辰三正滿身血污地蹲在那裡，其餘的幾十個身影在他們身後，雖無人折損，但有幾個受了傷，其中一個昨夜被大部追擊時中了箭，當時只悶哼了一聲，傷在左臂，不在要害，此刻正咬著牙在那兒低低罵著狠話。

有他的軍令在，已經派了軍醫過去照料，還有人送去了水和飯，但似乎覺得古怪，無人接近他們，除了與他們一同作戰的那群山裡的兵卒。

未申五挑起白疤猙獰的眼看了看山宗，沉著眼一聲不吭。

山宗走過去：「為何不用飯休整？」

「呸！」未申五沉著眼道：「老子們被你用完了，還叫老子們來城裡幹什麼！」

山宗掃左右一眼：「幽州沒有讓救了一城一山的先鋒不入城的道理。」說著看向甲辰三，「龐錄，帶著他們治傷休整，回頭我會讓那四個人歸隊來見你們。」

甲辰三忽然抬頭：「你叫我什麼？」

連那幾個在忍傷的也停了聲，朝他看了過來。

山宗說：「龐錄。」

甲辰三沉默一瞬，額間擠出幾條溝壑，愈顯滄桑：「我以為你早就不記得我叫什麼了。」

「你們每個人的名字我都記得。」山宗掃一眼盯著自己的未申五，轉身走了。

未申五盯著他的背影，眼上的白疤笑得一抖，卻又閉了嘴，沒再說話。

不遠處，跟著返回的周均正站在馬下，看著這裡，心裡回味了一下，似乎記起了龐錄這個名字。

盧龍軍？

神容好不容易在屋舍裡坐下，手裡捧上了一盞熱茶湯，才有種終於出了山裡的感覺。人如緊繃的弦，一瞬間鬆懈下來，疲乏也緊跟而至。

山宗還在門口，剛剛調派了人手再度去守山，還沒回身，又是一個兵來報事。那群被攔截而回的敵兵先鋒殘部已經被檀州軍押著送到了城門口，請他定奪如何處置。

胡十一和張威聽說了那群重犯的事，拖著半死不活的身軀趕來城下，果然看見了他們在那兒蹲著。

二人實在疲憊至極，古怪也無暇多問，看周圍許多地方都坐著兵卒，也直接就在地上坐下了。

正好聽到這報的事情，胡十一怒火中燒：「這還用問嗎？那群狗賊，留著幹什麼！」他先前的箭傷沒好透，強撐著到現在，傷口早裂了，肩頭上全是血，說著話時齜牙咧嘴。

張威問一個兵要了傷藥，叫他快處理一下。

屋門前，山宗冷笑一聲：「他們應當知道我的手段。」

命令還沒下，破開的城門處似乎已經預感到不妙，契丹語、鮮卑語夾雜著生硬的漢話，傳來一陣求饒聲，他們降了。緊接著又被憤怒的幽州軍叱罵。

山宗拋下手中的刀，一手解著護臂，忽又冷聲說：「正好缺人手，先讓他們去修整幽州大獄，我剛成婚，沾血夠多了，回頭再行處置。」

胡十一正叫張威幫忙上藥，聞言一停：「頭兒說他剛什麼？」

「成婚。」張威小聲道。

胡十一這才確信自己沒聽錯。

屋裡，神容卻沒有聲音。

山宗回頭才發現她已經坐在那裡睡著了，手裡的茶湯還擱在膝頭。他站了一瞬，走過去，拿開茶盞，攔腰抱起她送去裡間。

片刻後，東來帶著從官舍匆匆趕來的紫瑞進了屋中，走到裡間，挑開門簾看了一眼就退了出來，示意紫瑞先出去。

裡間，神容躺在簡陋的榻上睡去，一旁是坐著合上眼的山宗，即便此時，他一隻手還緊緊握在她手上，像是失而復得的至寶，不能輕易鬆手一般。

第二十九章　晚來風急

戰火退去，幽州城恢復平靜，偶爾還能聽見大街上傳來兵卒齊整而過的步伐聲。

天剛黑，官舍裡已燈火通明。

紫瑞推開浴房的門，回頭看坐在胡椅上的身影，才算澈底放下懸著的心：「少主回來就好了，妳剛入城時在城下就睡著了，定是累壞了。」

「嗯。」神容半坐半倚，一頭烏髮鬆挽微垂。

其實自己也沒想到居然累成那樣，沒說兩句話就不知不覺睡去了。回來後用了熱湯熱飯，剛又沐浴梳洗了一番，已舒適許多。

「少主委實用心，戰事當前都將山鎮住了。」紫瑞笑著過來扶她，有心說著輕快話。

「如此苦戰，怎會是我的功勞，我只能穩著地風罷了。」神容起身出門，想起回來時還一身血跡的身影，到了門外，掃了四下一眼。

紫瑞靈巧有數，光是之前在城下屋舍裡看到的情形，也知道她是在找誰，屈了下膝便退去了。

此時官舍大門口，胡十一被廣源扶著，將將走入門裡。他裹著腫得不成形的肩頭，半搭著外衫，一路走一路齜牙咧嘴。

軍所被攻擊後尚未復原，他作戰時弄得新傷舊傷齊發，實在嚴重，張威聽了山宗命令，將他送來官舍養傷。

不只是他，來的還有幾個蓬頭垢面，他意想不到的人。正是那群重犯中幾個受傷嚴重的，被山裡那群兵卒帶進來，在他前面進的官舍大門，傷口已包紮，手腳上的鎖鐐卻還拖著。

胡十一目視那群人走遠了，跟廣源嘀咕：「驚不驚奇，據說那群人竟然跟著咱頭兒殺退了敵兵！我果然沒說錯，打底牢裡出來的，真是跟怪物一樣！那麼多兵，他們就這幾個人受傷！」

廣源張望，廊下燈火夠亮，看了個大概，邊扶著他往前走邊小聲道：「倒好似在哪裡見過。」

「你見過什麼，你頂多在山裡見過！」胡十一嗆他。

「我又不曾深入過礦山……」

說著話到了廊上，剛好遇上山宗，胡十一忙喚：「頭兒！」

山宗剛從浴房出來，一身濕氣地停了腳步，身上披了件乾淨的胡服，隨意收束著腰帶，已沖洗掉一身血跡，臉上卻還凜凜森冷。

廣源早擔心著，刻意伸了伸脖子，看郎君好似沒落下什麼要緊的傷，這才放心。

胡十一走近，嘿嘿笑：「頭兒，聽你說成婚了，是跟金嬌嬌不？」

山宗瞥他一眼：「不然還能是誰？」

胡十一訕笑，早猜到了，多此一問。

扶著他的廣源已然兩眼發亮，面露喜色：「當真？這是何時的事？郎君和貴人竟已……」

「什麼貴人？」山宗打斷他。

他立即改口：「對對，是夫人、夫人！」

山宗嘴邊這才有笑，忽然瞥見遠處似有人在朝這頭看。他轉頭看去，女人纖挑的身影一閃而過，掩在燈火裡穿過迴廊，往內院主屋去了。他看胡十一一眼，歪下頭：「還不去養傷？」

廣源拿胳膊肘抵抵胡十一，扶著他朝遠處走了。

神容回到主屋，手邊一個紫檀木盒，剛剛將書卷仔細放入其中收好，轉頭便見山宗走了進來。

他一手懶洋洋地關上了門，走到她身前：「妳剛剛聽到了？」

神容瞄他一眼：「嗯，聽到了。」

山宗頭稍低，看著她如雲挽垂的烏髮：「我既然在山裡對著天地山川發了話，就得認了。」

神容立時抬頭挑眉，想說他狡猾，想起當時已是生死關頭，他能安然無恙的回來已經不易，唇動了動，對著他的臉終究還是沒說出口，只是盯著他。

山宗迎著她視線揚了下嘴角，難得她這時候沒嘴硬。

外面忽有聲音傳入，一個兵不遠不近地隔著門報：「頭兒，都安置妥當了，是否要將他們的鎖鐐拷回去？」

山宗笑沒了，沉聲說：「不必，以後都不必拷著他們。」

那兵沒多說一句，立即領命去了。

神容看了看他的臉，山裡的情形一幕一幕還在眼前，自然知道他說的是那群重犯。

「你藏得太好了，」她抿下唇，輕聲說：「誰能想到他們就是你的盧龍軍。」

山宗垂下眼，自嘲一般笑了聲：「我倒情願他們不是。」

神容聽到他的語氣，輕飄飄的似在說著很輕巧的事，反而心裡像被什麼戳了一記。

曾經在山裡用他們開礦，不覺得有什麼，如今回想，當時他們險些在山裡遇險全部喪生泥潭，那這僅剩在眼前的盧龍軍也沒了，不知他會怎樣。難怪他總說他們不可能逃。

她故意轉頭去擺弄紫檀木盒，不看他的臉：「我知道事關密旨不能多言，只想知道盧龍軍是何時出的事，為何外人一點風聲都不曾聽到過？」

沒有回音，山宗似乎沉默了一瞬，隨即又笑了一聲：「就在妳當初嫁給我之後的那半年裡。」

神容不禁轉過頭來。

山宗嘴邊浮著一抹若有似無的笑，正對著她：「禮成後我接了調令，脫下婚服就走了，當時就是來了幽州。」

神容心頭愕然，恍然間記起許多，又似乎一下明白了什麼：「然後呢？」

「然後？」山宗依然只是笑了笑：「然後妳都知道了。」

她的確明白了，心底卻一絲一縷冒出憤懣和不甘：「所以當時的和離……」

山宗燈火裡的臉低一下，又抬起來，薄唇抿了抿，「嗯，我必須來幽州。」過去的事做了就是做了，縱然事出有因也是做了，回想無益。他忽而想起什麼：「我讓妳再來時記得取和離書，取來了？」

神容倏然抬眼，那點憤懣不甘霎時湧了出來。

山宗看著她的臉色：「沒帶？」

她臉色淡淡，忽而直直越過他走了。

待山宗轉身時，她正從妝奩處過來，手裡捏著什麼扔了過來。他一手接住。

「拿去。」神容冷淡說。

出發來接替她哥哥的那日，紫瑞在趙國公府裡問她是不是想起了山使，她當時正摸著袖口邊露了一半崇字白玉墜，矢口否認了。隨後準備行李時，卻自塵封的箱底將這找了出來，對著上面「和離書」三個字看了許久，她終究還是帶上了。

山宗低頭，打開，掃了一遍上面龍飛鳳舞的字就合上了。

「嗯，確實是我親筆所寫。」

神容看著他，不覺微微抬高下巴，胸口微微起伏，他還要欣賞一番不成。

下一刻，卻見他手上一扯，乾脆俐落地撕了，引了燈上火，扔進桌上煮茶的小爐底。

火苗竄出來，她眼光動了動，斜睨他：「幹什麼，便是燒了又能如何？」

山宗看她：「至少叫妳知道以後都不會再有這個了。」

神容胸口仍一下一下起伏著，想起過往，又想起如今才知道這其中的曲折，心裡說不出來什麼滋味，冷著臉強撐著：「誰要你保證什麼，再有下次，我便真去找個比你好千百倍的人嫁了。」

山宗臉色稍沉，靠近過來：「妳找不到了。」

神容扭頭避開他：「只要我想，就能找到。」

山宗拉住她，不讓她躲：「這世上比我好的人有很多，但有我在，妳就別想了。」

「憑什麼？」

「憑妳是我夫人。」山宗一把抱住她，抵著桌沿就親了下來。

神容被他含著唇，親得凶狠，跌跌撞撞地到了榻邊，一下跌坐在他懷裡，他的唇已落到她頸上。

她的腰被他的手牢牢扣著，迎向他身上剛換過的胡服，抵著他鐵鉤環扣的束帶。緊實的腰身貼過來，她的心口一下急撞。

山宗從她頸邊抬起頭，渾身繃緊，眼底暗幽幽的一片，聲音又沉又啞：「夫人，我不想忍了。」

神容耳邊霎時如轟然一聲響，腰上的手在動，繫帶抽去，繼而她身上一輕。

貼近的地方卻沉，那似乎毫不經意的變化，硬挺勃發。緊接著鏗然一聲，是他束帶環釦解開的聲音。

她有些慌亂地伸出白生生的手臂，扶住他的肩，一瞬間眼前閃過許多情形，不自覺說：「這與我夢到的不一樣。」

山宗抬起的眼裡有了笑，一下一下含她的唇：「夢過我？」

神容想起那個燭火迷蒙的夢境，嫁衣扯落，始終看不清男人的臉，只有男人舒展的肩，沉沉的呼吸，穩著輕喘：「不，那不是你……」

山宗眼中一沉：「不是我是誰？」

神容陡然一聲輕呼，人已被他一把抱了起來。

輕紗飄落，而後是襦裙，男人的胡服，遺落一地，直拖曳到床腳。呼吸一聲比一聲急，神容輕喘著被壓去床上，伸手碰到一片緊實。

山宗狠狠親著她，捉著她的手，往自己胸膛上送。她的呼吸更急了，往下時手指描摹出了溝壑般的線，指尖一陣灼灼。

止不住低喘著偏過頭，赫然眼前一片烏青斑駁，他紋滿刺青的手臂撐在她身側，繃出幾道如刻如鑿的線。夢裡不曾有這樣駭人的刺青。

忽然那片斑駁貼在她身上，刺目的烏青斑斕箍著一片雪白，上下遊走。她難耐地仰起頭，懷間像被引燃了，燒灼地疼。

那種男女間隱祕的親暱，陌生又露骨，似有涓涓細流，卻又能激烈直接地從她身上沖刷過去。直至那片斑斕在眼前一提，頓住了。

男人從手臂到肩都繃得死緊，下頜緊收，赫然寬闊的肩一沉，她的腰弓了起來，睜大了雙眼，啟開唇，凝住了一般，卻沒有聲，如被重重撞上了心口。

山宗沉沉的呼吸在她耳側，刮著她的耳垂，越來越沉：「怕嗎？」

神容說不出話來，手不甘示弱的挪移，緊緊抓到他身上，不知抓到了哪裡，用了力。

他沉哼一聲，撥過她的臉，密密實實親下來。

果然還是不會服軟。

忽如疾風驟雨。神容終於被放開唇時，眼裡已經迷蒙，那條盤繞了滿臂的蛟彷彿活了，擺尾升騰，沉沉浮浮。

不知多久，似在她眼裡又沉又重地晃動。

她眉頭時緊時鬆，像入了沸水。從沒想過男人會有那麼重的力氣，到後來，她又被他抱起。

周遭什麼都聽不見了，昏暗的光影裡交織著身影。他那條斑駁的胳膊牢牢箍著她，似乎有用不完的力氣。

山宗身沉而有力：「是不是我？」

「不知道。」她不自覺地輕輕哼出一聲，聲頃刻就被撞碎了。

整個人都亂了，那個夢境時不時浮現出來，又被眼前的現實沖碎。現實裡有他的臉，清晰又深刻，抵著她的鼻尖沁出細密的汗珠。

山宗吞下她的悶哼，在她耳邊沉沉地笑：「只能是我。」

第三十章　花晨月夕

神容醒來的時候是趴著的，足足好一會兒，才睜開了眼。

一縷淡白的朝光透過窗稜照到床前，她半邊白生生的肩浸在光裡，上面留著兩個清晰的紅印。

頓時這一夜的情形回到了眼前。她悄悄往身側瞄去一眼，沒看見男人的身影，才坐了起來，一手先撫了下腰，輕嘶一聲。

「少主起身了？」外面紫瑞的聲音在問。

「不用進來伺候。」神容開口攔住她，才發現聲音已有些啞，低低清一下嗓，自己動手穿衣。

穿好中衣，去拿襦裙，她赤著腳踩到地，身上竟虛軟了一下，扶了下床沿。腰上又痠又沉，昨夜山宗折騰她許久，彷彿恨不得渾身的力氣都撞上來，不知疲倦一般。到後來她竟不記得是何時睡去的了。

「少主真不用伺候？」紫瑞小聲問。

「不用。」神容咬牙腹誹了幾句那男人不知輕重，忍著不適穿好了襦裙。

紫瑞道：「那奴婢去為少主備飯來。」

神容聽見她走了，回頭看凌亂的床鋪一眼，不禁臉上微熱，抬手順一下早就散亂下來的烏髮。周遭好似到此時都還留著一股說不清道不明的氣息……

等神容走出房門時，早已是日上三竿了。

她那身襦裙還是換掉了，特地穿了疊領的胡衣，將領口豎了起來，好擋著脖子和頸下胸口上留下的痕跡。

紫瑞跟在後面道：「官舍今日一早就在忙，來了許多人。」

神容隨口「嗯」一聲，只當還是來養傷的，心不在焉的，沒放在心上，一路也走得緩慢至極。

到了前院，發現官舍大門外似乎有不少兵卒穿梭奔走，隱約還有不斷前來的馬蹄聲。

庭院一角的門廊下，站著身著官袍的趙進鐮，似乎是剛剛到的，正稍側著身在與人說話。

神容走近了，才看見站在他側面束著胡服的黑烈身影。山宗從那兒抬起頭來，一眼就看到她身上。

神容撞上他黑沉沉的目光，頓時停下腳步，眼神閃了一閃，輕輕移開。

餘光似乎瞄見山宗勾起了嘴角，一股子邪壞浪蕩氣，她不禁咬唇，忍不住又在心中悄悄罵他是壞種。

趙進鐮已看到她，笑著轉過身來說話：「女郎，真是恭喜了。」

神容這才轉眼看過去：「恭喜？」

「是啊，」趙進鐮指一下身旁的山宗道：「聽崇君說二位已經成婚，我今日是被請來為二位證婚的。」

神容頓時朝山宗看去。

他摸一下嘴，笑意未減：「嗯，我請他來的。」

神容朝後看一眼，難怪紫瑞說一早就在忙，難道是因為這個。

紫瑞正意外著，察覺到她看來，默默垂頭退遠。

趙進鐮看神容一眼，悄然在山宗跟前走近一步，暗自嘆口氣，低聲道：「我自知趙國公府那關是不好過的。」

山宗扯了扯嘴角：「那你還應承下來？」

趙進鐮笑著搖了搖頭：「幽州此番是虎口脫險，既然鎮守住了幽州的英雄要請我來證婚，我自然沒什麼好推辭的，權當捨命陪君子好了。」

山宗嘴角愈發揚起，朝他點頭：「多謝。」

趙進鐮回頭又看神容一眼，摸摸短鬚，朗聲道：「如今幽州城中事多，不能為二位好生操辦，只得等待來日了。周鎮將的檀州軍還需犒勞，我這便先告辭了。」說著便先行離去了。

神容看他方才竊竊私語了一陣才走的，往山宗身上瞄去，抬手順了下鬢邊髮絲，遮掩了那點不自在：「就這樣全讓你給安排了。」

山宗走近，低笑：「難道真在山裡拜個天地就完了？先請趙進鐮證婚，也不算無名無分，待幽州事了，全境解了戒備，我會再找機會去長安。」他自己倒是不介意，反正浪蕩慣了，歷來不在意什麼虛禮，但她是長孫家的掌上明珠，沒道理就這樣草草了事，還不想委屈了她。

神容心想都到這一步了，就是不去也得去了。只是沒料到他早計畫著，心裡受用，眼睛都彎了彎，抬頭時口中卻輕淡道：「如何去，你又不能出幽州。」

「總會有辦法。」山宗說。

神容記起來，與他上次說得一樣，語氣還是一如既往的篤定。

一個兵卒自大門外快步而來，報：「頭兒，能到的都到了。」

「嗯。」山宗看了看神容：「跟我來。」

神容見他直往大門而走，緩步跟了過去。

官舍大門口安安靜靜。

神容提著衣擺緩緩邁出去，一抬頭，愣了一下。

門階下居然站滿了人，大多是身著短打胡衣外罩甲冑的裝束，有的還帶著傷，是軍所裡的百夫長，還有附近巡城的兵卒。

大概是因為他們人數太多，官舍裡一下容納不下，只得站在這大門外，卻也快要一直站去大街上了。

胡十一因在這裡養傷，扶著肩擠在最前頭，旁邊就是張威，都朝大門裡張望著。

神容剛出來，所有人忽就肅穆地站直，像是本能一般，盯著她斜前方。

山宗站在那裡，朝她看了一眼，回頭看著眾人，擺一下手。

廣源從門裡出來，帶著一堆僕從，每個人都捧著大壇的酒，後面有人摞著碗送來，就在大門外，挨個倒了酒入碗裡，分去給每個人。

胡十一傷得重，不能飲酒，卻也端了一碗在手裡，忍不住問：「頭兒這是要幹什麼？」

「犒軍。」山宗自廣源手裡接了一碗酒。

頓時眾人一片呼聲，自是為了那以少退敵的一戰自豪了。

第一碗酒沒喝，山宗帶頭將手裡的酒傾灑在地。

頃刻，所有人也都以酒灑地，敬告戰死的英靈。

酒再滿上，眾人才重新露出得勝後的喜悅。

胡十一端著空碗，眼尖地瞄見那站在後面的金嬌嬌，又問：「就只是犒軍？」

「自然不止。」山宗端著碗，掃在場的眾人一圈：「我來此數載，唯有與你們朝夕相對，平日裡練兵皆是我下屬，上陣殺敵也有了過命的交情。這幽州沒有我什麼至親，只剩你們，此後也還要一併出生入死，所以今日叫你們來，順便也見一見我夫人。」他說著回頭，一伸手，把神容拉到身旁。

神容頓時挨住了他，尚未回神，下方已經響起此起彼伏的「夫人」。

軍中之聲，分外洪亮，好似整個幽州城都要聽見了一般。她被弄得措手不及，心跳急促起來，抬頭去看身旁的男人，他剛好低頭看來一眼，嘴角動了一動，明明沒笑，但看著就是一臉的痞氣。

有人手中碗剛被倒滿酒，端著朝這裡敬來。

一時間，倒好像是慶賀新婚的喜酒已經飲上了似的。

廣源是最興奮的那個，當即倒了碗酒送到神容面前來，喜滋滋地喚她：「夫人。」

神容伸手端住，忍了又忍，臉頰還是不可遏制地紅了，偏生面上一片鎮定。

山宗仰頭飲盡了那碗酒，下方眾人還熱鬧著，目光幾乎都投在他身旁。

他轉頭盯著神容，看她猶豫了一下，端著碗只在唇邊碰了一下，就被刺鼻的酒味弄得擰了眉，不禁一笑，伸手接了過來，不偏不倚貼在她唇碰過的口沿，仰頭一口喝乾了。

下方又是一陣山呼，這次是有些鬆快的起鬨。

神容看著山宗咽下酒時滾動的喉結，忽覺臉上好似更燙了。

等到門口眾人散去，官舍裡才算恢復安靜。

神容走回門內，往後瞄，山宗就在後面跟著，臉上還有絲若有似無的笑。

她還沒說話，卻見他臉上笑意褪去，目光落在她身後。

神容下意識轉身，就看見一道人影正站在院角裡的一根廊柱後，正朝這頭看著。

還是那般蓬亂著頭髮，兩鬢處斑白，一臉滄桑，只不過換了身乾淨衣裳，手鐐腳鐐也除了，看起來沒之前那般駭人了。

是甲辰三，身後的院子就是給那幾個重犯養傷的地方。他盯著山宗看了一會兒，忽然道：「恭喜了。」

並未等到回答，他說完就轉身又進了那個院子。

胡十一剛好從大門裡回來，看到這邊情形，扶著肩走到山宗跟前，直犯嘀咕：「頭兒，這群人怎麼回事，還跟你客氣起來了，咱以後真不用鎖他們了？」

山宗還看著那一處，忽然說：「不鎖，待軍所復原後，把他們八十四人都移入軍所。」

胡十一臉一僵，驚呼出聲：「啥？要讓他們入軍所！他們可不是一般的重犯，是底牢裡的啊！」

連神容都朝他看了過去。

「就這麼定了。」山宗直接下了命令，越過他往前走了。

胡十一張口結舌，撓了撓腦門兒，只得嘴巴一閉。

神容看著山宗到了跟前，一面緩步往前，一面在心裡想了想，忽就有些明白過來，低聲說：「你一定早就有這念頭了。」

山宗沒說話，咧了下嘴角，算是默認了：「等有朝一日盧龍軍不再是禁忌，或許妳就能知曉一切，否則……」

神容不禁看他一眼：「否則什麼？」

山宗笑笑：「沒什麼。」否則就只能是他死的那天，這就是密旨。但這種話他不想隨便說，尤其是現在，他已是個成了婚的人了。

神容沉著心又細想了想，甚至覺得他當初安排他們出來入山開礦，也許就已是順水推舟放他們重見天日的第一步了。

這男人的心思太深了，不然就不會在幽州待這些年，獨自一人守著這祕密直到如今。

忽而一隻手伸來，勾住她的腰，「妳在發呆。」山宗的聲音響在她頭頂。

神容回過神，才留心已入了內院，這裡只剩下了他們二人。人已被他半摟在身前，他的手臂正箍在她腰上，頓時又叫她皺了眉，因為還有些疼。

「怎麼？」山宗留意到她的神情，上下打量她，早已發現她今日連走路都十分緩慢，漆黑的眼落在她豎起的領口裡，看到了自己留下的點點痕跡，不禁頭低了些，一把聲沉沉：「我弄疼妳了？」

神容又想起了他昨晚的張狂，此刻他的手箍著自己，即使隔著幾層衣裳，還能清晰地記起那狠而激烈的親密，心口一下一下地跳急，瞥了他一眼，一手搭在他箍著自己的手臂上，手指勾了一下：「拿開。」

山宗臂上微麻，想起昨夜，眼底都暗了，鬆開一些，見她腳步虛軟地進了門，還沒動腳進去，門就合上了。

他嘴角一勾，盯著門：「幹什麼？」

「免得你再使壞。」神容悶聲說。

山宗屈指抵了抵鼻尖，忍了笑，昨夜可能確實太不知輕重了。

——《他定有過人之處》未完待續——

高寶書版集團
gobooks.com.tw

YE 056
他定有過人之處（中卷）
作　　者　天如玉
責任編輯　吳培禎
封面設計　張新御
內頁排版　賴姵均
企　　劃　何嘉雯

發 行 人　朱凱蕾
出　　版　英屬維京群島商高寶國際有限公司台灣分公司
　　　　　Global Group Holdings, Ltd.
地　　址　台北市內湖區洲子街88號3樓
網　　址　gobooks.com.tw
電　　話　(02) 27992788
電　　郵　readers@gobooks.com.tw（讀者服務部）
傳　　真　出版部(02) 27990909　行銷部 (02) 27993088
郵政劃撥　19394552
戶　　名　英屬維京群島商高寶國際有限公司台灣分公司
發　　行　英屬維京群島商高寶國際有限公司台灣分公司
初　　版　2023年9月

本著作物《他定有過人之處》，作者：張新御，由北京晉江原創網絡科技有限公司授權出版。

國家圖書館出版品預行編目(CIP)資料

他定有過人之處/天如玉著. -- 初版. -- 臺北市：英屬維京群島商高寶國際有限公司臺灣分公司, 2023.09
冊；　公分. --

ISBN 978-986-506-813-4(上冊：平裝). --
ISBN 978-986-506-814-1(中冊：平裝). --
ISBN 978-986-506-815-8(下冊：平裝). --
ISBN 978-986-506-816-5(全套：平裝)

857.7　　112014111